CATHERINE SIMON

Wintergäste in Trouville

GOLDMANN
Lesen erleben

Buch

Kommissar Leblanc hasst Schnee. Und der fällt in der Woche vor Weihnachten in dicken Flocken vom normannischen Himmel. Doch bald ist keine Zeit mehr für melancholische Verstimmung: Im renommierten Hôtel des Roches Noires wird eine Tote gefunden – die Pariser Journalistin Bernadette Latour, Lebensgefährtin des so betagten wie begüterten Monsieur Adler. War Bernadette auf das Geld des alten Herrn aus und daher den Erben ein Dorn im Auge? Oder ist sie einem brisanten Skandal auf die Spur gekommen? Bei seinen Ermittlungen stößt der Kommissar auf familiäre Abgründe, eine Schönheitsklinik in der Nähe von Trouville und einen dubiosen Unbekannten, den etwas mit Leblancs früherer Geliebten Marie verbindet.

Autorin

Catherine Simon ist das Pseudonym von Sabine Grimkowski. Seit 1999 ist sie als Redakteurin beim Südwestrundfunk in der Redaktion Literatur tätig. Sie hat Sachbücher geschrieben, unter anderem den Reisebegleiter »Normandie«, und Romane zu Fernsehserien. Regelmäßig fährt sie in die Normandie und verbringt in Trouville einen Teil des Jahres. Sie wohnt dort im legendären Hôtel des Roches Noires, wo schon Marcel Proust logierte und Marguerite Duras eine Wohnung besaß. Sabine Grimkowski lebt in Baden-Baden.

Mehr von Catherine Simon:

Kein Tag für Jakobsmuscheln. Der erste Fall für Kommissar Leblanc

auch als E-Book erhällich.

Catherine Simon

Wintergäste in Trouville

Der zweite Fall
für Kommissar Leblanc

GOLDMANN

Dieses Buch ist auch als E-Book erhältlich.

MIX
Papier aus verantwortungsvollen Quellen
FSC® C014496

Verlagsgruppe Random House FSC® N001967
Das FSC®-zertifizierte Papier *Holmen Book Cream* für dieses Buch liefert Holmen Paper, Hallstavik, Schweden.

2. Auflage
Originalausgabe Oktober 2015

Gestaltung des Umschlags und der Umschlaginnenseiten:
UNO Werbeagentur München
Umschlagfoto: © Massimo Borchi/Atlantide Phototravel/Corbis;
FinePic®, München
Umschlaginnenseiten: FinePic®, München
Redaktion: Regina Carstensen
BH · Herstellung: Str.
Satz: IBV Satz- und Datentechnik GmbH, Berlin
Druck und Bindung: GGP Media GmbH, Pößneck
Printed in Germany
ISBN: 978-3-442-48222-1
www.goldmann-verlag.de

Besuchen Sie den Goldmann Verlag im Netz

EINS

Dicke, nass-schwere Schneeflocken segelten vom grauen Dezemberhimmel vorbei an Jacques Leblancs Fenster. Der Kommissar stand an der Balkontür seiner Wohnung und sah missmutig den Kapriolen des normannischen Wetters zu. Wenn er eins nicht ausstehen konnte, war es Schnee. Gleich danach auf der Skala seiner Abneigungen kam Weihnachten, und das rückte unaufhaltsam näher. Immer früher begann dieses grauenhafte Weihnachtszubehör in den Läden zu erscheinen, Schokolade in Form von Glocken oder Tannenzapfen, blinkende Lichterketten, Sterne, Kugeln und Lametta. Er fragte sich, woher das Bedürfnis nach der überbordenden Weihnachtsdekoration kam und wann das angefangen hatte. Es musste sich langsam eingeschlichen haben, er konnte sich nicht erinnern. Vor Kurzem war ein Weihnachtsmann in rotem Mantel und mit weißem Kunstbart winkend in einer Kutsche durch Trouville gefahren und hatte vor der Touristenzentrale Süßigkeiten an Kinder verteilt. Es schienen aber eher die Mütter zu sein, die die Nähe des dickbäuchigen Père Noël suchten, um ihn mit ihren Händen zu berühren. Ob das Glück brachte? Ähnliches sagte man Schornsteinfegern nach. Sogar sein Stammrestaurant, das Central, hatte außen an der Fassade Girlanden aus Tannenzweigen angebracht und den Speiseraum mit Lichterketten geschmückt. Völlig überflüssig, fand Jacques Leblanc.

Außer ihm schienen alle diesem Fest entgegenzufiebern. Er

hörte, wie seine Kollegen über Geschenke redeten und was es an den Weihnachtstagen zu essen geben sollte. Seine engste Mitarbeiterin Nadine war ganz aus dem Häuschen. Ihr Bruder aus New York wollte mit seiner Familie zu Besuch kommen, und seit Tagen überlegte sie laut, ob Austern oder Garnelen oder gar Hummer als Vorspeise angemessen wären. Sie hatte ihrem Bruder, der in einer Containerschiffsagentur arbeitete, einen prächtigen Bildband über die ersten Schiffspassagen nach New York gekauft und hoffte auf ein ebenso prächtiges amerikanisches Überraschungsgeschenk. Jacques Leblanc schenkte nichts und bekam nichts geschenkt. Er machte sich nichts aus diesen Dingen. Die Atmosphäre der Weihnachtszeit, in der alle Welt zu vergessen schien, dass es auch anderes gab, lähmte ihn. Dazu kam der Schnee, der sich wie Mehltau auf alles legte und die Mobilität einschränkte! Und noch etwas bedrückte ihn. Seit ein paar Tagen lag ein Brief auf dem Tisch, um den er herumschlich wie eine Katze um den leeren Fressnapf, ein Brief von Tante Amélie. Er brauchte ihn nicht mehr zu lesen, er kannte ihn auswendig. Die Worte hatten sich in seinen Kopf eingebrannt.

»Lieber Jacques, ich mache mir Sorgen um deine Mutter. Seit fünf Monaten wohnt sie jetzt bei mir in Versailles, und sie kann gewisse Gewohnheiten, die in Kamerun sicherlich angemessen waren, nicht ablegen. Das wäre aber nicht das Schlimmste. Sie treibt Handel mit irgendwelchen Substanzen, die sie aus Kamerun auf Wegen bekommt, von denen ich lieber nichts wissen möchte. Ständig tauchen hier Kameruner auf, die etwas bringen oder abholen. Ich habe sie darauf angesprochen, und sie sagt, das sei alles völlig in Ordnung, ich solle mich nicht aufregen. Jacques, du musst mit ihr reden. Wenn das so weitergeht, kann sie nicht mehr bei mir wohnen. Dann musst du dich um sie kümmern.

Tu etwas!

Deine Tante Amélie.«

Im Mai war sein Vater in Kamerun gestorben, und kurz danach war seine Mutter nach Frankreich zurückgekehrt, nach über vierzig Jahren. Tante Amélie, ihre Schwester, hatte sie in ihrem Haus in Versailles aufgenommen. Platz genug gab es in dem zweistöckigen Gebäude. Tante Amélie lebte allein, ihr Mann war vor langer Zeit gestorben. Am Anfang hatte sie sich sogar gefreut, im Alter wieder mit ihrer zwei Jahre jüngeren Schwester vereint zu sein. Leblanc hatte seine Mutter einmal in Versailles besucht und gesehen, dass es ihr gut ging und die beiden Frauen sich verstanden. Beruhigt, dass sich dieses Problem auf einfache Weise gelöst hatte, war er wieder nach Hause gefahren. Er hatte seine Eltern nicht häufig gesehen. Sein Vater hatte sich als Lehrer nach Kamerun versetzen lassen, und auch nach dessen Pensionierung waren die Eltern dort geblieben. Ihn hatten sie ins Pensionat gegeben, damit er die Schule in Frankreich absolvierte. Nur einmal, für kurze Zeit, hatten seine Eltern ihn zu sich geholt. Eigentlich war ihm seine Mutter fremd geblieben, und er hatte nicht das Bedürfnis, etwas nachzuholen. Aber jetzt gab es Probleme, und er musste sich darum kümmern. Seit Tagen versuchte er, den Brief zu ignorieren. Je länger er das tat, desto stärker schien der Brief zu leuchten, er blinkte geradezu wie diese aufdringliche Weihnachtsbeleuchtung.

Leblanc hatte sich den Nachmittag frei genommen, um nach Versailles zu fahren und mit seiner Mutter zu sprechen. Im Präsidium war es in den letzten Tagen relativ ruhig gewesen. Es schien, als ob das unwirtliche Wetter die Lust minderte, Verbrechen zu begehen. Man sollte eine Statistik erstellen, dachte Leblanc, wie Wetter und Straftaten zusammenhängen. Besonders Schnee, glaubte er, würde sich hemmend auf die kriminelle Energie auswirken. Wider Willen musste Leblanc lächeln, wie immer, wenn er auf Gedanken kam, die abwegig waren, ihm aber dennoch gefielen.

Er sollte jetzt losfahren. Es war eigentlich schon zu spät. Er hätte am Vormittag aufbrechen sollen, aber das hatte er nicht geschafft. Bei diesem Wetter! Vielleicht sollte er seinen Besuch in Versailles doch verschieben? Tante Amélie würde einsehen, dass es bei dem Schneetreiben kein Vergnügen war, mit dem Auto zu fahren. Er ertappte sich bei seinen Vermeidungsstrategien. Nein, er würde fahren. Aber erst einmal zum Mittagessen ins Central. Danach, danach würde er fahren. Ein letzter Blick aus dem Fenster, dann zog Jacques Leblanc seinen schweren, aber dennoch nicht wärmenden Wollmantel an, den er achtlos über den Stuhl geworfen hatte, und verließ seine Wohnung.

Während der Fahrstuhl leise ins Erdgeschoss glitt, zupfte Leblanc an dem schwarz-weißen Einstecktuch in der schmalen Tasche seines Mantels auf Brusthöhe. Für sein privates Auto, einen Peugeot, stand ihm ein nicht überdachter Stellplatz vor dem Gebäudekomplex am Jachthafen von Deauville zur Verfügung, in dem sich im fünften Stock seine Zweizimmerwohnung befand. Der Wagen war fast nicht zu erkennen, eine Schicht aus pappigem, feuchtem Schnee bedeckte ihn. Die musste Leblanc beseitigen, wenn er das Auto benutzen wollte. In Paris, wo er bis vor gut anderthalb Jahren gelebt hatte, hatte es selten geschneit. Und hier in Deauville, betonten alle Kollegen, würde es kaum Schnee geben. Dies sei eine Ausnahme. Ausgerechnet jetzt, wo er da war, musste sich diese Ausnahme ereignen. Der Kommissar sah sein Auto an wie ein fremdes Wesen. Er hatte kein Gerät zur Verfügung, um den Schnee zu beseitigen, keinen Besen, keinen Eiskratzer. Also nahm er seinen Arm und fuhr damit über die Windschutzscheibe. Das wiederholte er bei den anderen Fenstern. Als er erneut an der Vorderseite ankam, lagen schon wieder Schneeflocken auf der Scheibe, aber das würde der Scheibenwischer schaffen. Er merkte, dass sein Mantelärmel nass war. Die Nässe drang nach innen, befeuchtete sein Jackett und verwandelte sein Frösteln in ein Frieren. Angewidert verzog Leblanc das Gesicht. Aber gleich darauf entspannte er sich wieder, der Mantel würde im Central trocknen. Er war geradezu gezwungen, im Central zu essen. Mit einer ausladenden Geste fuhr er sich durch seine vollen grauen Haare, auf denen sich Schneeflocken niedergelassen hatten, die in kleinen Rinnsalen die Kopfhaut entlangliefen. Er stieg ins Auto und fuhr los, auf die andere Seite der Touques, die mit ihrem Wasserarm Deauville und Trouville trennte.

Im Central kehrte seine ihm eigene Zuversicht zurück. Es war warm, roch angenehm nach Gebratenem, und sein Lieblingstisch im hinteren Speiseraum war unbesetzt. Sorgfältig hängte er seinen Mantel über den Stuhl und achtete darauf, dass der nasse Ärmel frei hing und trocknen konnte. Leblanc pflegte, wann immer es möglich war, mittags im Central zu essen. Édouard, der Kellner, der ihn gut kannte, zog den Tisch ein wenig nach vorne, sodass der Kommissar bequem auf der mit rotem Kunstleder bezogenen, gepolsterten Sitzbank Platz nehmen konnte.

»Monsieur le commissaire, für Sie das Mittagsmenü?«

»Was gibt es denn? Ich habe nicht auf die Tafel gesehen.«

Im vorderen Raum hing für gewöhnlich eine Tafel, auf der mit Kreide das jeweilige Tagesessen geschrieben stand.

»Wir haben als Vorspeise Kalbskopfsülze mit Remoulade und als Hauptgericht Fasan mit glasierten Kartoffeln und Kürbismousse. Und als Dessert …«

»Lassen Sie mal, Édouard, das entscheiden wir später. Ich nehme das Menü und ein kleines Glas Rosé.«

In Anbetracht des in Aussicht stehenden Essens räkelte sich Leblanc wohlig auf der Sitzbank. Vom Nebentisch griff er sich eine Papierserviette und fuhr damit unter dem Tisch über seine schwarzen, glänzenden Schuhe, die vom Schnee feucht geworden waren. Er brachte sie regelmäßig zur Pflege zum letzten verbliebenen Schuhmacher in Trouville. Der behandelte sie mit einer Wachscreme, sodass sie immer wie neu aussahen. Der Schuhmacher war ein betagter Mann. Wenn er sein Geschäft schließen würde, müsste Leblanc nach einer Lösung für die Schuhpflege suchen.

Für einen Moment vergaß er, was ihm heute noch bevorstand, von der lästigen Autofahrt ganz zu schweigen. Diese Mittagessen im Central mochte er, es gab kaum einen Anlass, der ihn dazu bringen konnte, eins zu versäumen. Wenn er mitten in einem Fall war, hatte er beim Essen Zeit nachzudenken, Fäden zusammenzuknüpfen, Schlüsse zu ziehen oder auf neue Ideen zu kommen. Oft hatte er einen Kriminalroman dabei, in dem er las. Die von Georges Simenon mit dem Kommissar Maigret waren ihm die liebsten. Heute hatte er keinen in der Tasche. Er überlegte, was er seiner Mutter sagen sollte. Erst einmal musste er herausfinden, was sie da überhaupt trieb. Vielleicht war es nicht so schlimm, wie Tante Amélie meinte, und sie ließ sich aus Kamerun Kräuter schicken, aus denen sie heilende Tees braute. Über vierzig Jahre hatte sie in Kamerun gelebt, da war es natürlich, dass sie Gewohnheiten hatte, die hier in Frankreich nicht üblich waren. Sosehr sich Leblanc zu beruhigen versuchte, im Innern nagte doch der Zweifel. Seine Tante hätte ihm nicht geschrieben, wenn es nicht dringend wäre.

Édouard stellte einen Teller mit Kalbskopfsülze und ein Schälchen mit Remouladensauce vor den Kommissar auf den Tisch. Leblanc begann zu essen und pries das Central, das seine Speisekarte dem Wetter und den Jahreszeiten anpasste.

Über den Teller gebeugt, bestrich er die Sülze mit Remoulade und schob sich die Gabel in den Mund. Fast wäre ihm bei seinem hingebungsvollen Essen die Ankunft eines neuen Gastes entgangen, der den hinteren Raum des Central betrat, dort einen Moment verweilte und sich den Schnee vom Mantel und den kastanienbraunen Haaren schüttelte. Die Eintretende war ihm wohlbekannt. Mit Marie Bertaux hatte ihn eine enge Beziehung verbunden, als sie beide noch in Paris gelebt hatten. Zum ersten und einzigen Mal hatte sich damals mit Marie so etwas wie Beständigkeit in sein Leben geschlichen. Normalerweise mied er genau das bei seinen Liebschaften. Keine Ansprüche, keine Verpflichtungen, keine Probleme, das war seine Devise. Mit Marie war das anders gewesen, warum, konnte er nicht genau sagen. Auch nicht, warum sie sich letztlich doch getrennt hatten. Und nun waren sie unabhängig voneinander nach Trouville gezogen und begegneten sich hin und wieder, eine merkwürdige Laune des Schicksals. Leblanc war sich noch nicht im Klaren darüber, was das Schicksal damit bezweckte. Er ließ die mit der Sülze beladene Gabel sinken, erhob die Hand und winkte.

»Hallo, ché…«, setzte er an, die zweite Silbe blieb ihm in der Kehle stecken, denn hinter der nach einem geeigneten Platz Ausschau haltenden Marie betraten zwei Herren den Raum, die offenbar zu ihrem Gefolge gehörten. Leblanc ließ die Hand wieder sinken, konnte sich aber nun nicht mehr in gleicher Weise wie vorher auf seine Vorspeise konzentrieren.

Nun hatte Marie ihn entdeckt, lächelte ihm zu und begrüßte ihn mit »Bonjour, Jacques, lass es dir schmecken«. Dann war sie damit beschäftigt, zusammen mit dem Kellner einen Tisch auszusuchen und ihn mit den beiden Herren einzunehmen.

Marie saß auf der Sitzbank der gegenüberliegenden Seite, mit dem Gesicht zu Leblanc gewandt, die Herren hatten auf Stühlen Platz genommen und zeigten ihm ihre Rückenansicht. Sie trugen Anzüge, denen Leblanc insgeheim das Etikett »bieder« anheftete, dunkel, irgendwie gemustert, ohne jeden Schick. Dazu Hemd und Krawatte. Den Sätzen, die durch die Geräusche des Lokals an sein Ohr drangen, entnahm er, dass die Herren Französisch sprachen, aber keine Franzosen waren. Ein Akzent war deutlich hörbar, und sie drückten sich in äußerst gewählten Worten aus. Leblanc wandte sich wieder seiner Sülze zu. Kaum hatte er die Vorspeise beendet, als der Kellner schon den Fasan mit Kartoffeln und Kürbismousse servierte. Marie und ihre Begleiter berieten mit einem anderen Kellner die Auswahl der Speisen.

»Jacques, kannst du den Fasan empfehlen?«, wollte sie von Leblanc wissen.

»Unbedingt«, antwortete der Angesprochene, nachdem er einen Bissen gekostet und festgestellt hatte, dass sich unter der knusprigen Haut des Wildgeflügels herrlich zartes Fleisch verbarg.

Nachdem Marie die Bestellung aufgegeben hatte, flüsterte sie den Herren etwas zu, worauf beide sich nach Leblanc umdrehten und ihm zunickten. »Ich habe den Herren Professoren aus Deutschland gerade gesagt, dass ihnen gegenüber der berühmte Kommissar Leblanc speist, der Maigret der Kanalküste«, rief Marie gut gelaunt hinüber. Daraufhin hielten auch die anderen im Raum anwesenden Gäste inne, um neugierige Blicke auf Leblanc zu werfen. Der fühlte sich leicht unbehaglich, lächelte aber den deutschen Professoren zu, die ein so ausdrückliches Interesse an seiner Person bekundeten. Marie entschuldigte sich bei ihren Begleitern, ging zu Leblanc hinüber und setzte sich an seinen Tisch. »Wie geht es dir, Jacques?«

»Es geht. Du scheinst ja in blendender Verfassung zu sein. Gleich zwei Verehrer?«

Marie lachte. »Da kommt keine Langeweile auf, das solltest du doch am besten wissen.«

»Ist das ein neuer Service deines Gästehauses? Fremdenführung durch die Gastronomie Trouvilles?«, konterte Leblanc, und schon waren Jacques und Marie verstrickt in den ihnen eigenen, manchmal neckenden, manchmal von Untertönen begleiteten, oft spannungsgeladenen Wortwechsel. Der häufig mit einem »Ach, Jacques« seitens Marie endete.

Jetzt aber wollte sie von Leblanc wissen, was es mit den Überfällen auf sich habe, die sich in letzter Zeit häuften. »Vorletzte Woche ein Juwelierladen in Deauville, letzte Woche der Überfall auf das Casino. Muss man Angst haben? Treiben sich hier Banden herum?«

»Nein, keine Sorge. Die Juwelenräuber haben wir gefasst, zwei junge Männer, die dachten, sie hätten den genialsten Coup aller Zeiten vorbereitet und könnten sich mit der Beute nach Südamerika absetzen. Der Überfall auf das Casino war eine ganz andere Sache. Ein über Siebzigjähriger, der schon immer mal eine Bank ausrauben wollte, hat sich den Traum seines Lebens erfüllt und, als er das Geld erbeutet hatte, sich selbst erschossen. Er hatte alles genauestens geplant, sogar einen Abschiedsbrief fanden wir in seiner Hosentasche. Traurige Geschichte. Aber von irgendwelchen Räuberbanden kann keine Rede sein. Du kannst ganz ruhig schlafen. Na, im Moment stehst du ja unter männlichem Schutz, doppeltem sozusagen.«

Auf Leblancs Anspielung ging Marie nicht ein. Sie seufzte nur, ließ nun doch ein »Ach, Jacques« hören und fügte begütigend hinzu: »Gut, dass man keine Angst haben muss. Entschuldige, aber ich möchte mich wieder um meine Gäste kümmern.« Dann erhob sie sich und ging hinüber zu ihrem Tisch, wo die beiden Herren sie mit gefüllten Gläsern erwarteten, um mit ihr anzustoßen.

Leblanc schnappte noch eine Bemerkung auf über eine »gelungene Tagung«, dann ließ er das Horchen sein und machte sich über den Fasan her. Der letzte Bissen war in seinem Mund verschwunden, als sein Handy in der Jackentasche klingelte. Schlagartig fiel ihm ein, was zwischenzeitlich völlig aus seinem Bewusstsein entschwunden war, dass er nämlich nach Versailles fahren wollte. Er zögerte einen Moment, meldete sich dann aber doch, als er sah, dass der Anruf von seiner Kollegin Nadine kam.

»Ja, Nadine, was gibt es?«

»Chef, sind Sie schon auf der Autobahn?«

Leblanc hatte seiner Mitarbeiterin gesagt, er müsste in Familienangelegenheiten nach Versailles.

»N…nein, ich bin noch im Central, um mich für die Fahrt zu stärken.«

»Was ich Sie fragen wollte – ich kann das Protokoll vom Überfall auf das Casino nicht finden. Wissen Sie vielleicht, wo es geblieben ist?«

»Tja, also … das habe ich noch nicht geschrieben. Ich dachte, das hätte noch Zeit.«

»Ach so … ja, klar.« Nadines Stimme war zu entnehmen, wie unangenehm es ihr war, ihren Chef bei einem Versäumnis ertappt zu haben.

Leblanc witterte seine Chance, den Versailles-Besuch abzusagen, ohne sein Gewissen allzu sehr zu belasten. »Nein, du hast recht. Ich hätte es nicht so lange herauszögern sollen. Meine Fahrt kann ich verschieben, es wäre sowieso Wahnsinn, sich jetzt bei dem Schneetreiben auf die Autobahn zu wagen. Ich komme gleich ins Präsidium.«

»Aber Chef, das ist nicht nötig, fahren Sie ruhig zu Ihrer Familie. Das Protokoll hat wirklich noch Zeit«, versuchte Nadine Leblanc umzustimmen.

»Es ist entschieden, ich bin gleich im Büro.« Damit beendete Leblanc das Gespräch. Auf das Dessert verzichtete er, trank schnell noch einen Kaffee, winkte der ins Gespräch mit ihren Professoren vertieften Marie zu und verließ das Central.

Auf dem Weg ins Präsidium rief er Tante Amélie an und berichtete, er sei schon in Richtung Autobahn unterwegs gewesen – die Unwahrheit verzieh er sich sofort –, und nun habe ihn »eine dringende Sache« zurückgerufen. Was wieder der Wahrheit entsprach, jedenfalls halb. Tante Amélie zeigte sich verständnisvoll, äußerte sogar Bedenken gegenüber einer Autofahrt bei dem Schnee. Leblanc versprach, am folgenden Tag zu kommen, wenn das Wetter es zuließe.

Als Leblanc das Büro betrat, saß Nadine an ihrem Computer. Zerknirscht sah sie ihn an und verzog den Mund zu einer Grimasse. »Chef, das tut mir wirklich leid. Ich hätte Sie wegen des Protokolls nicht anrufen sollen. Manchmal geht der Ordnungssinn mit mir durch, sagt meine Mutter auch. Sie findet es fast unheimlich, dass ich alles sofort aufräume. Ein bisschen Chaos kann nicht schaden, meint sie.«

»Ist schon gut, muss dir nicht leidtun, meine Kleine.« Leblanc drückte seine Sympathie für die kluge und hübsche Kollegin, der er trotz einer mächtigen Zuneigung für das weibliche Geschlecht im Allgemeinen und für attraktive Frauen im Besonderen nie etwas anderes als kollegialen Respekt entgegenbrachte, durch diese zärtliche Wortwahl aus. Nadine ließ es sich gefallen, nicht ungern, schien ihm. »Im Grunde hast du mich gerettet«, fuhr er fort und fügte in Gedanken hinzu: für heute. Denn er wusste, dass er sich dem Problem Mutter würde stellen müssen.

»Vielleicht können Sie an den Weihnachtstagen zu Ihrer Familie fahren«, versuchte Nadine, ihren Chef zu trösten, denn sie glaubte, dass er des Trostes bedurfte.

»Ich warte lieber, bis Weihnachten vorbei ist. Festtage sind nicht so meine Sache.«

»Nein? Das verstehe ich nicht, Weihnachten ist so schön, die Lichter überall, die Musik, und wenn die Familie zusammen ist. Und dass es jetzt auch noch schneit, ist das Tollste. Haben wir hier ja selten an der Küste.«

»Hm, hab schon gehört, dass Schnee eine Ausnahme ist. Wie sind denn die Wetteraussichten für morgen?«

»Es soll auch in den nächsten Tagen noch schneien. Keine Änderung.«

»Aha.«

Leblanc verschob seinen Besuch in Versailles endgültig auf nach Weihnachten. Der Schnee verschaffte ihm einen triftigen Grund. Er würde Tante Amélie anrufen und erst mal am Telefon mit seiner Mutter sprechen. Vielleicht würde er das Problem so lösen können, ohne dass er persönlich dort auftauchen müsste. Das immerhin hatte er dem Schnee zu verdanken.

»Mögen Sie keinen Schnee, Chef?«

»Na ja, er ist in gewisser Weise hinderlich, nicht?«

»Sie dürfen das nicht nur praktisch sehen. Der Schnee verwandelt die Welt in eine Zauberlandschaft und bedeckt alles mit seinem schönen Weiß.«

Leblanc dachte an sein Auto. »Ja, da hast du recht.«

Dann widmete er sich dem längst fälligen Protokoll des Casino-Überfalls.

ZWEI

Inzwischen war es dunkel geworden. Das Weiß der Schneeflocken setzte sich vor dem düsteren Himmel ab. Nadine war nach Hause gegangen. Leblanc nahm sein Handy und tippte die Nummer von Tante Amélie ein, die sich sofort meldete, als hätte sie in der Nähe des Telefons auf einen Anruf gewartet.

»Hier ist Jacques. Das Wetter wird nicht besser, und zudem stecke ich mitten in der Arbeit. Das wird nichts morgen mit dem Kommen. Aber gib mir mal Maman, ich rede mit ihr.«

»Ja, ich gebe sie dir, aber du musst ihr ins Gewissen reden. So geht das nicht weiter.«

Leblanc vernahm, wie seine Tante im Hintergrund nach ihrer Schwester rief. Er seufzte, dann hörte er die hohe und durchdringende Stimme seiner Mutter.

»Amélie sagt, du willst mit mir reden? Was ist los, mein Junge?«

»Maman, Amélie macht sich Sorgen um dich.«

»Hat sie dir das jetzt auch erzählt? Ständig liegt sie mir damit in den Ohren, ich weiß nicht, was das soll. Wieso macht sie sich Sorgen?«

»Sie ist nicht gerade froh darüber, dass bei dir ständig Leute aus Kamerun ein und aus gehen, die sie nicht kennt.«

»Aber warum denn? Das sind reizende Menschen. Ich verhelfe ihnen zu dem, was sie für ihre Religionsausübung brauchen.«

Leblanc schluckte. Ihm schossen Bilder von Voodoo-Priestern

mit verdrehten Augen und von ekstatischen Tänzen durch den Kopf, und seine Mutter mitten im Geschehen, besudelt mit Hühnerblut. Sie war jetzt fünfundsiebzig, allerdings wendig und zäh wie eine sportive Vierzigjährige.

»Maman, was ist denn das, was du ihnen besorgst?«

»Eine Pflanze, eine Wurzel. Die ist wichtig für das Aufnahmeritual in unsere Religionsgemeinschaft.«

»Unsere? Bist du da Mitglied? Was ist das für eine Religion?«

Suzanne Leblanc lachte in einem meckernden Ton.

»Mitglied? Was hast du für Vorstellungen? In den Augen der Kameruner bin ich eine Zauberin, eine weiße Hexe.«

Jacques Leblanc verstummte. Das war zu viel. Einen Moment lang fühlte er sich verloren wie damals als Kind, als er in einer Erdhöhle in Kamerun verschüttet war. Seine Mutter redete unerbittlich weiter, als würde sie einem Reporter Auskunft geben.

»Ich besitze besondere Kenntnisse von Kräutern und kann ihre Heilkräfte nutzen und weitergeben. Außerdem rufe ich Geister um ihre Hilfe an. Du hast doch sicher schon von unserem Ahnenkult gehört.«

Nur mit Mühe gelang es Leblanc zu antworten.

»Nein, ich kenne mich mit afrikanischen Religionen nicht aus.«

»Ich erkläre es dir gern einmal ausführlich, wenn es dich interessiert. Die Missionare haben das Christentum nach Afrika gebracht, aber das Christentum konnte die Naturreligionen nicht ersetzen. Mit der Folge, dass sie sich vermischt haben, ganz einfach. Der Ahnenkult spielt dabei eine große Rolle. Die verstorbenen Ahnen erscheinen als Geister, meistens sind sie gutartig, aber manchmal auch jähzornig. Dann müssen wir sie besänftigen.«

Suzanne Leblanc lachte wieder meckernd. Ihr Sohn fühlte sich überfordert und hätte das Gespräch gern beendet.

»Maman, wie heißt denn diese Pflanze, die du aus Kamerun bekommst, und auf welche Weise gelangt sie in deine Hände?«

»Die Ibogawurzel wird mir mitgebracht von vertrauenswürdigen Personen, das kannst du mir glauben.«

»Gut, Maman, gib mir noch mal Amélie.«

Seine Tante schien das Gespräch in der Nähe mitgehört zu haben, sie war sofort am Apparat.

»Da, siehst du, habe ich es dir nicht gesagt!«

»Ich kümmere mich darum, Amélie. Ich finde heraus, ob das Treiben von Maman gesetzwidrig ist. Wenn nicht, kann sie ihre Religion ausüben, wo sie will, aber nicht bei dir im Haus. In Ordnung?«

»Ist gut, Jacques. Sie hat sich so verändert, ich kann kaum glauben, dass sie meine Schwester ist.«

»Sie hat fast ihr ganzes Leben in Afrika verbracht, das hinterlässt Spuren. Ich melde mich wieder.«

Leblanc legte sein Mobiltelefon auf den Bürotisch und stieß Luft aus, als hätte er eine schwere körperliche Anstrengung hinter sich gebracht. Das war schlimmer, als er sich hätte träumen lassen. Das war ein Alptraum. Seine Mutter eine Zauberin, eine Hexe! Allein die Wörter jagten ihm Schauer über den Rücken. Er startete seinen Computer neu, der sich von selbst ausgeschaltet hatte, gab das Wort »Ibogawurzel« in die Suchmaschine ein und las das, was da erschien, laut vor:

»Die Wurzel der Iboga, vor allem die innere Schicht der Wurzelrinde, enthält psychoaktive Stoffe, vor allem dasDie Ibogawurzel wird oral konsumiert, schmeckt äußerst bitter und wird in kleingehacktem oder gemahlenem Zustand zerkaut und mit reichlich Wasser geschluckt. Kleinere Dosen wirken stimulierend und aphrodisierend, während größere Dosen Visionen auslösen, das heißt lebhafte Wachträume bei geschlossenen Augen. Zudem wird sich bei dem Verspeisen dieser Pflanze immer wieder übergeben. Die Ibogawurzel wird verwendet beim Aufnahmeritual der Bwiti-Religion.«

Dann erfuhr er noch, dass Iboga, so wie Cannabis und Marihuana, auf der Liste der verbotenen bewusstseinserweiternden Substanzen stand und im Sport als Dopingmittel galt. Seine Mutter handelte mit Drogen! Für den Moment war das mehr, als er verkraften konnte. Keinesfalls konnte er heute Abend allein sein. Er überlegte, Isabelle anzurufen, mit der er hin und wieder essen und danach ins Bett ging. Isabelle arbeitete in einem Immobilienbüro. Er verbrachte gern einen Abend mit ihr, sie war unkompliziert und bereit, sich zu amüsieren. Aber er entschied sich dafür, Annie aus der Bäckerei in Deauville zu fragen. Annie roch immer ein bisschen nach frischem Brot, bei ihr würde er Trost finden. Trost brauchte er dringend – und jemanden, der seinen Schlaf bewachte. Denn dass er allein würde schlafen können, das wusste er jetzt schon, daran war nicht zu denken. Sein altes Trauma aus der Kindheit, als er drei Tage in der Erdhöhle in Kamerun verschüttet war, würde ihn heimsuchen und ihm keine Ruhe lassen.

»Bonjour, Annie, chérie, hier ist Jacques. Du hast heute Abend noch nichts vor, oder? … Siehst du, dann können wir eine Kleinigkeit essen und im Zebra einen Drink nehmen … Nein, kein Problem, wir können auch bei dir etwas speisen … Gut, ich bin um acht Uhr da. Bis später.«

Wenigstens das hatte geklappt. Annie wollte zwar nicht ausgehen, aber sie hatte ihn zu sich nach Hause eingeladen.

Jacques Leblanc erwachte von der Stille. Es war kurz vor sechs und anders still als sonst. Neben ihm schlief Annie, ihre dicken braunen Haare lagen wie eine dunkle Wolke auf dem Kopfkissen.

Bald würde sie aufstehen, denn um sieben Uhr fing ihre Arbeit in der Bäckerei an. Annie hatte gestern Abend eine passierte Gemüsesuppe gekocht, dazu hatte es frisches Baguette gegeben. Der Geruch hatte Leblanc besänftigt. Er ließ sich Geschichten aus der Bäckerei erzählen, und nach drei Gläsern eines guten Bordeaux war er tatsächlich neben der wohlriechenden Annie eingeschlafen. Aber sein Schlaf währte nicht lange. Einmal erwacht, gingen ihm die Sorgen um seine Mutter durch den Kopf. Seine Unruhe breitete sich im ganzen Körper aus, er wälzte sich hin und her. Viel später war er dann noch einmal kurz eingeschlafen. Leblanc stand auf und sah aus dem Fenster. Die Ursache der Stille war der Schnee, der die Geräusche schluckte. Man hörte nicht einmal den Müllwagen, der um diese Zeit die Tonnen leerte.

Jacques Leblanc zog sich an. Als Annie erwachte und ihn ansah, machte er ein Zeichen mit der Hand, dass er gehen würde. Sie kannte das. Meistens verließ Leblanc sie früh am Morgen, um, bevor er sich ins Präsidium begab, in seiner Wohnung vorbeizuschauen, die nur zehn Minuten zu Fuß von ihrer entfernt lag. Heute brauchte er länger. Seine Halbschuhe mit den Ledersohlen waren dem Schnee nicht gewachsen. Sie rutschten auf der nassen Oberfläche, und Leblanc fühlte sich wie auf einem schwankenden Schiff. Wenn er zu einer Hauswand oder einer Straßenlaterne griff, um Halt zu finden, dachte er, dass jeder, der ihn so sähe, denken müsste, er irrte volltrunken durch den frühen Morgen. Der Gedanke erheiterte ihn. Die Heiterkeit half aber nicht gegen das Frösteln. Er müsste sich ausstatten mit Stiefeln mit Profilsohle und einer Daunenjacke, mit einer Wollmütze und Handschuhen, so wie die anderen. Nein, das konnte er nicht. Das wäre nicht mehr er, Jacques Leblanc. Und Schnee gab es ja auch nur selten, wie die Einheimischen sagten.

DREI

Marie hatte anstrengende Tage hinter sich. Aber die Mühen hatten sich gelohnt. Zusammen mit dem Präsidenten der Gesellschaft der »Freunde Marcel Prousts«, Monsieur Richard, hatte sie in ihrer Funktion als seine Stellvertreterin eine Konferenz in Cabourg organisiert. Zwei Tage lang waren Vorträge gehalten worden über das Thema »Essen und Trinken bei Marcel Proust«. Marie liebte in Prousts Werk besonders die Stelle, an der nach dem Genuss einer in Tee getauchten Madeleine, dieses Gebäcks in Form einer Jakobsmuschel, bei dem Erzähler die Erinnerung einsetzt, an die Aufenthalte bei den Großeltern und der Tante. Dieses Phänomen hatte sie bei sich selbst auch schon häufiger beobachtet. Wenn ihr ein bestimmter Geruch in die Nase stieg oder ein Geschmack ihren Gaumen reizte, stellten sich Bilder aus ihrer Vergangenheit ein. Bei ihren Großeltern auf dem Land, die sie in den Schulferien immer besuchen durfte, gab es eine dunkle Ecke im Keller, in der Kartoffeln gelagert wurden. Der Keller war ihr unheimlich gewesen, und immer, wenn sie später diesen erdigen Kartoffelgeruch wahrnahm, sah sie im Geist das alte Haus ihrer Großeltern vor sich, das längst einem Neubau gewichen war, und erinnerte sich an das Gefühl, einer Mischung aus schaurigem Grusel und unwiderstehlicher Verlockung, das der Keller in ihr als Kind ausgelöst hatte.

Für die Konferenz hatte der Bürgermeister den Vortragsraum des Rathauses zur Verfügung gestellt, und natürlich hatten sie im Grand Hôtel die Mittag- und Abendessen eingenommen, der Speisesaal war eigens für diesen Zweck reserviert worden. Die Küche des Grand Hôtel hatte keine Mühen gescheut, auch ungewöhnliche Gerichte wie Kohlsuppe mit Speckwürfeln oder Rindfleisch mit Karotten in Aspik, wie sie in Prousts Werk erwähnt werden, nach alten Rezepten nachzukochen. Etwa vierzig Personen hatten an der Tagung teilgenommen, auch deutsche Proust-Forscher waren der Einladung gefolgt. Zwei von ihnen hatten in Maries Gästehaus in Trouville gewohnt und das Konferenzwochenende um einen Tag verlängert. Mit diesen zwei Professoren hatte sie gestern Mittag im Central gegessen – und dort Jacques angetroffen. Sie musste schon wieder lachen, wenn sie daran dachte. Jacques und seine Bemerkungen! Allerdings wusste man bei ihm nie, wann er es ernst meinte und wann er nur witzig sein wollte.

Nun brachte sie die zwei Professoren zum Bahnhof in Trouville, wo sie den Zug nach Paris nehmen und vom Flughafen Charles de Gaulle zurück nach Deutschland fliegen wollten. Sie zeigten sich begeistert über die in Cabourg verbrachte Zeit, besonders der Romanistikprofessor aus Köln, Herr Rösler, lobte die angenehme Atmosphäre.

»Madame Bertaux, es war uns ein besonderes Vergnügen, die Tage bei den ›Freunden Marcel Prousts‹ in Cabourg und in Ihrem Gästehaus in Trouville verbringen zu dürfen. Eine exzellente Organisation, erstklassige Vorträge und vorzügliches Essen. Vielen Dank für die Einladung. Wir werden uns mit einer Gegeneinladung revanchieren.«

»Danke sehr, die nehme ich gern an, Monsieur Rösler. Kommen Sie gut nach Hause. Ich hoffe, dass die Züge trotz des Schnees pünktlich sind.«

»Der Schnee, ein zusätzliches i-Tüpfelchen, durchaus erlebenswert. Man kennt die Normandie nur im Sommer, so wie auch Proust zu seiner Zeit. Der hätte natürlich bei derartigen Witterungsverhältnissen sofort Reißaus genommen, bei seiner angeschlagenen Gesundheit. Manchmal war es ihm sogar im August zu kühl. Ein sensibler Zeitgenosse. Immerhin haben wir dieser Sensibilität ein Meisterwerk zu verdanken, nicht wahr?«

Die Herren Professoren winkten ihr noch einmal zu, bevor sie die kleine Bahnhofshalle betraten.

Gestern hatte es zu schneien begonnen, zum Glück erst gestern, dachte Marie erleichtert, denn bei verschneiten Straßen wären die Autofahrten nach Cabourg am Wochenende beschwerlicher gewesen. Sie war froh, dass sie das Auto nun, da ihre Gäste abgereist waren, abstellen und sich ungetrübt über den Schnee freuen konnte. Fünf Tage bis Weihnachten, und sie hatte noch viel zu tun. Ihre beiden Kinder Charles und Elisabeth hatten sich angekündigt. Charles arbeitete in London in einer Bank und hatte es mit seinen dreiundzwanzig Jahren weit gebracht. Ganz genau wusste Marie nicht, welche Bankgeschäfte zu seinem Tätigkeitsbereich gehörten. Er verdiente jedenfalls eine Menge Geld. Einen größeren Gegensatz als den zwischen ihrem Sohn und ihrer Tochter konnte es kaum geben. Elisabeth studierte in Straßburg Agrarwissenschaft, engagierte sich für ökologische Landwirtschaft und hatte im Sommer ein Praktikum in Norddeutschland bei einem Betrieb für Kartoffelanbau absolviert, wo sie, wie sie stolz erzählte, alte Sorten erneut züchteten. In Deutschland, sagte sie, sei man viel konsequenter im Bio-Anbau als in Frankreich. Marie freute sich auf ihre beiden Kinder.

Sie fuhr vom Bahnhof zurück zu ihrem Gästehaus. Die beiden Professoren waren ihre letzten Gäste vor Weihnachten gewesen. Sie hielt die Zimmer für ihre Kinder frei, obwohl es Anfragen von Interessenten gegeben hatte. Merkwürdig, fand sie, dass Leute die Festtage nicht zu Hause verbringen wollten. Aber offenbar gab es immer mehr davon, denn Trouville bot für Weihnachtsflüchtlinge ein komplettes Programm an, von Tanzabenden mit Diner im Casino bis hin zu Kutschfahrten in die Umgebung. Die neueste Attraktion war eine Kunsteisbahn, die die Stadt am Ufer der Touques errichtet hatte und die jeden Nachmittag bis zum Abend mit ihrer Musik die Stadt beschallte. Die vorwiegend jungen Eisläufer bewegten sich zu den Rhythmen der Musik. Viele Anwohner teilten das Vergnügen nicht und hatten sich bereits beschwert. Aber was dem Tourismus diente, hatte Vorrang.

Marie stellte den Wagen in der Nähe ihres Hauses auf dem Parkplatz vor der Kirche Bonsecours ab, zog ihren Lammfellmantel an, setzte die Wollmütze auf und machte sich auf den Weg zu ihrer Freundin Dominique, die ihren Hund, einen Golden Retriever namens Arsène, für die drei Tage, während derer sie mit der Tagung beschäftigt war, bei sich aufgenommen hatte. Dominique betrieb mit ihrem Mann Paul ein kleines Restaurant, das Paradis sur Terre, in einer Nebenstraße. Sie kamen gerade so über die Runden, im Winter war es besonders schwierig. Nur die Tatsache, dass sie keine Miete zahlen mussten, hielt das Restaurant am Leben. Dominique hatte das Haus, das ihnen auch als Wohnung diente, von ihren Eltern geerbt. Jetzt, am Nachmittag, war das Restaurant geschlossen. Vor der Tür am hinteren Ende des Hauses zog Marie ihr Telefon aus der Tasche und rief Dominique an. Sie kannte zwar den Code der Eingangstür, wollte aber nicht ohne Ankündigung im Flur stehen.

»Hallo, Dominique, ich bin vor der Tür. Soll ich hochkommen, oder bringst du mir die Bestie runter?«

Dominique lachte laut.

»Marie, komm rauf. Die Bestie hat Sehnsucht nach dir.«

Marie war kaum die halbe Treppe nach oben gestiegen, als

Arsène ihr freudig winselnd und schwanzwedelnd entgegenschoss.

»Arsène, nicht auf der Treppe. Geh wieder hoch!«

Sie schob den Hund die Stufen hinauf, aber er tanzte um ihre Beine herum. Dominique wartete im Türrahmen. Trotz der schwierigen finanziellen Situation des Restaurants ließ sie sich ihren Kummer nie anmerken. Immer war sie fröhlich, und ihre schwarzen Locken wippten, wenn sie sich bewegte.

»Na, da freut sich aber jemand.«

»War er anstrengend?«

»Nicht besonders, er ist ein freundlicher Hund. Klar, dass man regelmäßig mit ihm spazieren gehen muss.«

»Ich weiß nicht, wie ich dir danken soll, Dominique. Du hast genug Arbeit, und dann noch einen Gast, der ausgeführt werden will.«

»Ist schon gut, Marie. Es hat auch Spaß gemacht mit ihm. Aber er hat dich vermisst.«

»Ich hätte ihn nicht mitnehmen können nach Cabourg. Drei Tage war ich von früh bis spät im Einsatz. Immerhin hat es sich gelohnt. Alle waren zufrieden, jedenfalls haben sie das gesagt. So, dann befreie ich dich mal von dem Tier.«

»Hier, seine Decke, Fress- und Trinknapf. Das Kissen kannst du mitnehmen. Es hat ihm so gut gefallen, dass er es fast aufgefressen hat.«

Marie seufzte.

»Tut mir leid, ich kann es ihm nicht abgewöhnen. Er zerfetzt Kissen. Du bekommst ein neues von mir. Bis bald, Dominique, und nochmals danke.«

Marie leinte den Hund an, der lammfromm an ihrer Seite nach Hause trottete. Als sie am Central vorbeiging, dachte sie erneut an Jacques, wie er gestern den Eifersüchtigen gespielt hatte. Seit

Juni, als sie den Toten am Strand gefunden und ihn angerufen hatte, hatten sie sich kaum gesehen. Einmal hatte sie ihn zufällig getroffen, und er wollte sich sofort mit ihr verabreden. Sie war dann mit ihm bei Dominique im Restaurant gewesen, und er hatte sie nach Hause gebracht. Seinen bittenden Blick hatte sie ignoriert, ihre Gästezimmer waren belegt, und in ihre Wohnung wollte sie ihn nicht mitnehmen. Das musste im September gewesen sein, es war noch sommerlich warm gewesen, und sie erinnerte sich an einen klaren, hellen Sternenhimmel. Das mit Jacques war eine merkwürdige Sache. Sie mochte ihn immer noch, aber sie wusste auch, dass ihr eine Beziehung, wie sie sie mit ihm in Paris gehabt hatte, zu anstrengend wäre. Damals hatte sie gedacht, er würde ruhiger werden, seine Selbstinszenierungen würden mit der Zeit nachlassen. Aber nach drei Jahren hatte sie erkannt, dass er sich nicht ändern würde, dass er seine Umgebung als Bühne betrachtete, die er mit einem Feuerwerk aus Charme bespielte. Bezaubernder, witziger, unbeständiger Jacques! Die Erinnerung an ihn brachte ein Lächeln auf ihrem Gesicht hervor, als sie die Ziffern des Codes ihrer Haustür eingab.

Auf Arsènes Fell hatten sich Schneeflocken niedergelassen. Sie wischte sie notdürftig mit der Hand ab und schüttelte den Schnee von Mantel und Mütze. Es war erst drei, aber schon dämmrig. Arsène trottete auf seine Decke, die Marie neben den Kamin im Salon gelegt hatte. Sie ging die zwei Treppen hinauf in ihre Wohnung und hatte gerade die Heizung höher gedreht, als das Telefon klingelte. Es war Rachel, ihre Freundin aus Kinderzeiten.

»Hallo, Marie, sind deine Proustianer abgereist? Ist die Tagung gut gelaufen?«

»Ja, ich bin zufrieden, die anderen waren es auch, glaube ich.«

»Davon bin ich überzeugt. Wenn du etwas organisierst!«

»Danke für das Kompliment. Gerade habe ich Arsène von

Dominique abgeholt, und jetzt fühle ich mich ein bisschen erschöpft.«

»Deswegen rufe ich an. Bleibt es bei unserer Verabredung um fünf? Oder bist du zu müde?«

»Nein, es bleibt dabei. Ich freue mich, dich zu sehen, und dieses Mal auch Masako, nach so langer Zeit. Schön, dass sie mitgekommen ist. Und sag ihr schon mal meinen Dank für die Einladung zur Teezeremonie. Ich bin sehr gespannt. So etwas habe ich noch nie mitgemacht.«

»Ich kann dir versprechen, dass du gestärkt und in buddhistischer Ruhe nach Hause gehst. Auf mich wirkt diese Teezeremonie immer wie eine Meditation, du wirst sehen. Dann bis später, Marie.«

»Kann ich Arsène mitbringen? Er musste mich so lange entbehren, ich würde ihn ungern alleinlassen.«

»Ja, klar, bring ihn mit.«

Rachel war Künstlerin und verkaufte ihre Bilder mit Erfolg auf internationalen Ausstellungen. Marie war mit ihr zur Schule gegangen, und seitdem verband die zwei eine enge Freundschaft. Während Marie ihre kleine Ferienwohnung im Hôtel des Roches Noires verkauft hatte, als sie von Paris ganz nach Trouville übersiedelte, besaß Rachel ihr Zweizimmerappartement nach wie vor und nutzte es als Rückzugsort, wenn sie sich von den Reisen und den anstrengenden Präsentationen in Paris erholen wollte. Normalerweise kam sie allein, ohne ihre Lebensgefährtin Masako, mit der sie in Paris eine Wohnung teilte. Aber nun hatten die beiden beschlossen, die Weihnachtstage und das Jahresende in Trouville zu verbringen. Masako war Japanerin und Schriftstellerin und, wie Marie kürzlich erst erfahren hatte, Teemeisterin. Was das genau bedeutete, konnte sie sich nicht vorstellen. Aber das würde sie heute erfahren, denn sie war von Masako zu einer

Teezeremonie eingeladen. Marie legte sich aufs Sofa und begann, einen Artikel im *Ouest-France* zu lesen. Zehn Zeilen schafften ihre Augen, dann sank ihr die Zeitung auf die Brust. Sie war eingeschlafen.

VIER

Als Marie erwachte, war es halb fünf. Sie hatte eine Stunde geschlafen, ungewöhnlich, sie schlief sonst nie tagsüber. Es musste die Anspannung der vergangenen Tage gewesen sein, die nun der Müdigkeit wich. Oder die Stille. Im Haus gab es keine Geräusche von Gästen, draußen dämpfte der Schnee den Straßenlärm. Marie fühlte sich erfrischt, zog eine braune Hose und einen beigefarbenen Pullover an und bürstete im Bad ihre schulterlangen kastanienbraunen Haare. Den rötlichen Schimmer hatten sie einer Tönung zu verdanken, die Marie kurz vor der Tagung bei ihrer Friseurin hatte machen lassen. Sie war sonst nicht so experimentierfreudig, ihre Haare waren eher ein heikles Thema, aber die rötliche Farbe gefiel ihr.

Sie stieg die Treppe hinab. Sanft strich Arsène um ihre Beine, nicht so wie sonst, wenn es nach draußen ging. Normalerweise war er kaum zu bändigen, und sie musste ihn festhalten, um ihn anzuleinen. Die drei Tage ohne sie schienen ihn nachhaltig beeindruckt zu haben. Noch den Mantel überziehen, die Mütze aufsetzen, in die hohen Stiefel schlüpfen und die Haustür öffnen. Nein, sie kehrte noch einmal um, denn sie hatte das Geschenk für Rachel und Masako vergessen, das in rot-grünes Papier eingewickelt auf der Kommode stand. Zwei Gläser Marmelade, die sie selbst eingekocht hatte, ein Gelee aus Zitronenpomeranzen und eine Creme aus karamellisierter Milch mit gesalzener Butter. Sie wusste, dass Rachel diese Konfitüre besonders gern aß.

Es hatte zu schneien aufgehört, aber weiterer Schnee war angekündigt. Marie bog in die Straße ein, die zum Strand führte. Sie wollte über den Holzplankenweg, die Planches, zum Hôtel des Roches Noires gehen. Es war windstill. Das Meer hatte sich weit zurückgezogen, nur die Wellen hörte man in der Ferne leise rauschen. Sie atmete die kühle, feuchte Luft tief ein. Die Dunkelheit wurde vom orangefarbenen Schein der Laternen unterbrochen, die im Abstand von zehn Metern den Plankenweg erhellten. Kein Mensch war zu sehen. Sie ließ Arsène von der Leine, aber der Hund blieb in ihrer Nähe. Bis zum Hôtel des Roches Noires waren es kaum zehn Minuten. Das große gelbliche Gebäude sah von Weitem aus wie ein riesiges, vieläugiges Tier. Ein Großteil der Fenster war beleuchtet, das hieß, die Besitzer waren jetzt schon aus Paris in ihre Ferienwohnungen gekommen, um mit ihren Familien hier Weihnachten zu feiern. Sie kannte das von früher. Im Sommer und an Feiertagen war das Haus immer voll belegt.

Vom Holzplankenweg führte eine kleine, weiß gestrichene Pforte in den Garten des Anwesens. Sie war nie abgeschlossen, trug aber ein Schild mit der Aufschrift »Privateigentum. Zutritt verboten«. Immer wieder ignorierten Touristen im Sommer das Verbot und spazierten auf das Grundstück, denn das Hôtel des Roches Noires stand als historisches Monument in jedem Reiseführer. Marcel Proust war Ende des 19. Jahrhunderts mit Großmutter und Mutter in dem Hotel, das es damals noch war, Feriengast gewesen, und die Schriftstellerin Marguerite Duras hatte hier eine Wohnung besessen und den Ort in ihren Büchern und Filmen verewigt.

Der Weg hinauf zum Hauptportal war freigeräumt, aber mit Schneematsch bedeckt und rutschig. Auf dem Parkplatz vor dem Portal standen die Autos so dicht neben- und hintereinander, dass ein Verlassen der Parklücke ohne akrobatische Manöver und Blechschäden kaum möglich schien. Die große holzgerahmte Glastür zur Eingangshalle war verschlossen. Rechts daneben versteckte sich eine kleinere Tür, die sich durch das Eingeben eines Codes klickend öffnete.

Marie betrat die unter Denkmalschutz stehende Halle aus den Zwanzigerjahren mit ihren Wandmalereien und dem Fliesenboden. Von den großen Fenstern aus sah man direkt aufs Meer, wenn es nicht gerade stockfinster war wie jetzt. Der Concierge, Monsieur Bonneterre, kam aus seiner Loge und begrüßte Marie freundlich.

»Madame Bertaux, Sie waren lange nicht hier. Wie geht es Ihnen?«

»Danke, Yvan, sehr gut. Und Ihnen?«

»Sie können sich ja denken, dass ich jetzt, zu den Feiertagen hin, viel zu tun habe. Wie immer kommen alle in der Woche vor Weihnachten. Im November war es hier so ruhig, dass ich mich wie auf einer einsamen Insel gefühlt habe.«

Monsieur Bonneterre, ein kräftiger, großer Mann, in dessen kurz geschnittene, einst schwarze Haare sich, seit Marie ihn das letzte Mal gesehen hatte, eine Menge Grau gemischt hatte, besaß madagassische Wurzeln. Früher hatte er Marie oft von Madagaskar erzählt, dass die Landbevölkerung in großer Armut lebte und die karge Ernte häufig von Heuschreckenschwärmen gefressen wurde. Oder dass sein Vater und seine Onkel und Tanten dort begraben waren und er den Toten in regelmäßigen Abständen die Ehre eines Besuchs zu erweisen habe. Monsieur Bonneterre war überzeugt davon, die Toten seien nicht tot, man könne mit ihnen reden, und sie würden einen beschützen, solange man sie ehre.

»Dann haben Sie gar keine Zeit, Weihnachten zu feiern, wenn

Sie hier so in Anspruch genommen werden?«, fragte Marie besorgt.

»Madame«, sagte Monsieur Bonneterre ernst, »ich bin Christ, aber ich glaube auch an die animistische Religion meiner Vorfahren. Die göttliche Seele zeigt sich in jeder Pflanze, in jedem Tier, in der gesamten Natur. Wir feiern andere Feste als Sie. Obwohl ich schon lange in Frankreich lebe, vergesse ich unsere Traditionen nicht.«

»Ich wünsche Ihnen trotzdem schöne, ruhige Tage, Yvan.«

Marie wandte sich von der Loge nach rechts zum Fahrstuhl. Die Tür des alten Holzfahrstuhls quietschte wie immer, aber innen in der Kabine gab es etwas Neues, nämlich eine Vorrichtung, eine Ansage, die Sehbehinderte darüber informierte, in welchem Stockwerk sie sich befanden. Unter knarrenden Geräuschen brachte der Fahrstuhl Marie und Arsène in den dritten Stock. Ein Geruch nach Feuchtigkeit und Sand stieg aus dem dunklen Teppichboden in Maries Nase, nach Sommer und nasser Badekleidung, ein Geruch, den sie selbst jetzt im Winter wahrnahm. Der rot gemusterte Läufer im Flur der dritten Etage war noch derselbe wie früher, der Eichendielenboden darunter leuchtete hell nach einem erst kürzlich vorgenommenen Abschliff. Marie war das alles vertraut.

Sie klopfte an die Tür von Appartement 318. Zwei Stimmen riefen gleichzeitig »Jaaa«. Sie öffnete die Tür und wurde von Rachel und Masako umarmt und begrüßt.

»Bonjour, Marie, schön, dass du da bist.«

»Bonjour, ihr zwei. Danke für die Einladung. Ihr habt ja einiges umgeräumt.« Marie hatte beim Eintreten sofort bemerkt, dass einige Möbel beiseitegestellt waren.

»Ja, wir brauchen Platz für die Teezeremonie. Arsène verfrachten wir solange ins Schlafzimmer.«

Rachel tätschelte ihm den Kopf. »Guter Hund.«

»Heute macht er alles mit. Er ist froh, dass er mich wiederhat.«

Nachdem Rachel ihr den Mantel abgenommen hatte, zog Marie auch ihre Stiefel aus. Die Wohnungstür führte direkt ins erste Zimmer, links war eine offene amerikanische Küchenzeile eingebaut. Wo sonst der Esstisch stand, lagen jetzt Sitzkissen auf dem Boden. Dazwischen war ein Tuch ausgebreitet, auf dem kleinere und größere Schalen, Kännchen und Dosen auf ihren Gebrauch warteten. Kerzen erhellten den Raum mit warmem Licht. Marie sah erst jetzt, dass Masako einen gemusterten rosafarbenen Kimono trug. Er brachte ihre feinen, geschmeidigen Bewegungen, ihre zarten Gesichtszüge und das schwarze, zum Pagenkopf geschnittene Haar noch besser zur Geltung. Rachel holte aus dem Nebenzimmer weitere Kissen.

»Hier, Marie, nimm noch welche, dann sitzt du höher. Ich bin es gewohnt, im Fersensitz auszuharren. Für dich ist das vielleicht unbequem.«

Masako legte die Handflächen aneinander und beugte sich leicht nach vorne.

»Nehmt Platz! Bei der Teezeremonie wird wenig geredet. Aber wenn ich etwas erklären soll, sag es mir ruhig, Marie!«

Masako brachte vom Herd einen Wasserkessel, aus dem Dampf austrat, und stellte ihn auf eine Metallunterlage auf dem Boden. Anmutig kniete sie sich auf das Sitzkissen. Sie goss heißes Wasser in eine Teekanne, schwenkte sie herum und ließ das Wasser in eine große Schale abfließen. Dann wiederholte sie die Prozedur mit den Teeschalen und trocknete sie mit einem Tuch ab. Sie gab Teeblätter aus einer Dose in die Teekanne und füllte sie mit Wasser auf. Dieser erste Aufguss landete auch in der Schale. Der zweite Aufguss wurde in die kleinen Schälchen gegeben. Je eines der Schälchen stellte sie vor Rachel und Marie.

Graziös und wie von selbst schienen sich Masakos Hände zu bewegen.

»Der Sencha ist bereitet. Bitte trinkt!«

Die beiden Angesprochenen beugten sich vor und nahmen die zarte Porzellanschale in die Hand. Marie schloss die Augen und sog den Duft des grünen Tees ein. Er roch ein bisschen nach Algen, fand sie. Der erste Schluck hinterließ eine leichte Bitterkeit, beim zweiten fand sie das Algenaroma wieder, allerdings abgeschwächt und sehr mild. Beim Nachgeschmack vereinten sich die Aromen und gaben ein weiteres frei, das entfernt an Aprikosen erinnerte. Dass ein Tee so viele Geschmackskomponenten haben konnte, hätte sie nie gedacht. Dreimal wiederholte Masako das Ritual, dreimal schmeckte der Tee um Nuancen anders. Die Ruhe und Langsamkeit, mit der sie die rituellen Handlungen vollzog, erfüllten den Raum und übertrugen sich auf Marie. Als sei sie aus der Zeit herausgehoben, als habe sich ihr Geist zurückgezogen, konzentrierte sie sich nur auf diesen Augenblick, und sie empfand eine vollkommene Harmonie. Am Ende schäumte Masako in größeren Schalen ein grünes Teepulver mit Wasser auf und reichte sie ihren Gästen.

»Der Macha ist bereitet. Bitte trinkt!«

Dieser Tee war bitterer und konzentrierter als der Sencha. Der Geschmack blieb länger im Mund zurück. Am Ende legte Masako wieder ihre Handflächen aneinander und verbeugte sich.

»Danke, dass ihr an der Teezeremonie teilgenommen habt.«

»Danke, Masako.«

Marie verspürte keine Lust, mehr zu sagen. Sie sah auf die Uhr, es waren eineinhalb Stunden vergangen, ohne dass sie es gemerkt hatte. In ihr war es still. Rachel schien es genauso zu gehen.

»Wir treffen uns die nächsten Tage, Marie, und dann reden wir ausführlich, ja?«

»Das machen wir. Habt Dank für dieses außergewöhnliche Erlebnis.«

Arsène tapste verschlafen hinter ihr her, als sie den Fahrstuhl ansteuerte. Ihr fiel ein, dass sie ins Kellergeschoss fahren könnte, um dort durch die Hintertür direkt zum Strand zu gelangen. Auf irgendeine Unterhaltung in der Halle hatte sie jetzt keine Lust. Sie bot ihre ganze Kraft auf, um die schwere Fahrstuhltür im Keller zu öffnen. Der dicke Sisalteppich, auf dem die Badenden im Sommer Massen von Sand hinterließen, dämpfte ihre Schritte. Als sie an der Tür, die zum Strand führte, angekommen war, merkte sie, dass der Hund ihr nicht gefolgt war.

»Arsène!«

Nichts. Der Hund blieb verschwunden. Sie bog in den linken der beiden Gänge ein, die sich unter dem Gebäude wie große Adern verzweigten. Er war nur mäßig beleuchtet. Von diesem Gang führten verschlossene Türen zu der Heizanlage des Gebäudes und der Elektrizitätsversorgung. Arsène war nirgends zu entdecken. Marie ging zurück und bog in den rechten Gang ein. Fahrräder standen hier herum, neue und reparaturbedürftige, zusammengefaltete Sonnenschirme, Strandstühle, Kinderspielzeug, Schaufeln, Eimer. Die Nischen weiteten sich nach hinten zu Gewölben. In der letzten Nische erblickte Marie das hellbeige Fell ihres Retrievers.

»Arsène, was machst du hier?«

Sie näherte sich ihm, weil er nicht von der Stelle wich. Als sie sah, was die Aufmerksamkeit des Hundes erregt hatte, begann sie laut zu schreien. In einem Gummischlauchboot, aus dem die Luft halb entwichen war, lag eine Frau. Die Frau war offensichtlich tot. Das Gesicht blau angelaufen, ihre Glieder seltsam verdreht, bot sie einen entsetzlichen Anblick. Noch schrecklicher war, dass Marie die Frau kannte. Sie hieß Bernadette Latour, war Journalistin und besaß eine Wohnung im Hôtel des Roches Noires.

Marie hörte nicht auf zu schreien, die Schreie stürzten aus ihrem Mund und verhallten in den Kellergewölben. Niemand würde sie hier hören. Kopflos, in heller Panik rannte sie den langen Gang zurück zum Flur und die Treppe hinauf, die in die Halle führte. Monsieur Bonneterre saß nicht mehr in seiner Loge. Sie drückte auf den Klingelknopf. Es kam ihr vor wie eine Ewigkeit, bis der Concierge aus seiner Wohnung, die über der Loge lag, herangeschlurft kam. Als er Maries Gesichtsausdruck sah, straffte sich sein Körper, und mit einem Satz stand er neben ihr.

»Was ist passiert?«

Außer Atem stieß Marie nur einzelne Wörter hervor.

»Da liegt … ich … im Keller … etwas Schreckliches …«

Als sie den besorgten Blick von Monsieur Bonneterre sah, fasste sie sich, atmete tief durch und konnte nun zusammenhängend sprechen.

»Im Keller liegt eine Tote. Es ist Madame Latour aus dem zweiten Stock. Ihr Gesicht ist ganz blau, es sieht aus, als hätte sie jemand erwürgt.«

Die Augen des Concierge weiteten sich vor Entsetzen.

»Erwürgt? Tot? Im Keller? Madame Latour? Wieso?«

»Ich weiß nicht, aber wir müssen die Polizei holen.«

»Sicher, wir müssen die Polizei benachrichtigen. Das wird Aufregung geben. So kurz vor Weihnachten.«

»Ich kenne Kommissar Leblanc. Ich rufe ihn an.«

Marie merkte, wie ihre Beine zitterten. Sie setzte sich in einen der braunen Clubsessel, die so durchgesessen waren, dass man fast bis auf den Boden sank. Wo war eigentlich der Hund? Vermutlich im Keller geblieben. Marie nahm ihr Handy. Auf einmal fiel ihr ein, dass sie diese Situation schon einmal erlebt hatte, im vergangenen Sommer am Strand. Warum musste sie jetzt zum zweiten Mal eine Leiche finden? Warum ausgerechnet sie?

Jacques Leblanc meldete sich sofort, er hatte offenbar an der Nummer erkannt, wer ihn anrief.

»Marie, chérie, heute Abend bin ich leider schon verabredet. Aber morgen stehe ich dir zur Verfügung, wann du willst und wo du willst. Wir treffen uns morgen, ja?«

»Ach, Jacques. Ich … ich … Du musst herkommen. Hier liegt eine Tote, im Hôtel des Roches Noires, im Keller. Ich glaube, sie wurde erwürgt. Und ich kenne sie.«

Leblancs Stimme wurde sofort sachlich.

»Im Hôtel des Roches Noires? Bist du noch dort?«

»Ja, ich bin in der Halle.«

»Bleib, wo du bist, wir sind gleich da. Und nichts anfassen!«

Monsieur Bonneterre brachte Marie ein Glas Wasser. Sie atmete tief aus. Das Gespräch mit Jacques hatte sie etwas beruhigt.

»Die Polizei ist unterwegs.«

»Sind Sie sicher, dass es Madame Latour ist?«

»Ganz sicher, auch wenn ich sie eine Weile nicht mehr gesehen habe.«

»Gestern habe ich noch mit ihr geredet.«

»Ich glaube, das müssen Sie nachher alles der Polizei erzählen.«

FÜNF

Die drei Polizeiautos mussten vor dem Portal des Hôtel des Roches Noires stehen bleiben, das Chaos auf dem Parkplatz verhinderte ein Näherrücken. Das Blaulicht durchschnitt die Dunkelheit und würde von den Bewohnern nicht lange unbemerkt bleiben. Leblanc hatte Nadine und die Kollegen, die Dienst hatten, benachrichtigt, dazu Serge, den Gerichtsmediziner, und die Spurensicherung. Der Concierge hatte mittlerweile die große Eingangstür geöffnet. Leblanc ging sofort auf Marie zu, die immer noch wie erstarrt im Sessel saß.

»Wenn ich richtig zähle, ist das jetzt der zweite Tote, den du findest, innerhalb eines halben Jahres. Leichen pflastern ihren Weg. Sag nicht, es war wieder dein Hund, der ihn entdeckt hat.«

»Doch, es war der Hund. Mach keine Witze! Ich fühle mich so elend. Außerdem ist es *eine* Tote, das habe ich dir schon am Telefon gesagt.«

Jacques wurde ernst.

»Entschuldige, aber deine Quote an Leichenfunden ist ungewöhnlich hoch. Kannst du sie uns jetzt zeigen?«

»Ja. Arsène ist, glaube ich, noch bei ihr.«

Mehrere Polizisten, darunter auch Jacques' hübsche Kollegin, die sie bereits kennengelernt hatte, und der Gerichtsmediziner, der auch am Strand dabei gewesen war, warteten am Eingangsportal. Nadine erinnerte sich ebenfalls an Marie.

»Madame Bertaux, nicht wahr? Sie haben wieder …«

»Ja, leider. Das heißt, mein Hund. Ich sollte ihm einen anderen Namen geben. Als ich an Arsène Lupin, den Meisterdieb in den Romanen von Maurice Leblanc, dachte, kam mir nicht in den Sinn, dass wir es einmal mit wirklichen Verbrechen zu tun haben würden.«

Marie führte die Polizisten die Treppe hinab in die Kellergewölbe zu der Nische, wo die Tote lag. Arsène hatte sich nicht bewegt. Er stand noch vor dem Schlauchboot, als wollte er seinen Fund bewachen. Marie zog ihn am Halsband zur Seite. Sie vermied es, einen weiteren Blick auf die Frau zu werfen. Leblanc schickte sie nach oben, sie solle in der Halle warten, er würde sie später befragen.

Zuerst sah er sich in dem Gewölbe um. Die Bewohner nutzten es offenbar zum Abstellen von Strandutensilien. Es gab aber keine Fächer oder Schränke, die zu einzelnen Wohnungen gehörten. Sonnenschirme und Strandstühle stapelten sich in einem heillosen Durcheinander am Boden oder waren an die Wand gelehnt. Die Tote lag in einem Schlauchboot, als sei sie ohne große Sorgfalt hineingeworfen worden. Zipfel einer Decke, die den Boden des Gummibootes bedeckte, hingen an den Seiten über den Rand. Sie war vielleicht ein Meter fünfundsechzig groß, man konnte das bei der verdrehten Haltung schwer erkennen, schlank, und hatte lockige blonde Haare. Das Alter schätzte Leblanc auf Mitte vierzig. Bekleidet war sie mit einer Trainingshose aus Jersey und einer dicken roten Strickjacke. Am linken Fuß hatte sich eine graue Wollsocke gehalten, der rechte Fuß war nackt. Um den Hals war ein grau-rot gemusterter Seidenschal geschlungen. Diesen Schal hatte jemand, der Mörder, fest zugezogen und sie damit erwürgt. Die verminderte Kopfdurchblutung und der Blutstau hatten auf ihrem Gesicht eine blaue Farbe hinterlassen.

Leblanc zog sich seine Latexhandschuhe über und griff in die

Hosen- und Jackentaschen. Er fand nichts darin. Nadine näherte sich mit der zweiten Wollsocke.

»Chef, die haben wir im Flur gefunden. Es sieht so aus, als sei die Frau hierher gebracht worden und hätte dabei die Socke verloren.«

»Ja, die Decke deutet auch darauf hin. Der Mörder könnte sie darin eingewickelt und transportiert haben. Sie trägt nichts bei sich, keine Papiere, nichts. Sucht den Keller nach weiteren Spuren ab, ich befrage Madame Bertaux, sie kennt die Tote. Serge, du kannst sie jetzt eingehender unter die Lupe nehmen.«

Der Angesprochene, ein sportlicher Vierzigjähriger mit kurz geschorenen Haaren, beugte sich augenblicklich über die Tote.

In diesem Keller konnte man sich tatsächlich verlaufen, so viele Gänge und Gewölbe und Nischen. Leblanc fand schließlich den Weg zur Treppe ins Erdgeschoss.

Marie hatte inzwischen Rachel angerufen und ihr das schreckliche Ereignis mitgeteilt. Sie war sofort aus ihrer Wohnung in die Halle geeilt und saß nun auf der breiten Lehne des Sessels, in dem Marie versunken war, den Arm um die Erschütterte gelegt. So fand Leblanc die beiden vor, als er die Halle betrat.

»Bonsoir, Rachel.«

»Bonsoir, Jacques. Keine erfreuliche Nachricht, was? Ein Verbrechen im Hôtel des Roches Noires! Und ausgerechnet Marie musste das Opfer finden.«

»Ich muss euch jetzt einige Fragen stellen, Rachel, dir auch.«

Die Anwesenheit ihrer Freundin schien beruhigend auf Marie zu wirken.

»Klar, das ist ja deine Arbeit.«

»Also, Marie, du kanntest die Tote?«

»Nicht sehr gut, aber wenn wir uns zufällig trafen, haben wir uns immer unterhalten. Sie heißt Bernadette Latour und ist …

war Journalistin. Soweit ich weiß, hat sie für verschiedene populärwissenschaftliche Magazine geschrieben, über biologische und medizinische Themen.«

Rachel mischte sich ein.

»Bernadette war nicht nur irgendeine Journalistin, sie war eine der bekanntesten. Im Fernsehen war sie regelmäßig in Diskussionsrunden zu sehen, besonders wenn es um Ernährung, Gemüseanbau und Massentierhaltung ging. Sie kritisierte den Einsatz von Pestiziden und die Agrarsubventionspolitik der Regierung. Sie war engagiert und konnte ziemlich heftig werden.«

»Und hat sich damit möglicherweise Feinde gemacht. Sie hat hier gewohnt?« Leblanc sah Rachel an.

»Na ja, wie wir alle hat sie hier ihren Zweitwohnsitz. Eigentlich lebt sie in Paris. Sie kam aber gern hierher zum Schreiben.«

»Marie, wann hast du sie das letzte Mal gesehen?«

Marie überlegte eine Weile.

»Das muss mindestens ein halbes Jahr her sein, wir sind uns beim Einkaufen auf dem Markt begegnet.«

»Ich habe sie gestern noch getroffen, am Abend«, berichtete Rachel. »Sie kam gerade aus der Wohnung von Monsieur Adler, die liegt nicht weit von meiner entfernt.«

Leblanc horchte auf.

»Monsieur Adler?«

»Ihr Lebensgefährte«, brachten Marie und Rachel gleichzeitig hervor. Marie fuhr fort: »Jean Adler ist hier einer der ältesten Bewohner, zusammen mit Monsieur Herzfeld. Er muss sechsundneunzig oder siebenundneunzig sein. Beide Herren erfreuen sich einer soliden Gesundheit, spielen einmal die Woche Bridge und gehen miteinander spazieren. Bernadette und Jean Adler haben sich vor etwa zwei Jahren näher kennengelernt, obwohl beide schon viel länger in den Roches Noires wohnen. Irgendwann hat es zwischen ihnen gefunkt. Monsieur Adler hat scherzhaft gesagt, ›ein alter Baum schlägt noch einmal aus‹. Nachdem er zwanzig Jahre lang Witwer war, hat er sich noch einmal richtig verliebt.«

Leblancs Gedanken gerieten auf Abwege. Mit Anfang neunzig eine Geliebte oder wie immer man das nennen sollte, das beeindruckte ihn. Dazu gehörte Mut, fand er, in einem so hohen Alter mit einer neuen Liebe zu beginnen, wo man doch eher an das Ende des Lebens dachte, denken musste. Oder hörte man, wenn man eine bestimmte Altersgrenze überschritten hatte, einfach damit auf? Das müsste ein seliger, beneidenswerter Zustand sein. Dass jemand mit neunzig noch an die Liebe glaubte! Er schaffte es nicht einmal jetzt, an Liebe zu glauben.

»Jacques?«

Er hörte, dass Marie seinen Namen sagte. Das riss ihn aus seinen abschweifenden Überlegungen.

»Äh, ja, Monsieur Adler müssen wir wohl benachrichtigen und befragen.«

»Er hat seine Wohnung im dritten Stock wie ich, Appartement 315. Er wird schockiert sein, wenn er vom Tod seiner Freundin erfährt. In dem Alter ist das nicht ungefährlich, du solltest einen Arzt mitnehmen, Jacques«, gab Rachel zu bedenken.

»Ich nehme meine Kollegin mit, außerdem ist der Gerichtsmediziner im Haus. Kümmerst du dich weiter um Marie, Rachel? Sie sieht blass aus.«

»Klar.« Rachel strich zärtlich mit der Hand über Maries Schulter. »Ich nehme sie erst mal mit zu mir, und dann sehen wir weiter. Falls du uns suchst, Appartement 318.«

Rachel zog die reglose Marie aus dem Sessel. Der Schock setzte nun mit Verspätung umso heftiger ein, und Marie begann am ganzen Körper zu zittern. Willig ließ sie sich zum Fahrstuhl führen, sie achtete nicht einmal darauf, ob Arsène ihnen folgte. Als Rachel den Metallknopf drückte, um die Fahrstuhlkabine herbeizuholen, rief ihr Leblanc zu:

»Der Fahrstuhl wird von der Spurensicherung untersucht, ihr müsst zu Fuß gehen.«

Rachel schob Hund und Freundin durch die Schwingtür und die Treppe hinauf. Leblanc begab sich wieder hinunter in den Keller, wo die Kollegen von der Spurensicherung damit beschäftigt waren, in den Fluren und Nischen und in der Fahrstuhlkabine nach Indizien zu suchen. Er wandte sich an den Gerichtsmediziner:

»Kannst du schon etwas Genaueres sagen, Serge?«

»Sie ist mit ihrem eigenen Schal erdrosselt worden, ich nehme jedenfalls an, dass das ihr Halstuch ist. Das rauszufinden ist deine Aufgabe. Suizid oder Unfall kann ausgeschlossen werden, wir haben es also mit Fremdverschulden zu tun. Für den Eintritt des Todes sind zwei Mechanismen verantwortlich: Kompression des Kehlkopfes und Beeinträchtigung der Kopfdurchblutung. Die Halsvenen werden komprimiert, und durch den partiell noch erhaltenen arteriellen Zustrom kommt es zur massiven Kopfstauung. Sie scheint sich nicht gewehrt zu haben, soweit ich das im Moment sagen kann. Das deutet darauf hin, dass sie vom Täter überrascht wurde oder ihn kannte. Zugezogen hat der Täter den Schal auf der Halsrückseite. Sie muss ihm den Rücken zugewandt haben, die Schalenden haben sich auf ihrem Rücken befunden. Er hat sie ergriffen und zugezogen.«

Serge deutete auf die Strangulationsspuren am Hals. Leblanc beugte sich über die Leiche.

»Wie lange dauerte es denn, bis der Tod eintrat? Wie lange musste der Mörder das Halstuch festhalten?«

»Mindestens vier bis fünf Minuten.«

»So lange?«

»Bewusstlos wird das Opfer schon sehr schnell, unmittelbar, wenn die Schlinge kräftig zugezogen wird.«

»Braucht man viel Kraft dafür?«

»Du meinst, ob auch eine Frau in der Lage wäre, jemanden auf diese Weise zu erwürgen? Eine Frau mit einer trainierten Armmuskulatur schon. Sagen wir mal, die Wahrscheinlichkeit, dass der Täter ein Mann war, ist größer. Beim Erdrosseln ist eine gewisse plötzliche Entschlossenheit erforderlich. Der Täter muss schnell entscheiden, sonst ist die Gelegenheit dahin. Das würde auch eher für einen Mann sprechen. Aber es gibt sicher Ausnahmen.«

Leblanc musste sich heimlich eingestehen, dass er nicht eine Sekunde an eine Frau als Täterin gedacht hatte. Und wies sich dafür zurecht. Wie oft hatte er den Kollegen gepredigt, man dürfe nichts ausschließen, sollte jede Möglichkeit in Betracht ziehen. Und was tat er? Fixierte sich sofort auf einen Mann.

»Kannst du den Todeszeitpunkt bestimmen?«

»Ja, das lässt sich ziemlich genau sagen. Gegen halb elf letzte Nacht, plus minus dreißig Minuten.«

»Danke, Serge. Ach, es kann sein, dass du Erste Hilfe leisten musst. Der Lebensgefährte der Toten ist ein alter Herr. Man weiß nicht, wie er die Nachricht aufnimmt.«

»In Ordnung, gib mir Bescheid, wenn du mich brauchst.«

Leblanc sah sich nach Nadine um. Sie redete gerade mit jemandem von der Spurensicherung, kam aber sofort auf ihn zu, als sie bemerkte, dass er sie suchte. Seine zuverlässige, tatkräftige Mitarbeiterin, die er um nichts in der Welt hergeben würde, wartete nur darauf, sich mit ihm in diesen Fall zu stürzen.

»Chef, die Kollegen haben Fasern der Decke im Fahrstuhl gefunden, neben allen möglichen anderen Partikeln inklusive

Hundehaaren. Das heißt, der Mörder hat die Tote wohl in der Decke im Fahrstuhl transportiert, ins Untergeschoss gebracht und dann im Keller abgelegt.«

»Gut, vielleicht sind Spuren dabei, die Hinweise auf den Täter geben. Wir machen mit der Wohnung der Toten weiter. Der Concierge hat sicher einen Schlüssel.«

Als Leblanc mit Nadine und drei Polizisten von der Spurensicherung die Halle betrat, trafen sie auf eine Traube von meist älteren Leuten, die aufgeregt auf den Concierge einredeten und wild gestikulierten. Offenbar hatten die Bewohner gemerkt, dass die Polizei im Haus war, und bereits erfahren, was passiert war. Leblanc verschaffte sich mit seiner tiefen, sonoren Stimme Gehör.

»Einen Moment Ruhe bitte! … Mein Name ist Leblanc, ich bin von der Kriminalpolizei Deauville-Trouville. Hier ist ein Mord passiert, und wir sind dabei, alles aufzunehmen, was uns bei der Aufklärung helfen kann. Die Tote heißt Bernadette Latour, und jeder Hinweis von Ihnen ist wichtig. Meine Kollegin hier wird Ihre Namen notieren. Bitte sagen Sie ihr auch, ob Sie Madame Latour gekannt haben und eine Aussage machen können. Es interessiert uns besonders, ob Sie Madame Latour gestern gesehen haben, mit wem sie zusammen war, was sie Ihnen gesagt hat. Und ob Ihnen gestern ein Unbekannter aufgefallen ist, jemand, der nicht zum Haus gehört. Gehen Sie nach der Befragung bitte in Ihre Wohnungen zurück, wir melden uns bei Ihnen.«

Für einen Moment herrschte Stille, dann setzten die Gesprächswellen wieder ein, Wortfetzen wie »ein Mord, noch nie ist hier ein Mord passiert, keine Form von Gewalt, nicht einmal ein Diebstahl. Was ist das nur für eine Zeit« waren zu vernehmen. Die Bewohner scharten sich um Nadine, die inzwischen ihren Laptop aus dem Auto geholt hatte. Sie gab Namen und Wohnungsnummern in den Computer ein.

Leblanc wandte sich an den Hausmeister, der von der Situation sichtlich überfordert war. Er knetete seine Hände vor der Brust und schüttelte ununterbrochen den Kopf.

»Monsieur …?«

»Bonneterre.«

»Monsieur Bonneterre, wo hat denn Bernadette Latour gewohnt?«

»Im zweiten Stock, Appartement 211.«

»Haben Sie einen Schlüssel der Wohnung?«

»Ja, ich habe von allen Wohnungen Zweitschlüssel.«

Der Concierge zeigte auf seine Loge und den darin befindlichen hölzernen Schlüsselkasten.

»Der Kasten ist immer abgeschlossen«, beeilte sich Monsieur Bonneterre zu versichern, bevor Leblanc nachfragen konnte.

»Und den Schlüssel haben nur Sie?«

»Nur ich.«

»Sie tragen eine große Verantwortung, Monsieur.«

War das ein Lob, oder wurde er bereits verdächtigt? Der Concierge blickte den Kommissar unsicher an.

»Die Loge ist immer abgeschlossen, wenn ich nicht da bin.«

»Ich zweifle nicht an Ihrer Integrität. Würden Sie mir bitte den Schlüssel von Madame Latours Appartement geben? Wir müssen dort nach Spuren suchen.«

Wie um zu zeigen, dass der Schlüsselkasten in seiner Obhut vor fremdem Zugriff sicher war, zog Monsieur Bonneterre ein Schlüsselbund aus seiner Hosentasche, suchte den richtigen heraus und öffnete den Kasten. Der Schlüssel, den er Leblanc überreichte, hing an einem Plastikschild, auf dem »211« stand.

»Danke. Wenn wir ihn nicht mehr brauchen, bekommen Sie ihn zurück. Was wissen Sie eigentlich über Madame Latour?«

Der Concierge begann wieder seine Hände zu kneten.

»Sie war sehr nett. Wenn sie zum Markt ging, hat sie mir manchmal einen Ziegenkäse mitgebracht.«

»Aha. Wann haben Sie sie das letzte Mal gesehen?«

»Gestern Nachmittag.«

»Hat sie etwas gesagt?«

»Sie kam mit Monsieur Adler von einem Spaziergang zurück, und beide haben gesagt, dass sie sich freuen, Weihnachten hier zusammen zu verbringen. Und Monsieur Adler hat noch gesagt, dass er bei dem Schnee vorsichtig gehen müsse, damit er sich nicht die Knochen bricht, aber dass er eine gute Stütze bei sich habe. Damit meinte er Madame Latour. Sie waren beide sehr fröhlich.«

»Danach haben Sie sie nicht mehr gesehen?«

»Nur kurz am Abend, mit Monsieur Adler und seinem Sohn. Da hat sie aber nichts mehr gesagt.«

»Monsieur Adler hat einen Sohn?«

»Zwei Söhne. Gestern war er in Begleitung von Doktor Adler, dem jüngeren Sohn.«

»Danke, das wär erst mal alles.«

Bevor Leblanc mit der Spurensicherung Bernadette Latours Wohnung aufsuchte, rief er Nadine zu, sie solle, wenn sie fertig sei, ins Appartement 211 kommen. Dann zog er sein Mobiltelefon aus der Manteltasche, seufzte und rief den zuständigen Staatsanwalt, Monsieur Cantel, in Lisieux an. Der Staatsanwalt gehörte zu den Menschen, die die Arbeit des Kommissars schätzten. Er unterstützte ihn, wo er konnte. Auch ungewöhnliche Maßnahmen Leblancs, die ihm zunächst nicht einsichtig waren, genehmigte er. Meist stellte sich hinterher heraus, dass es eine richtige Entscheidung war. Monsieur Cantel war sofort am Apparat, und Leblanc informierte ihn über den Fund der Leiche und die

Untersuchungen, die im Gange waren. Der Staatsanwalt zeigte sich bestürzt und äußerte Besorgnis wegen des bevorstehenden Weihnachtsfestes. Leblanc gab ihm recht.

»Ja, schrecklich, so kurz vor Weihnachten … Viele Bewohner des Hôtel des Roches Noires sind schon jetzt aus Paris gekommen, um die Feiertage in Trouville zu verbringen … So früh? … Vielleicht wegen der Schneewarnung … Hm, könnte nicht schaden, wenn wir die Kollegen in Paris um Unterstützung bitten, die Tote hatte ihren ersten Wohnsitz dort … für die meisten ist das hier ihre Zweitwohnung … Sicher, ich halte Sie auf dem Laufenden.«

Leblanc mochte den Staatsanwalt, der oft erschöpft und müde wirkte, und es tat ihm fast leid, wenn er ihm ein Verbrechen melden musste. Aber das gehörte nun einmal zu seiner Arbeit, und Monsieur Cantel würde schon selbst wissen, wann es Zeit für ihn war aufzuhören.

Der Kommissar gab den drei Polizisten ein Zeichen. Sie stiegen die Treppe hinauf in den zweiten Stock, hielten sich auf dem Flur rechts und gelangten zum Appartement 211. Den Schlüssel brauchten sie nicht. Die Wohnungstür war unverschlossen. Leblanc betrat als Erster den kleinen Flur. Die drei Türen, die von ihm abgingen, standen weit offen. Eine führte ins Bad, die nächste in ein kleines Schlafzimmer mit Bett, Nachttisch und Einbauschrank, die dritte in ein größeres Wohnzimmer, das mit einer amerikanischen Küche ausgestattet war. Alles sah geordnet und aufgeräumt aus: eine hellgraue Couch mit einem kleinen Glastisch davor, ein Esstisch mit zwei Stühlen, zwei Bücherregale an den Wänden und ein Schreibtisch, der bis auf einige Zeitschriften und zwei Bücher leer war. Leblanc vermisste einen Computer. Dafür lag auf der Couch ein iPhone. Er schaltete es ein. Neun Anrufe in Abwesenheit, acht von immer derselben

Nummer vom heutigen Tag, das Telefon ordnete ihr den Namen Jean Adler zu. Einer von einem anonymen Anrufer, Montagabend einundzwanzig Uhr fünfzehn, also kurz vor ihrem Tod. Den hatte sie angenommen.

»Bernard, kannst du die Nummer von diesem Anrufer rauskriegen?«, fragte Leblanc den Kollegen, der sich mit Computern und Telefonen gut auskannte. »Und dann nehmt die Wohnung unter die Lupe. Seht nach, ob ihr Fasern der Decke findet, mit der die Tote in den Keller gebracht wurde. Nadine, hast du die Namen der Bewohner notiert?«

Leblanc sah seine Mitarbeiterin den Flur der Wohnung betreten.

»Ja, Chef, so ziemlich alle kannten Bernadette Latour. Die scheinen überhaupt gut übereinander Bescheid zu wissen. Manche besitzen ihre Wohnung seit vierzig Jahren, als Zweitwohnsitz für das Wochenende und die Ferien. Die meisten kommen aus Paris. Diese Residenz ist wie ein eigener Kosmos. Komisch, nicht? Ich bin in Trouville geboren und aufgewachsen und bin bestimmt tausendmal an diesem Gebäude vorbeigegangen, habe es aber nie betreten. Es besitzt so eine Aura, einen Heiligenschein, wegen der Schriftsteller und Schauspieler und Fernsehstars. Keiner aus Trouville würde da wohnen.«

»Heiligenschein hin oder her, wir haben es mit einem Mord zu tun und müssen jetzt den Lebensgefährten der Toten informieren, Monsieur Adler. Ich möchte, dass du mich begleitest.«

Nadine war meistens an Leblancs Seite, wenn er Angehörige über den Tod eines verwandten oder nahestehenden Menschen informieren musste. Keiner machte das gern, und er fand, er war auch nicht besonders gut darin. Die Angehörigen, denen er die schreckliche Botschaft überbrachte, gerieten oft in einen Ausnahmezustand, erlitten einen Schock oder begannen zu weinen.

Damit konnte er nicht umgehen, er spürte dann den Impuls, sofort fliehen zu wollen. Nadine dagegen hatte immer ein tröstendes Wort, und ihre Anwesenheit schien die Unglücklichen zu beruhigen.

»Er wohnt hier im Haus im dritten Stock«, fuhr Leblanc fort, »und er ist sechsundneunzig.«

Leblanc erwartete einen Aufschrei der Überraschung. Immerhin ein Altersunterschied von fünfzig Jahren, er selbst fand das bemerkenswert. Aber Nadine schien nicht beeindruckt von dem hohen Alter des Lebensgefährten einer Mittvierzigerin.

»Bin bereit, Chef.«

SECHS

Dreimal klopfte Leblanc an die Tür mit der Ziffer 315, in immer kürzeren Abständen und zunehmend energisch. Dann ertönte innen eine Stimme, »Ich komme«, und es wurde geöffnet. Der Mann, der da im Flur seiner Wohnung stand, schien überrascht, zwei Personen vor sich zu sehen, die er nicht kannte. Er war von geringer Körpergröße, aber drahtig, soweit man das von einem fast Hundertjährigen sagen konnte, und komplett kahl, sein Schädel glich einer polierten Kugel. Dadurch wirkte sein Kopf ausdrucksstark, die Gesichtszüge prägnant, die Ohrmuscheln riesenhaft. Die Aufmerksamkeit des Betrachters wurde sofort auf seine Augen gelenkt, klare, neugierige Augen, die von Interesse an der Welt und den Menschen zeugten, aber auch eine gewisse Traurigkeit nicht verbargen. Kein Zweifel, dieser Mann, das sah Leblanc auf den ersten Blick, war eine außerordentliche Persönlichkeit. Er streckte den Besuchern die Hand entgegen. Eine ungewöhnliche Geste, dachte Leblanc, und wunderte sich über den kräftigen Händedruck.

»Sie sind neu im Haus? Ich kenne Sie noch nicht. Kommen Sie doch herein.«

Offenbar glaubte er, der Kommissar und seine Mitarbeiterin seien neue Mieter oder Eigentümer im Hôtel des Roches Noires. Leblanc hielt es für angemessen, ihn aufzuklären.

»Monsieur Adler, ich bin Jacques Leblanc von der Kriminalpolizei, und das ist meine Mitarbeiterin Nadine Liard.«

»Von der Kriminalpolizei, interessant, einen Polizisten hatten wir, soweit ich mich erinnern kann, noch nicht im Haus. Jede Menge Schauspieler, und sogar eine Schriftstellerin, aber das ist schon eine Weile her. Möchten Sie ein Glas Wein trinken?«

Der Mann tänzelte mit kleinen Schritten und fast jugendlichem Elan voran in sein Wohnzimmer. Eine unerträgliche Hitze schlug ihnen entgegen, der Heizkörper glühte. Monsieur Adler schien an die hohe Temperatur gewöhnt zu sein, sie gar nicht zu spüren, denn er trug einen dicken weißen Wollpullover, den er weit über seine beigefarbene Hose gezogen hatte.

Leblanc sah sich um. Die Einrichtung des Wohnzimmers stammte vermutlich aus den Sechzigerjahren und war seitdem nicht mehr erneuert worden: ein Sofa, auf dem sich Sitzmulden abzeichneten, zwei Sessel, die mit Decken ausgepolstert waren, um die Sitzflächen zu erhöhen, ein großer Fernseher auf einem Schränkchen, eine Vitrine mit Flaschen und Gläsern, auf dem Boden Teppiche, die ihre Farben an das Sonnenlicht verloren hatten. Monsieur Adler holte aus der Vitrine Gläser hervor. Leblanc machte einen erneuten Versuch, sein Anliegen vorzutragen.

»Wir sind hier, um Ihnen etwas mitzuteilen.«

»Nehmen Sie doch Platz, ich habe einen ganz hervorragenden Rotwein, einen Bordeaux. Sie mögen doch Rotwein?« Jean Adler lächelte verschmitzt über seine Frage, die nur eine rhetorische sein konnte. Gab es irgendjemanden, der keinen Rotwein mochte? Unvorstellbar.

Leblanc ging nun auf den alten Herrn zu, nahm ihn am Arm und führte ihn zu einem der Sessel. Wieder wunderte er sich über dessen Kraft, als er durch den Pullover die starke Armmuskulatur spürte.

»Bitte, Monsieur, setzen Sie sich. Wir müssen mit Ihnen über Madame Latour sprechen.«

Monsieur Adler kam der Aufforderung Leblancs nach und ließ sich im Sessel nieder.

»Bernadette? Ich habe sie heute noch nicht gesehen. Wahrscheinlich kommt sie gleich, ich mache sie gern mit Ihnen bekannt.«

Leblanc schluckte und sah Nadine an, dann überwand er sich.

»Monsieur, wir müssen Ihnen mitteilen, dass Bernadette Latour tot ist. Sie wurde ermordet.«

»Was reden Sie für einen Unsinn. Sie wird bestimmt gleich kommen, wir essen meist zu Abend zusammen. Ich rufe sie an.«

»Sie haben sie heute schon achtmal versucht anzurufen.«

»Woher wissen Sie das?« Der alte Herr schien verblüfft und verfiel in erwartungsvolles Schweigen. Leblanc sah seine Chance gekommen, eine zusammenhängende Erklärung abzugeben.

»Ich bin von der Kriminalpolizei Deauville-Trouville, und man hat uns gerufen, weil Bernadette Latour hier im Keller dieses Hauses tot aufgefunden wurde. Wir sind dabei, die Umstände ihres Todes zu untersuchen. Wir haben gehört, dass Sie mit ihr eng befreundet waren, und müssen Ihnen aus diesem Grund, wenn Sie dazu in der Lage sind, ein paar Fragen stellen.«

Der Angesprochene blieb stumm, nur seine Pupillen hasteten hin und her und ließen inneren Aufruhr ahnen. Leblanc blieb neben dem Sessel stehen, für den Fall, dass Monsieur Adler das Bewusstsein verlor. Aber das geschah nicht. Der alte Mann atmete hörbar ein und aus, schwieg eine Weile, fasste sich und sagte dann ganz ruhig:

»Ich wusste, dass etwas nicht stimmt. Aber ich wollte es nicht wahrhaben. Bernadette hätte mich zurückgerufen, wenn es ihr möglich gewesen wäre. Es kam schon vor, dass sie nicht gestört werden wollte, wenn sie arbeitete. Ich habe mich immer daran gehalten und bin nie unangemeldet bei ihr erschienen. Wir haben uns per Telefon verabredet. Als sie heute den ganzen Tag nicht zurückrief, bin ich zu ihrer Wohnung hinuntergegangen. Die Tür war nicht abgeschlossen, aber sie war nicht da. Das ist ungewöhnlich. Normalerweise schließt sie ab, wenn sie weggeht, und lässt die Tür offen, wenn sie zu Hause ist. Schon hundertmal habe ich ihr gesagt, sie soll den Riegel vorschieben, aber sie hat nur gelacht und gesagt: ›Wozu? Hier wohnen doch nur nette Leute.‹ Jedenfalls habe ich die Wohnung aufgeräumt, es lagen ein paar Sachen herum, der Schreibtischstuhl war umgekippt.«

»Sie waren in der Wohnung und haben aufgeräumt?«, fragte Leblanc ungläubig und sah wichtige Indizien wie Papierschiffchen auf Meereswellen davonschwimmen.

»Ja, sicher, ich konnte das Durcheinander doch nicht so lassen. Bernadette mag Ordnung.«

»Wann war denn das?«

»Heute am Nachmittag. Wer hat sie denn gefunden?«

»Gefunden wurde sie von Madame Bertaux beziehungsweise von ihrem Hund. Sie war bei einer Freundin zu Besuch und wollte durch den Hinterausgang zum Strand.«

»Ich kenne Madame Bertaux, sie hat früher im Hôtel des Roches Noires gewohnt.«

»Madame Latour ist vermutlich in den Keller gebracht worden, als sie schon tot war. Jemand hat sie mit ihrem Halstuch erwürgt.«

Leblanc warf einen besorgten Blick auf den alten Herrn, aber der wirkte nach der vorübergehenden Irritation wieder ungewöhnlich ruhig.

»Wenn das alles zu viel für Sie ist«, mischte sich Nadine ein, »kommen wir morgen wieder.«

»Unsinn, zu viel! Ich will wissen, was Sie unternehmen, um den Mord aufzuklären.«

»Sind Sie sicher, dass Sie keinen Arzt brauchen? In Ihrem Alter dürfen Sie sich nicht aufregen.« Leblanc wagte nicht, sich von dem sitzenden Monsieur Adler zu entfernen.

»Junger Mann«, setzte Jean Adler an und ignorierte Leblancs Lächeln – seit langer Zeit hatte ihn keiner mehr so genannt –, »ich sage Ihnen jetzt mal etwas: Ich habe meine Eltern, meinen Zwillingsbruder und meine Schwester in Auschwitz verloren, ich selbst war auf der Flucht vor den Nazis mehrmals in Gefahr, entdeckt zu werden, meine Frau ist vor zwanzig Jahren gestorben. Der Tod ist mir nicht fremd, wie Sie sehen. In vier Tagen werde ich siebenundneunzig, und der, den man Gott nennt, hat mich das alles überleben lassen. Ich liebe Bernadette und bin dankbar für dieses späte Glück, aber ich erleide keinen Schock, wenn es mir genommen wird. Aber ein Mord, das ist schrecklich.«

Nadine hatte sich während dieser Rede ganz langsam, wie in Zeitlupe, in den zweiten Sessel gleiten lassen und sah Jean Adler mit einem ungläubigen und zugleich faszinierten Gesichtsausdruck an. Einen Menschen mit einer solchen Lebensgeschichte hatte sie noch nie kennengelernt. Leblanc fasste sich als Erster wieder.

»Sie können uns helfen, Monsieur Adler, wenn Sie uns einige Fragen beantworten. Besaß Madame Latour ein grau-rot gemustertes Seidenhalstuch? Haben Sie das mal an ihr gesehen?«

»Ja, das hat sie oft getragen, auch hier im Haus. Sie war anfällig für Erkältungen und Halsentzündungen. ›Seide ist das Beste‹, hat sie gesagt, ›kühlt im Sommer und wärmt im Winter.‹«

»Wann haben Sie Bernadette Latour das letzte Mal gesehen?«

»Gestern Abend. Am Sonntag, also vorgestern, haben mich meine beiden Söhne nach Trouville gebracht. Ich darf nicht mehr

Auto fahren, das haben sie mir verboten. Bis neunzig bin ich noch selbst gefahren, aber angeblich sind meine Reaktionen zu langsam, und seit vier Jahren habe ich auch einen Herzschrittmacher. Nicht mehr selbst fahren zu können, das war ein großer Verlust, ich saß immer gern hinterm Steuer, und jetzt bin ich auf andere angewiesen. Es ist nicht schön, seine Selbständigkeit zu verlieren. Jedenfalls hat mich mein Sohn Maurice abgeholt und meine Koffer mitgenommen, mein zweiter Sohn Gustave und seine Frau haben eingekauft und Lebensmittel mitgebracht, jede Menge Tiefgekühltes. Die Sachen reichen für drei Wochen. Ich sage ihnen immer, sie sollen nicht so viel kaufen, ich gehe lieber mal essen, aber nein, der Kühlschrank wird gefüllt.«

Jean Adler machte eine Pause, bevor er fortfuhr: »Bernadette besitzt übrigens kein Auto, sie fährt immer mit dem Zug. Sie war schon da, als ich am Sonntag ankam. Meine Söhne sind bis gestern geblieben, sie haben beide eine kleine Wohnung im vierten Stock, die Treppe hoch am Ende des Flurs. Maurice übernachtet aber selten hier, er hat das Appartement Nicole, seiner geschiedenen Frau, überlassen. Sie kommen alle zu den Weihnachtstagen am nächsten Wochenende, auch meine Enkel mit den Urenkeln. Meine Söhne sind bis dahin noch beschäftigt. Ich habe mit achtzig aufgehört zu arbeiten, ist mir schwergefallen, das Aufhören. Ich habe gern gearbeitet, war im Diamantenhandel tätig. Aber ich schweife ab, das interessiert Sie sicher gar nicht. Also, gestern Abend sind wir alle miteinander zum Essen ins Central gegangen, Gustave und Chantal, seine Frau, Maurice und sein Freund Christian – die beiden sind Ärzte, sie leiten eine Klinik zusammen –, Bernadette und ich. Sie kennen doch das Central?«

Leblanc nickte. »Ja, ich esse auch gern dort. Erzählen Sie weiter.«

Jean Adler saß, während er redete, kerzengerade im Sessel,

fest entschlossen, keine Schwäche zu zeigen. Aber er nahm den Faden nicht da wieder auf, wo er ihn hatte liegen lassen. Andere Ereignisse, wichtigere als das Abendessen, mischten sich in seine Erinnerung, spielten sich in den Vordergrund.

»Gestern hat es angefangen zu schneien. Es schneit nicht oft hier, in Paris auch nicht. Als ich Kind war, in Wien, gab es jeden Winter Schnee, Berge von Schnee.«

»Sie sind Österreicher?« Nadine konnte ihre Neugier nicht mehr zügeln.

»Nein, mein Kind, ich *war* Österreicher. Ich bin in Wien geboren, meine Eltern waren jüdischer Herkunft, wie Sie sich denken können, assimilierte Juden. Aber die Assimilation hat ihnen nichts genützt. Nach dem Krieg habe ich die französische Staatsbürgerschaft erhalten. Ich bin Franzose. Das ist eine lange Geschichte, so lang wie mein Leben.«

»Ich würde Ihre Geschichte gern hören«, mischte sich der Kommissar ein, »es wäre nur gut, wenn Sie uns zuvor erzählen könnten, was Sie über Bernadette Latour wissen.«

»Natürlich, entschuldigen Sie, das ist das Alter. Wo waren wir? Gestern Abend haben wir im Central gegessen, schon sehr früh, um sechs, weil meine Söhne nach Paris zurückfahren wollten. Die Autobahnen sind zum Glück geräumt, aber bei dem Schneetreiben zu fahren ist kein Vergnügen. Gustave ist mit seiner Frau direkt vom Central aufgebrochen, das war so gegen halb acht, Maurice hat Bernadette und mich zurück zum Hôtel des Roches Noires gebracht und hat sich dann auch auf den Weg gemacht. Bernadette ist kurz in ihr Appartement gegangen und kam nach ungefähr einer halben Stunde zu mir. Wir haben dann hier ein Glas Wein getrunken und geredet, wie wir das oft am Abend tun. Es muss so gegen zehn gewesen sein, als sie mich verließ, genau weiß ich das nicht mehr.«

»Was trug sie denn für Kleidung gestern Abend?«, wollte Leblanc wissen.

»Eine schwarze Hose, ein graues Jackett und eine Bluse, glaube ich. Auf solche Dinge achte ich nicht sehr.«

»Als sie gefunden wurde, war sie bekleidet mit einer Art Jogginghose und einer roten Strickjacke, und eben dem Seidenschal.«

»Diese Sachen hat sie immer angehabt, wenn sie zu Hause am Schreibtisch saß und arbeitete. Sie hat oft nachts geschrieben, weil es da am ruhigsten sei, hat sie gesagt. Für verschiedene Zeitschriften hat sie Artikel verfasst. Manchmal war sie auf Reportage unterwegs oder in Bibliotheken und Archiven zur Recherche. Daneben hat sie auch Vorträge gehalten und war zu Diskussionen im Fernsehen eingeladen. Bernadette ist … war sehr engagiert.«

»Wissen Sie, an welchem Thema sie gerade gearbeitet hat?«

»Nein, nicht genau. Darüber wollte sie nicht mit mir sprechen. Sie hat gesagt: ›Jean, du hast genug Schlimmes erlebt, du musst nicht wissen, was die Menschen heute anrichten. Es ist meine Aufgabe, das an die Öffentlichkeit zu bringen.‹ Sie war eigentlich Pharmazeutin, äh, nein, Pharmakologin. Der Unterschied, das hat sie mir mal erklärt, ist, dass sich die Pharmakologie nicht nur mit Arzneimitteln, sondern allgemein mit der Wirkung von Stoffen auf Lebewesen beschäftigt. In letzter Zeit hat sie sich vor allem mit Ernährung und Lebensmitteln befasst, das heißt mit schädlichen Stoffen in Lebensmitteln. Manche davon sind gesetzlich erlaubt. Bernadette hat sich dafür eingesetzt, dass diese Stoffe verboten werden. Aber sie hat auch schon herausgefunden, dass illegale Substanzen verwendet werden.«

»Das hat ihr vermutlich nicht nur Freunde eingebracht«, warf Nadine ein.

»Ja, das stimmt. Glauben Sie, jemand ist dazu fähig, einen Menschen umzubringen, weil er einen Skandal aufdeckt?«

»Hat sie denn einen Skandal aufgedeckt?«, hakte Nadine nach.

»Ja, im letzten Jahr, sie war diejenige, die herausbekommen hat, dass in Fertiggerichten statt Rindfleisch Pferdefleisch verwendet wurde. Das ging durch alle Medien.«

»Ich erinnere mich«, sagte Leblanc, »aber das kommt als Tatmotiv kaum in Frage, es ist zu lange her. Wir müssen herausfinden, an was sie aktuell dran war. In ihrer Wohnung haben wir keinen Computer gefunden. Hat sie den vielleicht bei Ihnen gelassen, oder haben Sie ihn mitgenommen?«

»Nein, der Laptop stand immer auf ihrem Schreibtisch. Nur manchmal, wenn sie zu einer Zeitung fuhr oder ein Archiv aufsuchte, hat sie ihn mitgenommen, um Dokumente zu speichern oder ihre Recherchen gleich einzutippen.«

»Das ist schon mal ein wichtiger Anhaltspunkt, der Täter muss den Computer mitgenommen haben. Das heißt, sie könnte etwas entdeckt haben, was jemandem eine Menge Ärger bereiten würde. Sagen Sie, Monsieur, hat Madame Latour Angehörige, Verwandte, die wir benachrichtigen müssen?«

»Ihr Vater ist schon lange tot, Bernadette war ungefähr fünfzehn, als er starb. Ihre Mutter ist vor drei Jahren bei einem Autounfall ums Leben gekommen, ein schrecklicher Schock für Bernadette. Die Mutter war gebürtige Österreicherin, sie ist nach dem Tode ihres Mannes, eines Franzosen, in Paris geblieben. Mit Bernadette habe ich manchmal Deutsch gesprochen, sie war ja zur Hälfte Österreicherin. Aber ich habe gemerkt, dass ich viel von der Sprache vergessen habe. Deutsch, die Sprache meiner Eltern, meiner Lehrer. Nach dem Krieg war ich einmal in Österreich. Ich habe meinen Söhnen gezeigt, wo ich aufgewachsen bin, wo ich zur Schule gegangen bin und Klavierunterricht hatte. Damals wollte ich Pianist werden, mein großer Traum, er ist nicht in Erfüllung gegangen. Wissen Sie, ich habe meinen Frieden gemacht mit der Vergangenheit. Es war eine schlimme Zeit, überall, nicht nur in Deutschland und Österreich, auch in Frankreich. Aber man darf nie vergessen, dass es nicht nur Kollaborateure gab, sondern auch Menschen, die uns geholfen haben.«

Der alte Herr verlor sich in seinen Erinnerungen. Nach einer Weile kehrte er in die Gegenwart zurück, vergegenwärtigte sich seiner Besucher und fuhr fort: »Geschwister hat Bernadette nicht, von anderen Verwandten weiß ich nichts. Ihre Liebhaber kenne ich nicht.«

»Ihre Liebhaber?«, fragte Nadine wissbegierig nach. »Sie hatte Liebhaber?«

»Eine sechsundvierzigjährige Frau, die mit einem Sechsundneunzigjährigen zusammen ist! Was glauben Sie? Es gibt gewisse Bedürfnisse, die ich nicht mehr befriedigen kann. Ich habe nie danach gefragt, es interessiert mich nicht. Aber warum sollte sie keinen Geliebten haben? Uns verbindet etwas anderes.«

Leblanc strengte sich an, seine Gedanken im Zaum zu halten, bevor sie in Sachen Liebe und ähnlichen Dingen Kapriolen schlugen.

»Monsieur Adler, haben Sie ein Foto von Bernadette Latour, das Sie uns mitgeben können? Und vielleicht auch eins Ihrer Söhne?«

»Ja, sicher. Aber wieso meine Söhne? Ist das nötig?«

»Wir müssen jede Spur verfolgen, das gehört zu unserer Arbeit.«

Der alte Herr stützte sich auf den Sessellehnen ab und hievte sich ohne fremde Hilfe hoch. Leblanc überlegte einen Moment, ob es angebracht war, ihm den Arm zu reichen, ließ es aber sein.

Einer Schublade der Vitrine entnahm er ein Bündel Fotos und legte sie auf den Tisch. Eines zog er heraus und gab es dem Kommissar. Es zeigte ihn und Bernadette Latour im Garten des Hôtel des Roches Noires im Sommer. Im Hintergrund war das Meer zu sehen, und beide lächelten, sie sahen glücklich aus. Die Frau war nicht im klassischen Sinne hübsch, ihre Gesichtszüge besaßen etwas Herbes, Hartes, das lag möglicherweise an der langen Nase und dem schmalen Mund. Aber ihre leuchtenden blauen Augen ließen sie anziehend und interessant wirken. Die blonden, lockigen Haare hatte der Wind aus der Stirn geweht, und ihr Gesicht war mit Sommersprossen bedeckt, was ihm etwas Kindliches gab und das Herbe ausglich.

Die Tote, dachte Leblanc, hatte kaum noch Ähnlichkeit mit der Person auf diesem Foto. Die Gewalt, die ihr angetan worden war, spiegelte sich auf ihrem Gesicht wider, zumal es sich auch noch verfärbt hatte. Er war froh, dass er Monsieur Adler nicht bitten musste, die Tote zu identifizieren. Besser, er behielt sie so in Erinnerung, wie er sie das letzte Mal gesehen hatte. Damit schloss er im Grunde, dachte Leblanc weiter, ihn, den Lebensgefährten der Toten, als Täter aus. Schon wieder etwas, was er normalerweise nicht tat. Jemanden im näheren Umfeld des Opfers nicht in Betracht zu ziehen wäre ein grober Fehler. Nur weil der sechsundneunzig war? Immerhin besaß er Kraft in den Armen, genügend, um ein Halstuch zuzuziehen. Aber warum sollte er das tun? Welches Motiv könnte er haben? War er vielleicht doch eifersüchtig, weil seine Freundin einen Geliebten hatte, und tat nur so, als ob ihn das nicht berührte? Leblanc musste sich eingestehen, dass dieser alte Mann ihn faszinierte und beeindruckte. Dennoch, nein, ausschließen durfte er nichts.

»Herr Kommissar?« Jean Adler streckte Leblanc ein Foto entgegen, auf dem seine beiden Söhne zu sehen waren. »Hier, da links ist Gustave, und rechts Maurice, der Jüngere. Gustave ist nun auch schon sechsundsechzig, er ist ein sehr berühmter und erfolgreicher Architekt. In Paris können Sie viele Bauwerke sehen, die er geplant und errichtet hat, für die er sogar Preise gewonnen hat. Jetzt nimmt er nur noch in Ausnahmefällen Aufträge an, wenn ihn etwas besonders interessiert. Ich bin sehr stolz auf Gustave. Maurice ist über zehn Jahre jünger, wie gesagt, er leitet eine Klinik. Die Reichen und Schönen, Sänger, Schauspieler und Politiker, kommen zu ihm und lassen sich behandeln.«

»Er macht Schönheitsoperationen?«, fragte Nadine nach.

»Nein, er operiert nicht, er ist kein Chirurg. Die Patienten kommen nach Operationen in die Klinik, um sich zu erholen, oder wenn sie abnehmen und sich das Rauchen abgewöhnen oder den Alkoholkonsum mindern wollen.«

»Also eher eine Kurklinik?«

»So könnte man das nennen, aber Maurice behandelt auch richtige Krankheiten, er ist schließlich Arzt.«

Richtige Krankheiten, über den Ausdruck musste Leblanc lächeln. Was Jean Adler wohl dazu zählte? Grippe, Rheuma, ein gebrochenes Bein? Dass die beiden Männer auf dem Foto Brüder waren, sah man ihnen nicht an. Der ältere, der Architekt, war groß und schmal, hatte dunkle, gewellte Haare und machte ein ernstes Gesicht, während der jüngere seinem Vater in Mund- und Augenpartie ähnlich sah, allerdings über einen gesunden Haupthaarbewuchs verfügte. Er war kleiner als sein Bruder, athletischer, sein Ausdruck verschmitzt und selbstbewusst.

»Vielen Dank, Monsieur, Sie bekommen die Fotos zurück. Wenn Sie uns einen Moment entschuldigen würden.«

Leblanc nickte seiner Mitarbeiterin zu und machte eine

Kopfbewegung zum Flur. Nadine verstand und folgte ihm.

»Nimm du die Fotos mit und fahr auf dem Rückweg beim Central vorbei. Frag die Kellner, ob sie die Aussage von Monsieur Adler bestätigen können, wer beim Essen dabei war und so weiter. Sieh bitte nach, ob die Spurensicherung in der Wohnung von Bernadette Latour fertig ist und lass die Tür versiegeln. Ich bleibe noch ein bisschen hier und höre Monsieur Adler zu, ich habe den Eindruck, er kann eine Menge erzählen. Und vielleicht ist für uns etwas Hilfreiches dabei. Wie spät ist es jetzt?«

»Gleich zehn.«

»Okay, wir sehen uns morgen im Präsidium. Bis dann, Nadine.«

»Bis morgen, Chef.«

Als Leblanc in das saunamäßig erhitzte Wohnzimmer zurückkehrte, saß Monsieur Adler unbeweglich in seinem Sessel. Den Kopf ein wenig zur Seite geneigt, die Augen geschlossen, drückte seine Miene jetzt Schmerz und Müdigkeit aus. Leblanc empfand Scham, als würde er einen nackten Menschen beobachten, der sich allein wähnte. Er räusperte sich, aber der alte Mann hörte nichts. Laut rief er: »Monsieur … Monsieur, wenn Sie lieber für sich sein wollen, gehe ich.«

Monsieur Adler schlug die Augen wieder auf, sah den Kommissar an, als hätte er dessen Anwesenheit zwischenzeitlich vergessen, und sagte dann: »Nein, nein, bleiben Sie, trinken Sie ein Glas Wein mit mir. Würden Sie die Flasche aus der Küche holen? Gläser stehen hier im Schrank.«

Leblanc schenkte ein. Der kräftige dunkelrote Bordeaux, eine Mischung aus Cabernet-, Sauvignon- und Merlottrauben, schmeckte leicht nach Johannisbeeren. Monsieur Adler belebte sich zusehends.

»Und Sie, junger Mann, möchten meine Lebensgeschichte hören?«

»Mit Vergnügen«, gab Leblanc zurück, machte es sich in dem durchgesessenen Sessel bequem und hörte zu.

SIEBEN

Rachel hatte ihre Freundin Marie in eine Wolldecke gehüllt und auf die Couch gelegt. Masako flößte der Verstörten einen frisch zubereiteten heißen Kräutertee mit einem Teelöffel ein. Erst nach einer Weile hörte Maries Zittern auf. Masako wollte, nachdem sie vernommen hatte, was passiert war, sofort ihren Koffer packen und abreisen.

»Ein Mord in diesem Haus, das bringt Unglück. Eine gestörte Atmosphäre«, sagte sie.

Rachel versuchte sie zu beruhigen. Das Unglück sei ja nun schon passiert und noch eins relativ unwahrscheinlich. Obwohl diese Argumentation auf wackligen Füßen stand und jemanden, der glaubte, dass eine Gewalttat eine Kette weiterer Unglücksfälle nach sich zog, kaum überzeugen konnte, nahm Masako sie bereitwillig an. Und als sie sich um Marie kümmern konnte, der es wirklich schlecht ging, war der Wunsch abzureisen schon vergessen. Rachel und Masako setzten sich neben die Couch und warteten, bis Marie wieder ansprechbar war und von selbst zu reden anfing.

»Der Anblick war so furchtbar! Warum musste ich sie finden?«

»Wir haben doch schon in der Schule gelernt, dass es auf Fragen nach dem ›Warum ich hier jetzt‹ keine Antworten gibt. Erinnerst du dich? Philosophieunterricht zehnte Klasse«, versuchte Rachel Marie mit Erinnerungen an die gemeinsame Schulzeit aufzumuntern.

»Bei dem Toten, den ich im Sommer am Strand gefunden habe, war es ganz anders. Natürlich war ich erschrocken, aber ich habe keinen Schock erlitten.«

»Noch ein Toter?«, fragte Masako verängstigt und hielt sich die Hand vor den Mund, wie um zu verhindern, dass eine tote Seele in ihn hineinschlüpfte. Der Ort verwandelte sich für sie augenblicklich wieder in ein Unglücksgebiet, das es zu meiden galt. Erneut musste Rachel eingreifen.

»Das war kein Mord, der Mann ist auf einem Schiff verunglückt und an den Strand angespült worden. So etwas passiert. Leider hat Marie ihn gefunden.«

»Ich habe diese Geschichte zum Glück schnell vergessen, aber Bernadette …«

»Es geht dir so nahe, weil du sie gekannt hast. Das ist etwas anderes.«

Rachels Erklärung trug nicht zu Maries Besänftigung bei.

»… mit einem Halstuch erwürgt, könnt ihr euch das vorstellen? Und ganz blau im Gesicht.«

Rachel warf einen Blick auf ihre Lebensgefährtin. Es wäre ihr lieber, wenn in Masakos Anwesenheit derartige Details nicht zur Sprache kommen würden. Die Sensibilität ihrer japanischen Freundin konnte zu unkontrollierbaren Fantasien und Ausflügen in die Gespensterwelt führen, das kannte sie schon. Japanische Geister, so wollten es die alten Legenden, waren nicht immer gutartig und den Menschen wohlgesinnt. Rachel wusste nicht, ob ein Halstuch oder die Farbe Blau japanische Geister in Aufruhr versetzen konnten, aber sie musste dem Gespräch eine realistische Wendung geben.

»Ich denke, das Schlimmste für uns alle hier ist die Vorstellung, dass das in diesem Haus passieren konnte. Wir werden uns nicht mehr so sicher fühlen wie vorher. Viele haben ja ihre Türen gar nicht abgeschlossen, wenn sie in ihrer Wohnung waren. Aber wahrscheinlich ist die Angst unbegründet. Ich habe mal gelesen, dass die meisten Morde, zumindest in Europa, von Bekannten des Opfers begangen werden. Es ist also nicht so, dass ein Fremder in deine Wohnung marschiert und dich umbringt. Meistens gibt es ein Motiv, das wird bei Bernadette genauso sein.«

»Das ist ja noch furchtbarer!«, rief Marie aus. »Was sollte das für ein Motiv sein bei der armen Bernadette? Weil sie etwas Kritisches geschrieben oder gesagt hat? Da gibst du unbedacht eine Äußerung von dir, jemandem gefällt das nicht, und schwupps bringt er dich um?«

Rachel zog ihre dichten Augenbrauen zusammen und schüttelte den Kopf.

»So einfach wird es nicht sein, schätze ich. Wer immer das war, der Fall ist bei Jacques in guten Händen. Wie ich ihn kenne, arbeitet er bereits an der Aufklärung. Apropos Jacques, mir ist noch etwas eingefallen, was ich ihm sagen muss. Am Sonntagmorgen, auf dem Rückweg vom Markt, bin ich am Central vorbeigegangen. Drinnen saß Bernadette mit einem Mann, sie tranken Kaffee. Ich kannte den Mann nicht und habe die beiden auch nur flüchtig gesehen. Wahrscheinlich spielt das gar keine Rolle, aber ich werde Jacques darüber informieren. Im Moment können wir alle gar nichts tun, und es wäre am besten, du würdest nicht mehr daran denken. Du warst so entspannt nach der Teezeremonie.«

Liebevoll sah Rachel zu ihrer Lebensgefährtin hinüber. »Masako ist eine Meisterin meditativer Techniken.«

Und tatsächlich entlockte sie Marie den Anflug eines Lächelns.

»Ja, das war sehr schön und beruhigend.«

»Dann denk daran und nicht an das, was danach war.«

»Ich habe noch nie so guten grünen Tee getrunken. Wo hast du den her, Masako?«

»Den Sencha habe ich aus Japan mitgebracht. Man bekommt aber auch in Paris in japanischen Geschäften guten Tee.«

»Ich frage mal Monsieur Ling, den Besitzer des chinesischen Ladens, wo ich immer meinen Tee kaufe, ob er mir japanischen Grüntee besorgen kann. Weißt du eigentlich, Rachel, dass er sich weigert, sein Haus zu verkaufen? Es ist das letzte alte Gebäude, das auf dem Areal zwischen Touques und Jachthafen noch steht. Wie ein einzelner Zahn ragt es aus der planierten Erde. Irgendwelche Investoren haben die Absicht, dort ein großes Wohn- und Geschäftszentrum zu bauen. Die Pläne liegen schon vor. Monsieur Ling stört das Projekt mit seiner Weigerung gewaltig. Angeblich haben sie ihm eine hohe Summe für sein Holzhäuschen geboten, aber er hat abgelehnt. Mal sehen, wie lange er standhält.«

Rachel war froh, dass ihre Freundin auf andere Gedanken gekommen war. Masako war leise nach nebenan ins Schlafzimmer gegangen. Nach kurzer Zeit kam sie mit einer flachen, mit japanischen Schriftzeichen bedruckten Tüte wieder heraus und hielt sie Marie hin.

»Hier, für dich, Sencha. Ich freue mich, dass er dir geschmeckt hat.«

»Danke, Masako.« Marie strahlte. »Das ist ein wunderbares Geschenk. Ich glaube, ich bin jetzt so weit, dass ich nach Hause gehen kann. Es geht wieder. Wo ist denn Arsène?«

»Der lag die ganze Zeit nebenan im Schlafzimmer.«

Kaum hatte der Hund seinen Namen gehört, steckte er seinen dicken, flauschigen Retrieverkopf zwischen Tür und Rahmen und wartete auf das Signal zum Aufbruch.

»Ja, Arsène, wir machen uns auf.« Marie erhob sich von der Couch.

»Aber nicht ohne Begleitung«, sagte Rachel. »Ich bringe dich nach Hause. Kommst du mit, Masako?«

»Nein, ich bleibe lieber hier. Und schließe die Tür ab.«

»Gut, wir vereinbaren ein Zeichen. Wenn ich zurück bin, klopfe ich: dreimal kurz, dreimal lang. Nein, das war ein Witz, du brauchst keine Angst zu haben.«

Die Halle hatte sich geleert, als Rachel und Marie mit dem Fahrstuhl im Erdgeschoss ankamen. Die Polizei war abgerückt, das große Portal geschlossen. Von Monsieur Bonneterre war weit und breit nichts zu sehen, der Concierge hatte sich in seine Gemächer zurückgezogen.

Sie gingen durch die Seitentür ins Freie. Die Luft war kalt und feucht und roch nach Schnee. Marie atmete tief durch. Rachel hakte sich bei ihr ein, und ohne zu reden, stapften sie durch den matschigen Schnee. Kein Auto fuhr die Straße entlang, kein Geräusch durchbrach die Stille. Vor Maries Haus blieben sie stehen.

»Kann ich dich allein lassen?«, fragte Rachel.

»Ja, ist schon in Ordnung. Geh zurück zu Masako, sie scheint beunruhigt zu sein.«

»Ich rufe dich morgen an, ja? Und versuch zu schlafen!«

Rachel küsste Marie auf beide Wangen und wandte sich zum Gehen um. Marie gab den Code ein, öffnete die Tür und ließ Arsène den Vortritt. Der schüttelte sich und legte sich ohne Umschweife auf seine Decke neben dem Kamin. Sie machte Licht und zog Mantel und Stiefel aus. Ohne Gäste schien ihr das Haus auf einmal öde und leer. Nach der anstrengenden Woche und der Tagung in Cabourg hatte sie sich auf das Alleinsein und die Ruhe gefreut. Und jetzt stand sie hier, starrte die Wand an und fühlte sich verloren. Was war mit ihr los? Sicher war es ein Schock, dass sie die tote Bernadette gefunden hatte. Aber vielleicht war ihr dadurch schlagartig etwas anderes klar geworden, was sie sonst durch Geschäftigkeit verdrängte, nämlich dass sie allein war. Nein, auf keinen Fall wollte sie in eine Trauerstimmung verfallen. Reiß dich zusammen, befahl sie sich. In vier Tagen ist Weihnachten, die Kinder kommen, du hast noch viel zu tun. Die Methode, sich selbst zurechtzuweisen und aufzurütteln, zeigte meistens eine positive Wirkung und holte sie aus einem Zustand der Lethargie und Starrheit ins Leben zurück.

Marie legte einige Holzscheite aus dem Korb in den Kamin, knüllte Papier zusammen und zündete es an. Nach einer Weile knisterte das Holz, die Flammen loderten, und den Salon erfüllte eine angenehme Wärme. Sie stieg die wenigen Treppenstufen hinauf in die Gästeküche. Im Kühlschrank fand sie Eier, Milch und Sahne, Zucker stand auf dem Regal, in einer Schublade lag eine Tafel edle, dunkle Schokolade. Mousse au chocolat hatte ihre Großmutter früher immer gemacht, wenn sie sie trösten wollte: als sie eine Lungenentzündung bekommen hatte, weil sie im Winter in den noch nicht zugefrorenen See gefallen war, oder als ihr Lieblingspferd, das sie lange Zeit reiten durfte, verkauft wurde. Dann war ihre Großmutter mit der herrlich süßen, duftenden Schokoladenmousse an ihr Bett gekommen, und nach dem Genuss dieser Trostspeise ging es ihr jedes Mal besser.

Marie trennte das Eigelb vom Eiweiß, fügte Zucker dazu, schlug das Eiweiß zu Schnee, schmolz die Schokolade in einem Topf im Wasserbad, gab etwas Zimt, Vanillezucker und eine Prise Kardamom dazu, dann Sahne, rührte schließlich alles zusammen und füllte die Masse in kleine Förmchen. Jetzt war noch die Gier zu überwinden, sich sofort mit einem Löffel darauf zu stürzen. Das Wissen, dass der Genuss größer wäre, wenn die Mousse im Kühlschrank geruht hatte, ließ sie das Warten ertragen.

Sie rannte hinauf in ihre Wohnung im zweiten Stock und holte eine Flasche Rotwein, öffnete sie und goss sich ein Glas ein. Die Uhr auf dem Kamin zeigte Viertel nach elf. Marie setzte sich in den Sessel und blickte in die Flammen. Draußen hatte es wieder zu schneien begonnen, die Flocken blieben auf dem Fenstersims liegen. Zwanzig Minuten hielt sie durch. Dann öffnete sie den Kühlschrank, entnahm ihm ein Porzellanförmchen, holte einen Löffel und machte es sich wieder im Sessel bequem. Der Geschmack der Schokoladencreme im Mund ließ sie vor Glück seufzen. Es wirkte noch immer, das Rezept ihrer Großmutter, gegen jede Art von Kummer.

Derart in Gedanken versunken, hörte sie erst gar nicht, dass gegen die Tür geklopft wurde. Erst beim zweiten Mal nahm sie das Geräusch wahr.

»Wer ist da?«, fragte sie, an die Tür gelehnt.

»Hier ist Jacques. Ich habe gesehen, dass bei dir Licht brennt, und da dachte ich …«

Marie öffnete die Tür, vor ihr stand Jacques, mit einer Schneehaube auf Kopf und Schultern.

»Du? Es ist halb zwölf.« Etwas anderes fiel ihr nicht ein.

»Ja, ich weiß, ich komme gerade aus dem Hôtel des Roches Noires. Darf ich …?«

Leblanc betrat den Salon, ohne die Antwort von Marie abzuwarten.

»Hmm, hier riecht es gut.«

»Ich habe gerade Mousse au chocolat gemacht. Willst du welche? Allerdings unter einer Bedingung: Ich will nichts von dem Mord hören.«

Der späte Gast durfte seinen Mantel ausziehen und sich in dem zweiten Sessel niederlassen, bekam ein Porzellanförmchen und einen Löffel gereicht und ein Glas Rotwein auf den Tisch gestellt.

Zwischen Marie und Leblanc herrschte, besonders wenn sie allein waren, eine erhöhte Spannung. Als bewegten sich zwischen ihnen elektrisch geladene Teilchen, die zu einem Knistern und manchmal zu einem Ausbruch führten, einem Gewitter gleich. Es fehlte die Unbefangenheit. Marie hatte sich angewöhnt, Jacques gegenüber ein besonders abweisendes Verhalten an den Tag zu legen, ohne dass er einen Grund dafür geboten hätte. Jedenfalls keinen erkennbaren Grund, er war einfach wie immer. Für Maries Geschmack trat er zu forsch auf, als sei sie eine seiner Bekanntschaften, die er mit seinem Chérie-bébé-Getue beeindrucken konnte. Nie oder nur äußerst selten ließ er sich hinter die Fassade blicken, das hatte sich in all den Jahren, die sie sich kannten, nicht geändert. Aber Marie mochte ihn immer noch, das hatte sich auch nicht geändert. Leblanc, weit davon entfernt zu ahnen, was in Marie vorging, spürte jedoch die Auswirkungen ihrer widersprüchlichen Gefühle. In diesem Spannungsraum umkreisten sich die zwei wie Tiger, die ihre nächsten Schritte abschätzten.

»Ich war bis eben bei Monsieur Adler«, durchbrach Leblanc das Schweigen, »ein interessanter Mann, eine unglaubliche Lebensgeschichte.«

»Ja, das stimmt. Als ich meine Wohnung im Hôtel des Roches Noires noch besaß, habe ich mich manchmal mit ihm unterhalten. Wenn man sich vorstellt, als er geboren wurde, 1917, herrschte noch der Erste Weltkrieg.«

»Als du deine Wohnung dort hattest, waren wir noch zusammen, in Paris.«

Bei der Erinnerung, und weil er Maries Reaktion voraussah, erschien ein breites Grinsen auf Leblancs Gesicht. Er behielt recht, sie fauchte ihn an.

»Ach, Jacques, was soll das? Das ist doch vorbei.«

»Schon gut. Aber du siehst das Ganze zu statisch.« Bevor Marie etwas erwidern konnte, brachte er die Unterhaltung wieder auf ungefährliches Terrain. »Wusstest du, dass Jean Adler früher

Hans hieß? Das ist sein Geburtsname. Als er nach dem Zweiten Weltkrieg die französische Staatsbürgerschaft erhielt, hat er sich umbenannt, aus Hans wurde Jean. Mit zwanzig ging er gegen den Willen seiner Eltern nach Paris, um an der Sorbonne zu studieren, 1937 war das. Ein Jahr später, nach dem sogenannten Anschluss Österreichs an Nazideutschland, hat er versucht, seine Eltern und Geschwister nach Frankreich zu holen, aber der Vater fühlte sich in Wien sicher, meinte, weil er Staatsangestellter war, könne ihm nichts geschehen.«

»Ein Irrtum, dem viele Juden damals aufgesessen sind. Mit furchtbaren Folgen.«

»Zu dieser Zeit hatte er schon seine Frau kennengelernt, eine russischstämmige Jüdin. Sie mussten nach der Besatzung durch die Nazis Paris verlassen und sind durch ganz Frankreich geflüchtet.«

Marie nickte. »Ja, Bauern haben sie versteckt und ihnen zu essen gegeben, Rachels Familie hat auch auf diese Weise überlebt.«

»Bei Bernadette Latour hat der alte Adler tatsächlich so etwas wie ein spätes Glück gefunden. Sicher hat dabei eine Rolle gespielt, dass ihre Mutter Österreicherin war. Das hat ihn an seine Kindheit erinnert.«

Unmerklich war Leblanc jetzt doch bei der Toten angelangt. Er warf einen Blick aus den Augenwinkeln auf Marie, aber sie blieb ruhig, hatte den Übergang noch gar nicht gemerkt. Tastend fuhr Leblanc fort: »Was für einen Eindruck hat sie denn auf dich gemacht?«

»Persönlich habe ich sie als sehr warmherzig und zugewandt erlebt, sie hatte Interesse an Menschen, fragte immer nach meinen Kindern und ob ich wieder angefangen hätte zu malen. In Diskussionsrunden im Fernsehen erschien sie mir sehr strikt und äußerst engagiert, sie argumentierte vehement für oder gegen etwas, ließ auch keine Kompromisse zu. Aber das ist ja klar, dass jemand in der Öffentlichkeit eine andere Rolle spielt als im Privaten. In einer dieser Talkshows, die ich gesehen habe, ging es um Medikamente im Trinkwasser. Bernadette behauptete, dass Antibiotika und andere Wirkstoffe in großer Menge im Wasser enthalten seien und dass die Kosmetikindustrie in Duschgels und Hautpeelings Plastikkügelchen verwende, die nicht abgebaut würden, sondern sich am Grund von Flüssen und in Kläranlagen absetzten und ins Trinkwasser gelangten.«

»Monsieur Adler sagte mir, vor zwei Monaten sei eine Freundin von Bernadette plötzlich gestorben. Das habe sie schockiert und sehr mitgenommen. Die Frau habe eigentlich keine gesundheitlichen Beschwerden gehabt, also keine schwere Krankheit oder so. Bernadette wollte dem nachgehen, weil sie nicht an eine natürliche Todesursache glaubte. Weißt du etwas darüber?«

»Wird das jetzt ein Verhör?« Marie brauste auf. »Wir hatten uns doch geeinigt, nicht über … über diesen Fall zu sprechen. Aber um deine Frage dennoch zu beantworten: Nein, ich weiß über diese Freundin nichts, außerdem habe ich Bernadette das letzte Mal vor einem halben Jahr gesehen, das habe ich dir schon gesagt.«

Mit der letzten Frage hatte Leblanc den Bogen überspannt und musste einlenken.

»Ja, äh, nein, entschuldige, das war mir nur so eingefallen.«

Marie goss Rotwein nach und bereute sofort ihre heftige Reaktion. Warum fühlte sie sich nur immer von Jacques provoziert? Sie sollte nicht so unwirsch zu ihm sein. Im Grunde war ihr sein Besuch nicht unlieb. Ein kitschiger Buchtitel fiel ihr ein, *Zusammen ist man weniger allein*, aber für heute Abend stimmte das. Für sie jedenfalls, und sie hatte den Eindruck, für ihn auch.

Mit sanfter Stimme fragte sie: »Wie hat denn Monsieur Adler die schreckliche Botschaft aufgenommen?«

»Er wirkte sehr gefasst, immer wieder betonte er, dass ihn in seinem Alter nichts mehr erschüttern könne. Aber ich weiß nicht, ob das stimmt, ob er nicht ein bisschen den Mann aus Eisen gespielt hat, der er womöglich sein möchte.«

»Auf jeden Fall wird sie ihm fehlen.«

Die Flasche Wein war leer, das Feuer im Kamin ausgegangen. Marie erhob sich. Jacques auch.

»Ich werde dann mal gehen.«

Leichtes Zögern von Maries Seite, dann:

»Du kannst hierbleiben, die Gästezimmer sind beide leer.«

»Ja?«

»Ja.«

»Ich muss morgen früh aufstehen, es wird ein anstrengender Tag, viele Verhöre.«

»Zieh die Tür einfach zu.«

»Und würdest du noch … bis ich eingeschlafen bin?«

»Ja, ich komme gleich noch einmal zu dir rein.«

Jacques legte sich im Gästezimmer ins Bett, und als Marie sich zu ihm auf die Bettkante setzte, murmelte er: »Danke.« Dann schlief er ein, ohne noch einmal an seine Mutter und die Drogen, an die tote Bernadette Latour oder den möglicherweise doch verdächtigen Monsieur Adler zu denken.

ACHT

Als Leblanc aufwachte, war es noch dunkel. Leise, um Marie nicht zu wecken, schlich er nach unten in den Salon, wo der Hund ihn schwanzwedelnd empfing. Der Uhr auf dem Kamin entnahm er, dass es gerade sieben war. Vorsichtig zog er die Eingangstür zu.

Eine neue Schneeschicht bedeckte den Boden. Sein Auto hatte er in der Nacht auf dem Parkplatz vor der Kirche abgestellt. Wieder benutzte er seinen Mantelärmel, um den Schnee von den Scheiben zu wischen. Die Flocken schienen nicht mehr so feucht, es war kälter geworden. Sollte der angetaute Schnee vereisen, würde das die Verkehrslage erheblich erschweren. Aber das konnte ihm egal sein, nach Versailles würde er vor Weihnachten jedenfalls nicht fahren. Der neue Fall forderte ihn ganz und gar.

Er saß schon an seinem Schreibtisch, als Nadine das Büro betrat.

»Guten Morgen, Chef. Gestern bin ich noch im Central vorbeigefahren. Zwei Kellner haben bestätigt, dass Monsieur Adler mit seiner Familie dort war, also mit den zwei Söhnen und der Ehefrau des einen Sohnes. Bernadette Latour war auch dabei. Ich habe ihnen das Foto gezeigt, aber sie kannten sie sowieso, weil sie oft mit dem alten Monsieur Adler zum Essen kam. Ebenso wurde die Anwesenheit eines weiteren Mannes attestiert, das war wahrscheinlich der Freund und Kollege des einen Sohnes. Alle haben das Central um halb acht verlassen.«

»Gut, Nadine.«

»Und wie verlief Ihr Gespräch mit Jean Adler?« Es war ihr anzumerken, dass sie gern dabei gewesen wäre und weitere Details über die Lebensgeschichte des alten Herrn erfahren hätte.

Die Neugier seiner Kollegin ignorierend, beschränkte Leblanc sich auf das, was für die Aufklärung des Falls von Bedeutung sein könnte. »Es gibt da etwas, dem wir nachgehen sollten. Eine Freundin von Bernadette Latour ist vor zwei Monaten ganz plötzlich gestorben, ohne vorherige Erkrankung, und sie, Bernadette, glaubte, dass da etwas nicht stimmte. Wir sollten rauskriegen, wer die Frau war – Monsieur Adler kannte nur ihren Vornamen: Ariane – und woran sie gestorben ist. Vielleicht litt Bernadette Latour an paranoiden Vorstellungen, und das Ganze war nur eine fixe Idee. Aber vielleicht wurde da tatsächlich etwas vertuscht, und sie hat es herausbekommen. Es soll ja bei der Ausstellung von Totenscheinen nicht selten zu Fehldiagnosen kommen und zu oft eine ›natürliche Todesursache‹ angegeben werden. Gerade letzte Woche habe ich darüber gelesen, der Bericht bezog sich allerdings auf alte Menschen in Pflegeheimen. Aber trotzdem … Sieh mal nach, ob wir Adresse und Telefonnummer der Frau im iPhone von Bernadette Latour finden. Kümmerst du dich darum? Überhaupt brauchen wir eine vollständige Liste mit Namen und Telefonnummern aus dem Handy. Bernard hat gestern angekündigt, dass er sich heute gleich das iPhone vornimmt.«

»Geht klar. Und die Bewohner aus dem Hôtel des Roches Noires, die ihre Aussage ergänzen wollen? Vernehmen wir die noch?«

»Mach du das, nimm Boris und Daniel mit. Alles ist wichtig, was ihr über die Tote erfahren könnt. Ich möchte als Erstes mit denen sprechen, die im Central beim Essen dabei waren, vor allem mit den beiden Söhnen Adler, aber auch mit der Frau des Architekten und dem Freund von Maurice Adler, einem gewissen Christian Delon. Jean Adler hat mir alle Telefonnummern gegeben. Ich werde sie bitten hierherzukommen, die Autobahnen sind problemlos befahrbar.«

Dabei fiel Leblanc ein, dass er Tante Amélie anrufen und seinen Besuch endgültig absagen wollte, verschieben auf nach Weihnachten, wenn der Fall geklärt und die Witterungsverhältnisse sich gebessert hätten. Von den geräumten Autobahnen würde er nichts erwähnen, sich stattdessen darauf berufen, dass noch mehr Schnee angekündigt war. Als Nadine das Büro verlassen hatte, um Bernard von der Spurensicherung aufzusuchen, tippte er Tante Amélies Nummer in sein Handy. Er hoffte auf gute Nachrichten. »Es ist alles in Ordnung, deine Mutter hat sich besonnen. Wir haben wieder zueinandergefunden«, das wollte er von seiner Tante hören. Auch dieses Mal war sie sofort am Apparat.

»Hier ist Jacques, hallo Amélie.«

Er konnte den Satz kaum zu Ende bringen.

»Jacques, Gott sei Dank, dass du anrufst. Sie hat es wieder getan, deine Mutter hat gestern Abend wieder dieses Zeug bekommen, von einem Afrikaner. Und jetzt ist sie weg und bringt das zu irgendwelchen Leuten. Sie will mir weismachen, das gehöre zu ihrer Religion. Von wegen Religion, das ist Hexerei! Sie hört nicht auf damit, dein gutes Zureden hat auch nicht gefruchtet. Ich kann nicht mehr, ich will das nicht mehr.«

Leblanc hatte das Gefühl zu fallen, tief zu fallen. Panik breitete sich in ihm aus.

»Amélie, bleib ganz ruhig. Ich kümmere mich darum, ich verspreche es dir, nur jetzt kann ich hier nicht weg. Ich muss einen Mord aufklären, und das möglichst schnell. Einen Mord, Amélie.

Es tut mir leid, aber Maman muss warten bis nach Weihnachten. Bitte hab noch ein wenig Geduld mit ihr.«

»Der Afrikaner gestern, der hat getrommelt. Kannst du dir das vorstellen? Getrommelt, so kurz vor Weihnachten, in meinem Haus. Nein, nein.«

»Hat sie gesagt, wann sie wieder zurück ist?«

»Nein, sie kommt und geht, wann sie will.«

»Ich rufe später noch mal an und rede mit ihr, ja?«

»Gut, Jacques, aber lange mache ich das nicht mehr mit.«

Seine Tante hatte sich am Ende des Gesprächs ein bisschen beruhigt, aber Leblanc hatte das Gefühl, auf ihm laste ein schweres Gewicht, das ihn zu erdrücken drohte. Was sollte er mit seiner Mutter anfangen, wenn Tante Amélie sie auf die Straße setzen würde? Seine Mutter, die sich ihr Leben lang nicht um ihn gekümmert hatte. Abgesehen von ihrem Handel mit illegalen Substanzen, den sie nicht bereit war einzustellen. Was sollte er dagegen tun? Er konnte seine Mutter doch nicht bei der Drogenfahndung anzeigen. Aber all das musste er erst einmal vergessen.

Sein Gesichtsausdruck verleitete Nadine, die ins Büro zurückgekommen war, zu der Frage: »Ist etwas passiert, Chef?«

Leblanc schüttelte seinen Kopf. »Nein, alles okay.«

»Ich habe den Namen von dieser Ariane, es gibt nur eine im Verzeichnis von Bernadette Latour: Ariane Berger. Mal sehen, was ich über sie in Erfahrung bringen kann.«

Nadine setzte sich an ihren Computer, und Leblanc rief Gustave an, den älteren Sohn von Jean Adler. Er erklärte ihm, was passiert war und dass er ihn möglichst bald sprechen wollte. Als sein Gesprächspartner stumm blieb, fragte er nach: »Monsieur, sind Sie noch da?«

»Ja. Entschuldigen Sie. Was haben Sie gesagt? Ich kann das nicht glauben.«

In Gustave Adlers Stimme schwangen Bestürzung und Fassungslosigkeit mit. »Wie ist das passiert? Warum? Was für eine schreckliche Tat! Wer bringt denn Bernadette um?« Dann fiel ihm sein Vater ein. »Das muss ein Schock für ihn sein«, sagte er. »Selbstverständlich kommen wir sofort nach Trouville, meine Frau und ich, wir fahren in einer halben Stunde los. Die Autobahnen werden geräumt sein, und im Moment schneit es nicht, jedenfalls nicht hier in Paris. Wir müssten es in zwei Stunden schaffen. Ich komme dann gleich zu Ihnen aufs Präsidium, und danach kümmern wir uns um meinen Vater. Ich fürchte, der Tod von Bernadette wird ihm sehr nahegehen.«

Leblanc gab ihm die Adresse des Präsidiums und seine Telefonnummer durch und legte auf. Er wunderte sich über die heftige Reaktion des Adler-Sohnes, übertrieben, so schien es ihm. War das die Sorge um den Vater? Oder gab es einen anderen Grund für seine Verwirrung?

Als er nach mehrmaligen Versuchen endlich den zweiten Sohn, Maurice, erreichte, unterbrach der Leblanc sofort, als er ihm mitteilen wollte, was passiert war.

»Herr Kommissar, ich weiß es schon, mein Bruder hat mich gerade angerufen. Furchtbar das Ganze. Mein Vater hat Bernadette sehr gerngehabt. Er ist aufgeblüht, seit er mit ihr zusammen ist, das hat ihm in seinem Alter noch einmal Lebenskraft gegeben.«

»Wann können Sie in Trouville sein? Ich würde Sie gern auf dem Präsidium sehen. Jeder Hinweis auf die Tote ist für uns wichtig. Und Sie haben sie am Montagabend noch gesehen, zusammen mit den anderen im Central.«

»Ich kann in einer halben Stunde bei Ihnen sein.«

Leblanc drückte sein Erstaunen aus. »Sind Sie in Trouville? Ich dachte, Sie seien in Paris.«

»Ich war gestern in Paris, momentan bin ich in meiner Klinik in der Nähe von Équemauville, also keine halbe Stunde von Trouville entfernt.«

»Ihre Klinik befindet sich in Équemauville? Das wusste ich nicht.«

Maurice Adler lachte. »Wie sollten Sie auch. Sie werden unsere Dienste kaum in Anspruch nehmen wollen. Wir haben die Oasis de Beauté, die Oase der Schönheit, vor zwei Jahren eröffnet. Vorher leitete ich ein kleineres Haus in Paris, das habe ich inzwischen aufgegeben. Aber mein zweites Standbein in Martinique, eine erstklassige Adresse für Kuraufenthalte in der Karibik, habe ich behalten, die Leitung allerdings einem hervorragenden Kollegen übergeben. Ich kann unmöglich beiden Häusern gleich viel Sorgfalt und Zeit widmen. Von Zeit zu Zeit fliege ich nach Martinique, aber im Moment hat die Oase der Schönheit Priorität.«

»Aha.« Leblanc war einen Moment sprachlos, dann fing er sich wieder. »Gut, ich erwarte Sie in einer halben Stunde.« Er beendete das Gespräch und wandte sich an Nadine, um ihr die sensationelle Neuigkeit mitzuteilen. »Weißt du, wo der jüngere Adler seine Klinik hat?«

»Ich habe es gerade gehört, in Équemauville.«

»Zwanzig Minuten mit dem Auto von hier.«

»Verdächtigen Sie ihn deswegen, Chef?«

»Noch müssen wir jeden verdächtigen, noch gibt es keine Anhaltspunkte für oder gegen jemanden. Aber die Nähe zum Tatort ist nicht unerheblich.«

Nadine blieb skeptisch. »Aber jeder Bewohner des Hôtel des Roches Noires wäre näher am Tatort gewesen.«

»Da hast du recht. Aber Bernadette Latour war die Lebensgefährtin seines Vaters, Familienbande soll man nicht unterschätzen. Wie unterschiedlich die beiden Söhne reagiert haben! Der eine bestürzt, der andere kühl und gefasst.«

»Von dieser Klinik habe ich übrigens schon gehört, ich wusste natürlich nicht, wem sie gehört. Die Besitzer haben ein ehemaliges Herrenhaus gekauft und zu einer hypermodernen Schönheitsfarm umgebaut, mit allem, was man sich vorstellen kann, Wellnessbad, Thalassotherapie, Ayurveda, Massagen, mit Programmen zum Abnehmen und zum Alkoholentzug. Stand in der Zeitung. Berühmte Schauspieler und Sänger, sogar Politiker sollen dort regelmäßig absteigen. Angeblich hat sich unser Ex-Präsident sein Fitnessprogramm dort zusammenstellen lassen. Er hat sich ja immer gern beim Laufen filmen lassen, um seine dynamische Ausstrahlung zu zeigen.«

»Hm, und Maurice Adler gehört diese Pracht, da sitzt Geld dahinter. Der alte Adler ist auch gut betucht, hat er mir erzählt. Er ist durch Diamantenhandel nach dem Krieg reich geworden, nachdem er bei null angefangen hat …«

»Chef«, unterbrach ihn Nadine und sah von ihrem Computer auf, »Ariane Berger ist in ihrer Wohnung in Paris gestorben, am 25. Oktober. Jetzt weiß ich, warum mir der Name bekannt vorkam. Sie war Moderatorin beim privaten Fernsehsender Télé Future. Ich könnte da mal anrufen.«

»Mach das, ich werde den Freund und Kollegen von Maurice Adler, wie heißt er gleich … Christian Delon, auch hierher bitten. Damit wäre die Runde von Montagabend komplett.«

Leblanc erreichte den Mitbesitzer der Oase der Schönheit in Paris. Er bekundete ebenfalls seine Bereitschaft, nach Trouville zu kommen, allerdings erst am Nachmittag, er sei noch beschäftigt. Bei der Gelegenheit erfuhr der Kommissar, dass auch Christian Delon eine Wohnung im Hôtel des Roches Noires besaß. Sie hatte seiner Mutter gehört, nach ihrem Tod hatte er sie geerbt.

Aber, betonte Doktor Delon, er halte sich äußerst selten dort auf, eigentlich habe er sie nur aus Sentimentalität behalten, im Gedenken an die Sommer seiner Kindheit. Noch einer, dachte Leblanc, der sich am Tatort auskennt.

Nach dem Telefonat ging er zur Spurensicherung hinunter ins Erdgeschoss. Bernard war noch mit der Auswertung des iPhones beschäftigt. Die anderen Kollegen hatten aber schon Untersuchungsergebnisse vorzuweisen, die sie dem Kommissar vortrugen. Es galt als gesichert, dass die Decke, auf der die Tote im Schlauchboot lag, aus ihrer Wohnung stammte. Die Fasern stimmten überein. Dieselben Fasern waren auch auf dem Teppich im Flur des zweiten Stocks und im Fahrstuhl gefunden worden. Demnach war davon auszugehen, dass Bernadette Latour in ihrer Wohnung erwürgt und dann, in die Decke gehüllt, mit dem Fahrstuhl in den Keller gebracht worden war. Nach Jean Adlers Aussage, dass sie nachts oft gearbeitet hatte und dass der Schreibtischstuhl umgeworfen war, als er das Wohnzimmer betrat, war anzunehmen, dass sie an ihrem Schreibtisch gesessen hatte, als der Mörder sich ins Zimmer schlich. Er musste gewusst haben, dass sie ihre Tür nicht abschloss. Und er musste den Vorsatz gehabt haben, sie zu töten. Hätte er mit ihr geredet, hätte sie sich umgedreht. Sie wurde aber von hinten erdrosselt. Hatte der Täter auch gewusst, dass sie ein Halstuch trug? Oder war es ein Zufall, der ihm in die Hände spielte? Hatte er eine Mordwaffe dabeigehabt, die er dann gar nicht benötigte?

Leblanc stellte sich in Gedanken diese Fragen. Unklar war ihm auch, wie jemand so kaltblütig sein konnte, eine Leiche über den Flur in den Fahrstuhl zu tragen. Es hätte ein Bewohner aus einer der Wohnungen kommen können, es hätte jemand genau in diesem Moment den Fahrstuhl benutzen können. Oder war sich der Mörder sicher, dass um diese Uhrzeit Ruhe im Haus herrschte? Die Wahrscheinlichkeit mochte groß sein, dass nachts niemand über die Flure geisterte, hundertprozentig sicher konnte er sich nicht sein. Der Mörder wusste jedenfalls, dass man mit dem Fahrstuhl direkt in den Keller kam. Das sprach ebenfalls für Ortskenntnis. Leblanc kam zu dem Schluss, dass der Täter kein Fremder war, sondern jemand aus dem Haus.

»Die anderen Spuren, die wir sichergestellt haben«, meldete sich Bernard jetzt wieder zu Wort, »sagen nur etwas aus, wenn wir sie abgleichen können. Dazu musst du uns Fingerabdrücke und Fasern von Verdächtigen bringen. Den Fahrstuhl im Hôtel des Roches Noires benutzen wahrscheinlich alle Bewohner.«

»Wie weit bist du mit dem iPhone?«, wollte Leblanc wissen.

»Bin dran. Eine Liste mit den Namen und Telefonnummern bekommst du später.«

»Denkst du an die nicht identifizierte Nummer, mit der Bernadette Latour in der Nacht angerufen wurde?«

»Klar.«

Nadine hatte Neuigkeiten. Das sah Leblanc sofort, als er ins Büro zurückkehrte. Ihre Augen leuchteten vor Eifer, und auf den Wangen bildeten sich die Grübchen, die er so gerne sah. Sie platzte sofort mit ihrem Wissen heraus.

»Ich habe mit der Nachfolgerin von Ariane Berger bei Télé Future gesprochen, einer Christine Jouan. Sie hat mir die ganze Geschichte über Ariane erzählt. Jahrelang hat sie als Moderatorin die Nachrichten präsentiert. Wir sehen ja nicht so viel Privatfernsehen zu Hause, aber ich habe mich an sie erinnert. Vor einem halben Jahr, sagte ihre Nachfolgerin, sei sie von der Direktion als Moderatorin abgesetzt und in die Redaktion verbannt worden, durfte nicht mehr auf dem Bildschirm erscheinen. Und wissen

Sie, warum? Weil sie zugenommen hatte, sie war dicker geworden. Nach einem ungeschriebenen Gesetz dürfen nur schlanke, attraktive Frauen die Sendungen moderieren. Stellen Sie sich das mal vor, Chef! Das hätte Ariane in eine tiefe Krise gestürzt, sagte Christine Jouan. Sie hätte mit allen Mitteln versucht abzunehmen, hat kaum noch etwas gegessen, aber es hat alles nichts genützt. Vor einiger Zeit habe sie sich ärztlich behandeln lassen, in irgendeiner Klinik, und dann habe es mit dem Abnehmen auf einmal geklappt, sie sei geradezu mager geworden. Aber der Direktor wollte sie trotzdem nicht mehr vor die Kamera lassen. Und dann ist sie ganz plötzlich gestorben. Im Sender wurde erst vermutet, Ariane habe Selbstmord begangen, aber nein, es sei Herzversagen gewesen, so wurde es jedenfalls den Mitarbeitern berichtet. In ihrer Wohnung sei sie gestorben, gefunden von einer Freundin, die die Polizei benachrichtigte, nachdem Ariane nicht geöffnet hat.«

»In einer Klinik?«, fragte Leblanc, hellhörig geworden, nach. »In welcher?«

»Das weiß ich nicht, hat Christine Jouan nicht gesagt.«

»Das könnte eine wichtige Spur sein. Kannst du rauskriegen, welcher Arzt den Totenschein ausgestellt hat? Ruf ihn an!«

»Okay, das müssten die Kollegen in Paris wissen.«

»Die Freundin, die sie gefunden hat, das könnte Bernadette Latour gewesen sein. Frag gleich mal nach, wenn du in Paris anrufst.«

Leblanc rekapitulierte für sich, was er gerade gehört hatte: Ariane Berger stirbt kurze Zeit nach einem Klinikaufenthalt, Bernadette Latour findet die Tote, glaubt, dass da etwas nicht stimmt, recherchiert und wird dann umgebracht. Ein Zusammenhang schien offensichtlich. Er hätte sein gepunktetes Einstecktuch verwettet, dass die Klinik, in der Ariane Berger sich hatte behandeln lassen, in Équemauville lag. Durch ein Klopfen an der Tür wurden seine Überlegungen unterbrochen.

Ein dynamischer, athletischer Mittfünfziger, in einen edlen dunkelbraunen Kaschmirmantel gehüllt, betrat das Büro. Er nahm seinen in Farbe und Material zum Mantel passenden Hut vom Kopf, wischte ein paar Schneeflocken ab, eilte auf den Kommissar zu und streckte ihm die Hand entgegen.

»Doktor Maurice Adler.«

»Ich weiß«, begrüßte ihn Leblanc, »ich habe ein Foto von Ihnen gesehen. Sie sehen Ihrem Vater sehr ähnlich.«

»Ja, meinem Vater von vor vierzig Jahren. Als er noch Haare hatte. Nach einer schweren Typhuserkrankung sind sie ihm ausgefallen und nie wieder nachgewachsen. Meine sind nun schon etwas ergraut.« Er sagte das mit einem Lächeln, aber ohne Koketterie, und wies auf sein dichtes, dunkles, graumeliertes Haar.

»Nehmen Sie doch Platz.« Leblanc wies auf den Stuhl seinem Schreibtisch gegenüber und sah sich Maurice Adler genauer an. Eine beeindruckende Erscheinung, wie der Vater. Der Sohn Adler trat entschieden auf, dabei freundlich und charmant, ein Mann, der Vertrauen einflößt, aber auch weiß, was er will und wie er es bekommt. Der erste Eindruck war nicht unwichtig, wusste Leblanc, aber wenn er eins gelernt hatte, dann, der Fassade von Menschen zu misstrauen. Zu oft hatte er Männer vor sich gehabt, die so harmlos und vertrauenerweckend wie Finanzbeamte aussahen und sich dann als zweifache Mörder entpuppten.

Unter dem edlen Mantel kam ein ebenso hochwertiger Tweedanzug zum Vorschein, als Maurice Adler sich setzte. »Eine scheußliche Sache«, betonte er noch einmal, »und für meinen Vater eine Katastrophe.«

»Ihr Vater wirkte ziemlich gefasst, als ich gestern mit ihm gesprochen habe.«

»Mein Vater gibt sich immer gefasst. Nie würde er sich etwas anmerken lassen, vor anderen nicht und vor sich selbst auch nicht. Er hat den Krieg und die Nazidiktatur überlebt, seine Familie nicht. Damit umzugehen erforderte eine gewisse Härte, die er sich antrainiert hat. Für uns Kinder war das nicht immer leicht. Meine Mutter musste oft als Vermittlerin auftreten.«

»Sie waren vorgestern Abend bei dem Essen im Central dabei.«

»Ja. Mein Bruder und ich haben meinen Vater am Sonntagnachmittag nach Trouville gebracht. Er wollte wegen Bernadette schon so früh dorthin. Wir feiern jedes Jahr mit der ganzen Familie Weihnachten in Trouville, mit meiner Ex-Frau und unseren zwei Kindern, mit Gustave, seiner Frau Chantal und deren Kindern und mit Freunden. Normalerweise reisen wir aber erst am 22. oder 23. Dezember an. Wir haben Vater also den Gefallen getan, sind dann noch bis Montag geblieben und am Abend, nach dem Essen im Central, nach Paris zurückgefahren. Wir haben schließlich beide unsere Arbeit. Mein Bruder ist direkt vom Restaurant aufgebrochen, ich habe meinen Vater und Bernadette noch nach Hause begleitet.«

»Und Ihr Kollege?«

»Christian? Der war mit seinem eigenen Wagen dort.«

Leblanc wagte einen Überraschungsangriff. »Kennen Sie eine Ariane Berger?«

Maurice Adler zuckte kaum merkbar zusammen. Er zögerte den Bruchteil einer Sekunde, lange genug, um Leblanc zu signalisieren, dass er ins Schwarze getroffen hatte. Er fing sich aber sofort wieder und gewann seine Selbstsicherheit zurück.

»Wer soll das sein?«

»Eine Patientin von Ihnen? Eine Moderatorin von Télé Future.«

»Ach so, das ist natürlich möglich. Bei uns in der Klinik lassen sich so viele Moderatoren und Redakteure vom Fernsehen behandeln, die Namen vergesse ich oft wieder. Ich müsste in den Patientenunterlagen nachsehen. Warum?«

»Sie war eine Freundin von Bernadette Latour. Es wäre hilfreich, wenn Sie nachschauen und mir Bescheid geben würden.« Leblanc beschloss, es zunächst dabei zu belassen. Er war sich sicher, dass Adler mehr wusste, als er zugab. Was er, der Sohn, denn von der Verbindung seines Vaters zu einer so viel jüngeren Frau halte, wollte er wissen.

»Ich habe mich für meinen Vater gefreut. Er lebte auf, seit er Bernadette kannte. Mein Bruder und ich, wir sind froh, dass er allein in seiner Wohnung in Paris zurechtkommt und sich selbst versorgen kann. Er macht kleinere Einkäufe, geht ins Restaurant oder ins Café, das ist nicht selbstverständlich in seinem Alter. Natürlich hat ihn der Tod meiner Mutter vor fast zwanzig Jahren sehr einsam gemacht. Aber auch das behielt mein Vater für sich. Nachdem er den Krieg und die Flucht überlebt hatte, hat er beschlossen, das Leben so zu nehmen, wie es ihm begegnet, und das Positive daran zu sehen.«

»Und welchen Eindruck hatten Sie von Bernadette Latour?«, setzte Leblanc nach.

»Ich?« Erneutes Zögern von Maurice Adler, bevor er die Frage beantwortete. »Ich fand sie interessant, manchmal ein bisschen rigide in ihren Ansichten. Sie gab sich nicht mit oberflächlichen Antworten zufrieden, bohrte nach, bis sie an den Grund der Dinge kam. Meistens stellte sich hinterher heraus, dass sie recht hatte, zum Beispiel, dass die Pestizidbelastung bei Gemüse höher ist als angenommen oder, davon haben Sie sicher gehört, dass in Fertigprodukten Rindfleisch durch Pferdefleisch ersetzt wurde. Durch ihr ständiges Misstrauen war es mit ihr oft etwas anstrengend.«

»Ihre Klinik …«, begann Leblanc.

Auf den Themenwechsel stieg Maurice Adler sofort ein, bevor der Kommissar seinen Satz beenden konnte. »Die Klinik leite ich zusammen mit Christian. Wir haben uns vor drei Jahren dazu entschlossen, außerhalb von Paris diese Wellness- und Schönheitsfarm zu errichten, die Oasis de Beauté. Der Standort war günstig, nicht weit von Paris entfernt, ein Flughafen direkt in der Nähe, das Meer vor der Haustür. Nach einjähriger Bauzeit ist aus dem ehemaligen Herrenhaus, das wir als Zentrum des Neubaus erhalten haben, eine Oase der Schönheit geworden, auf modernstem technischen Stand. Ich bin mehr für die Schönheit der Patienten zuständig, das heißt, wir wenden die neuesten Methoden der Hautstraffung an, wie zum Beispiel das Spritzen von Polydioxanonfäden. Diese Technik hat bereits in der Chirurgie Eingang gefunden, es wird dabei eine Netzstruktur von neuem Gewebe bildet. Wir arbeiten mit Kälteschocks, Botox und Ultraschallhitze. Operationen an Brüsten oder Gesicht führe ich nicht durch, aber wir betreuen Patienten postoperativ. Selbstverständlich findet eine ständige medizinische Kontrolle statt, tägliche Untersuchungen der Körperfunktionen unter dem Einfluss von Fitness- und Gewichtsreduktionsprogrammen und so weiter. Christian hat sich spezialisiert auf Ernährung und Diät.«

»Am Montagabend sind Sie also nach Paris zurückgefahren?«

»Ja, ich hatte gestern den ganzen Tag Termine in Paris, mit Geräteherstellern und Pharmazeuten, und habe mich spätabends nach Équemauville begeben. Christian hat sich in der Zeit um die Klinik gekümmert. Wir haben zwar noch einen angestellten Arzt, der uns im Notfall vertreten kann, aber einer von uns beiden sollte in der Regel vor Ort sein.«

»Die Regel brechen Sie gerade.«

»Es schien mir wichtiger, Ihnen bei der Aufklärung dieser schrecklichen Tat behilflich zu sein, soweit das in meiner Macht steht. Außerdem ist Doktor Péroux im Haus und benachrichtigt mich sofort, wenn meine Anwesenheit erforderlich ist.«

»Die Adressen Ihrer Verabredungen in Paris können Sie mir sicher dalassen.«

»Selbstverständlich.«

Maurice Adler bat um ein Blatt Papier und notierte mehrere Namen und Anschriften. Während des Gesprächs hatte er den Kommissar nicht aus den Augen gelassen. Vielleicht hatte er sich das Fixieren von Personen als Arzt angewöhnt, um die Reaktionen der Patienten zu prüfen und um die eigene Autorität herauszustreichen. Leblanc hatte dem Blick standgehalten. Er selbst wandte diese Methode in Verhören an, um den Delinquenten zu verunsichern. Viele Menschen – die Erfahrung hatte er gemacht – waren nicht in der Lage, einem anderen lange Zeit in die Augen zu sehen. Das auszuhalten erforderte Stärke. Leblanc setzte an, das Gespräch zu beenden.

»Vielen Dank, dass Sie gekommen sind, Monsieur Adler. Wenn wir noch Fragen haben, rufen wir Sie an. Besaß eigentlich Bernadette Latour Ihre Telefonnummer?«

Wieder das winzige Zögern, bevor die Antwort kam. »Selbstverständlich hatte sie meine Handynummer und auch die meines Bruders, für den Fall, dass sie uns wegen meines Vaters erreichen wollte.«

»Natürlich.« Leblanc erhob sich, Maurice Adler ebenfalls. »Ich weiß, dass Sie alle diese Fragen stellen müssen, um den Mord aufzuklären.« Er reichte dem Kommissar erneut die Hand. »Auf Wiedersehen, ich werde mich jetzt um meinen Vater kümmern.«

Nadine hatte das Verhör von ihrem Schreibtisch aus mitangehört.

»Halten Sie ihn für verdächtig«, fragte sie, nachdem Adler das Büro verlassen hatte.

»Weiß ich noch nicht. Hast du die Kollegen in Paris erreicht?«

»Ja, Sie hatten in allem recht. Bernadette Latour hat Ariane Berger gefunden beziehungsweise die Polizei benachrichtigt, die dann die Wohnung öffnete. Mit dem zuständigen Gerichtsmediziner habe ich ebenfalls gesprochen, er hat eindeutig Herzversagen diagnostiziert, keine Fremdeinwirkung. Ein Selbstmord wurde auch ausgeschlossen. Er hat noch gesagt, dass die Tote sehr mager gewesen sei, als hätte sie lange Zeit gehungert.«

»Okay, Nadine, der andere Adler-Sohn kommt erst am Nachmittag, ebenso der Kompagnon von Maurice Adler. Ich möchte mir diese Oase der Schönheit einmal ansehen. Wir fahren nach Équemauville. Die Verhöre der Bewohner im Hôtel des Roches Noires verschieben wir auf später.«

Sie waren fast schon aus der Tür, als das Telefon auf Leblancs Schreibtisch klingelte. Er hastete zurück und nahm den Hörer ab. Es war Bernard mit einem wichtigen Hinweis.

»Interessant, ein Grund mehr, diese Schönheitsoase aufzusuchen. Danke, Bernard.«

Nadine hatte auf dem Flur gewartet. Leblanc teilte ihr die Neuigkeit mit.

»Das war Bernard. Der anonyme Anruf, den Bernadette Latour kurz vor ihrem Tod angenommen hat, wurde von einem Apparat der Klinik in Équemauville getätigt. Es ist eine Durchwahl innerhalb der Klinik, deren Anzeige unterdrückt ist. Wir werden dort fragen, zu welchem Apparat die Nummer gehört, aber ich kann es mir fast schon denken.«

NEUN

Obwohl sie ebenso gut den Weg über La Croix Sonnet und am Flughafen vorbei hätten nehmen können, fuhren sie auf der Küstenstraße in Richtung Honfleur, das heißt, Leblanc saß am Steuer und Nadine neben ihm. Die nur notdürftig geräumte schmale Straße forderte seine Aufmerksamkeit. Nadine überschlug sich fast vor Begeisterung über die Schönheit der schneebedeckten Landschaft. Die Wiesen, die Bäume und Hecken, die normannischen Fachwerkhäuser, alles trug eine Haube aus Schnee. Als dann der graue Himmel aufriss und ein paar müde Sonnenstrahlen auf die Erde schickte, glitzerte und funkelte das Weiß edelsteingleich. Selbst Leblanc musste zugeben, dass der Winter, wenn er sich so zeigte, etwas für sich hatte. Vor allem, wenn man in einem warmen Auto saß.

»Chef, bei Texti haben sie Daunenjacken, ziemlich günstig, Bernard hat sich letzte Woche auch eine gekauft. Sie frieren doch in Ihrem Mantel.«

»Och, es geht schon.« Leblanc wollte nicht zugeben, dass Nadine recht hatte, dass sein Mantel in einer Großstadt wie Paris, die nie ganz auskühlte, seinen Dienst tat, aber nicht an der Kanalküste. Außerdem machte er um diesen Laden, bei dem tout Trouville kaufte, einen großen Bogen. Bei Texti bekam man Bettwäsche, Tischdecken, Unterhosen, Gummistiefel und vor allem Arbeitsbekleidung, Kittel für Köche, Schürzen und Hosen fürs Servicepersonal, Wollpullover für Fischer oder Overalls für Handwerker.

»Wenn Sie wollen, gehe ich mit Ihnen hin.«

»Es hört bestimmt bald wieder auf zu schneien.«

»Kann sein, aber der Winter hat gerade angefangen.«

»So kalt ist mir gar nicht.«

»Wie Sie wollen, mein Angebot steht.«

Er würde es sich überlegen, vielleicht.

In Vasouy bogen sie rechts ab, durchquerten das Waldgebiet des Bois de Breuil, und bei der nächsten Kreuzung wies bereits eine große Tafel auf die Oasis de Beauté hin und forderte zum Linksabbiegen auf. Schon von Weitem war das imposante Herrenhaus, das zusammen mit futuristisch anmutenden gläsernen Neubauten ein Ensemble bildete, erkennbar. Der Name war gut gewählt. Wie eine Oase aus dem Wüstensand emporragt, hob das Anwesen sich von dem waldigen Hintergrund ab. Es sah aus wie ein Ufo aus dem All, das sich hier niedergelassen hatte. Die beeindruckende Anzahl von Sport- und Nutzfahrzeugen der gehobenen Klasse wie Porsche Cayenne und Mercedes ML auf dem Parkplatz ließ auf die wohlhabende Klientel der Klinik schließen.

Leblanc stellte den Dienstwagen ab, einen robusten Renault Kangoo. Neben den übrigen Geländefahrzeugen wirkte er wie ein Spielzeugauto. Durch eine sich automatisch öffnende Glastür betraten sie das ehemalige Herrenhaus mit den Empfangsräumen. Das Erste, was auffiel, war die Stille, das Zweite die Helligkeit. Ein marmorgefliester Eingangsbereich führte auf einen halbrunden Tresen zu, hinter dem eine junge, hübsche, brünette Empfangsdame in einem rosafarbenen Kleid den neuen Gästen entgegenlächelte. Links und rechts öffneten sich zwei großräumige, mit dichtem hellbeigem Teppichboden ausgelegte Hallen, in denen Sessel aus weißem Leder und Glastische zu Sitzgruppen angeordnet waren. Der Eindruck von Transparenz und Klarheit wurde vermittelt – und von Diskretion.

Leblanc zeigte der Empfangsdame seinen Ausweis. »Mein Name ist Leblanc von der Kriminalpolizei Deauville-Trouville. Das ist meine Kollegin Nadine Liard. Wir hätten gern einige Auskünfte.«

Die junge Dame schenkte ihnen ein entzückendes, aber bedauerndes Lächeln. »Unsere beiden Direktoren sind leider nicht anwesend.«

»Ich weiß«, erwiderte Leblanc trocken, »mit einem Ihrer Direktoren habe ich gerade gesprochen.«

»Warten Sie bitte einen Moment, ich rufe die Direktionssekretärin an.«

Nachdem sie das getan hatte, bat sie die beiden Kriminalpolizisten, ihr zu folgen. Sie wandte sich nach links und durchquerte die Halle, jedes Geräusch ihrer Schritte wurde vom Teppich geschluckt. Eine gläserne Röhre verband das Herrenhaus mit dem Neubau. Am Ende des Ganges drückte die Empfangsdame auf einen Fahrstuhlknopf, die Tür öffnete sich lautlos.

»Fahren Sie in den dritten Stock, Madame Fuzier erwartet Sie dort.«

Ohne dass sie es merkten, bewegte sich der Fahrstuhl.

»Muss eine neue Technik sein, absolut geräuschlos, habe ich noch nie erlebt«, konstatierte Leblanc.

Schon öffnete sich die Tür wieder, und eine ebenfalls sehr hübsche, sehr gepflegte, aber etwa zehn Jahre ältere Dame in einem ebenfalls rosafarbenen Kleid nahm Leblanc und Nadine in Empfang.

»Herr Kommissar?«, fragte sie und zog ihre Augenbrauen leicht in die Höhe.

»Ja, wir sind von der Kriminalpolizei und hätten gern einige Auskünfte.«

»Oh, das tut mir leid, ich bin nicht befugt, Informationen zu geben. Sie müssen sich an die Herren Direktoren wenden. Wir bürgen für absolute Diskretion, unsere Patienten verlassen sich darauf.«

»Wir ermitteln in einem Mordfall. Wenn Sie wollen, rufe ich jetzt den Staatsanwalt an und bekomme auf der Stelle einen Durchsuchungsbeschluss. Dann stellen wir hier alles auf den Kopf, und mit Ihrer Diskretion ist es vorbei. Wir wären im Moment damit zufrieden, wenn Sie uns zwei Fragen beantworten.«

Die Direktionssekretärin schwankte, unsicher geworden. Leblanc streckte ihr den Zettel mit der Telefonnummer entgegen.

»Wessen Durchwahl ist das?«

»Das ist die Nummer von Doktor Adler.«

»Dann zeigen Sie mir jetzt bitte das Telefon von Doktor Adler.«

Vom großzügig mit neuester Technik ausgestatteten Büro der Sekretärin führte eine der beiden Türen ins Reich von Maurice Adler, das, wie offenbar die gesamte Klinik, hell gehalten und sparsam, aber edel ausgestattet war: ein großer Schreibtisch aus Glas, ein bequemer Schreibtischstuhl, ein weißer Ledersessel, geschlossene Einbauschränke, ein Sofa und der flauschige beigefarbene Teppichboden. Der Telefonapparat auf dem Schreibtisch gehörte zu einer digitalen Anlage.

»Können Sie die Nummern abrufen, die Ihr Chef in den letzten zwei Tagen angewählt hat?«, fragte Nadine.

Die Sekretärin litt Qualen. Bittend wandte sie sich an Leblanc. »Ich muss jetzt aber doch den Doktor anrufen, das darf ich nicht ohne seine Zustimmung entscheiden.«

»Rufen Sie ihn an, ich möchte dann auch noch mit ihm sprechen.«

Die Sekretärin erreichte Maurice Adler auf seinem Mobiltelefon und berichtete ihm, was in seinem Büro gerade vor sich ging. Dann reichte sie den Hörer an den Kommissar weiter. Doktor

Adler zeigte sich erstaunt. »Warum haben Sie nicht gesagt, dass Sie die Klinik sehen wollen, ich hätte sie Ihnen gezeigt.«

»Ich mache mir gern selbst ein Bild«, antwortete Leblanc. »Monsieur Adler, Sie haben nicht die Wahrheit gesagt. Sie sind am Montagabend nicht nach Paris zurückgefahren, Sie haben Bernadette Latour von Ihrem Klinikapparat angerufen.«

Zögern auf der anderen Seite. »Herr Kommissar, ich kann Ihnen das erklären, aber nicht jetzt. Ich rufe Sie später an. Madame Fuzier händigt Ihnen alles aus, was Sie benötigen.«

Leblanc fragte nach den Patientenunterlagen von Ariane Berger. Die Sekretärin begab sich zu ihrem Computer.

»Haben Sie auf alle Dateien Zugriff?«, fragte Nadine.

»Auf alle, die das Klinikgeschehen betreffen. Auf private natürlich nicht. Wie heißt die Patientin?«

»Ariane Berger.«

»Ja, hier habe ich sie. Sie war im September bei uns zu Gast, drei Wochen lang.«

»Im Oktober ist sie gestorben«, bemerkte Leblanc.

»Oh, das tut mir leid. Normalerweise geht es den Patienten besser, wenn sie bei uns zur Kur waren. Ich drucke Ihnen die Akte aus. Einen Moment ... Aha, sie suchte uns auf, um abzunehmen. Ja, das ist der Wunsch vieler Gäste, Gewicht verlieren oder Alkoholentzug oder mit dem Rauchen aufhören. Manche kommen jedes Jahr, um sich rundum zu erneuern. Sie können es sich leisten.« Die Sekretärin wurde jetzt richtig gesprächig. »Und sie sind unseren Ärzten so dankbar, Doktor Adler und Doktor Delon werden überhäuft mit Geschenken.«

»Sagen Sie, ist in der Akte vermerkt, was mit der Patientin angestellt wurde, Medikamente, Therapien und so weiter?«

»Ja, steht alles drin, jeder Tag wird sorgfältig dokumentiert.«

»Vielen Dank, das wär's fürs Erste. Kann sein, dass wir wiederkommen. Ach, noch eine Frage: Wechseln sich die Herren Doktoren in ihrer Präsenz hier ab?«

»Das ist unterschiedlich, manchmal sind beide anwesend. Einer ist auf jeden Fall immer da«, betonte Madame Fuzier, als wollte sie damit die Vertrauenswürdigkeit der Klinik unter Beweis stellen. Nun sichtlich erleichtert, aus dieser unangenehmen Lage befreit zu werden, begleitete sie die beiden Besucher zum Fahrstuhl.

»Immer? Dann ist das hier wohl gerade eine Ausnahmesituation«, konterte Leblanc abschließend.

»Für Notfälle ist Doktor Péroux im Haus, aber er ist angehalten, bei allen Entscheidungen unsere Direktoren zu konsultieren.«

Auf der Rückfahrt blätterte Nadine in der Krankenakte von Ariane Berger.

»Hier ist die Diät vermerkt, die man ihr verordnet hat: keine Kohlenhydrate, kein Zucker, aber von Fettreduktion steht in der Akte nichts. Normalerweise wird doch gesagt, dass man bei einer Diät kein Fett essen soll. Na ja, die Experten ändern auch ständig ihre Meinung, mal kein Fett, mal keine Kohlenhydrate. Ariane Berger wog bei ihrem Eintreffen fünfundsiebzig Kilo, bei einer Größe von eins zweiundsiebzig. Die Erfolge beim Abnehmen sind dokumentiert: In der ersten und zweiten Woche hat sie nur vier Kilo abgenommen, dann aber in der dritten Woche acht Kilo.«

Leblanc rechnete nach. »Das heißt, sie hat in drei Wochen zwölf Kilo verloren, das ist eine Menge. Bei ihrer Abreise hatte sie mit dreiundsechzig Kilo für ihre Größe ein Normalgewicht.«

»Aber der Arzt, der ihren Totenschein ausgestellt hat, sagte doch, sie sei extrem mager gewesen.«

»Dann hat sie wohl nach dem Klinikaufenthalt noch mehr abgenommen.«

Zurück in Trouville, bogen sie links in den Boulevard Fernand Moureaux ein. »Ach, Nadine«, sagte Leblanc, als sie am Central vorbeifuhren, »kannst du den Wagen mit zur Wache nehmen? Ich steige hier aus und gehe etwas essen.«

Nadine verzog den Mund zu einem Grübchenlächeln. »Klar, Chef, guten Appetit.«

Den hatte Leblanc, es war inzwischen eins geworden. Heute störte ihn die Weihnachtsdekoration im Speiseraum nicht, er sah sie nicht einmal. Als Mittagsmenü bot das Central Potaufeu an, eins seiner Lieblingsgerichte. Als Vorspeise bekam man die Brühe mit Gemüse serviert, in der das Rindfleisch gekocht war, und dann das Fleisch mit Senf und kleinen Gürkchen, Mixed Pickles und Salzkartoffeln. Seine Miene drückte Behagen aus.

Auch der Anruf des Bürgermeisters, Monsieur Deshayes, den er schon am Vormittag erwartet hatte, konnte ihm die Vorfreude auf das Essen nicht verderben. Wie immer regte sich der Bürgermeister über die Maßen auf, wenn etwas Ungewöhnliches passierte. Und wenn das Ungewöhnliche ein Mord war, geriet er außer sich. Wie immer befürchtete er, der Tourismus könnte unter den negativen Ereignissen leiden und Gäste vom Besuch des Badeortes an der Kanalküste abgehalten werden. Gerade heute, klagte er, habe er die Tourismusstatistik für dieses Jahr erhalten, sieben Prozent weniger in Deauville, sieben Prozent, stellen Sie sich das vor, eine Katastrophe, Leblanc. Dagegen habe die Westnormandie einen Zuwachs, von dem sie nur träumen könnten. Deauville und Trouville, »unsere beiden Perlen«, so drückte er sich aus, müssten noch attraktiver werden.

Leblanc ließ die Redeflut über sich ergehen, gab dem Bürgermeister die notwendigen Informationen und beendete das Telefonat mit dem Hinweis, sie seien mitten in den Untersuchungen. Er würde sich melden, sobald Ergebnisse vorlägen.

Als der Kellner den Suppenteller mit der Bouillon vor ihn auf den Tisch stellte, war der lästige Anruf schon vergessen. Wenigstens war der Bürgermeister, was er sonst gern tat, nicht persönlich erschienen. Leblanc überlegte, was er von Maurice Adler halten sollte. Ein angesehener Arzt, der einflussreiche Patienten hatte, zwei Kliniken leitete und offenbar viel Geld damit verdiente. Aber warum hatte er verschwiegen, dass er am Montagabend in der Klinik war und Bernadette Latour angerufen hatte? Wurde in der Klinik doch etwas vertuscht, und die Journalistin hatte das rausbekommen? Wurden in der Klinik heimlich Operationen durchgeführt? Wurde den Patienten künstliche Haut transplantiert, bekamen sie ein neues Gesicht, eine neue Identität? Seine Fantasie drohte in Richtung Science-Fiction-Roman abzudriften, er nahm sie an die Kandare. Unsinn. Vielleicht hatte Bernadette Latour Maurice Adler erpresst? Kaum anzunehmen, das passte jedenfalls nicht in das Bild der integren Journalistin, das alle von ihr zeichneten. Und womit hätte sie ihn erpressen können? Er war gespannt auf die Erklärung, die der Adler-Sohn ihm liefern würde. Möglicherweise wäre es hilfreich, bei den Zeitschriften nachzufragen, für die Bernadette Latour gearbeitet hatte. Die könnten wissen, zu welchem Thema sie recherchiert hatte. Während er sich diesen Gedanken hingab, wurde ihm der Hauptgang serviert. Seine Überlegungen rissen ab, als er das mürbe Rindfleisch mit Senf bestrich, ein Gürkchen aufspießte und das Ensemble in seinen Mund schob.

»Möchten Sie noch ein Dessert?«, fragte der Kellner, als er den leeren Teller abräumte.

»Was gibt es denn?«

»Unser Küchenchef bietet etwas Neues an, ein Stück Camembert mit einer Vanillecreme und einer Pfeffermeringue.«

»Nein, danke, ich nehme nur einen Kaffee.« Leblanc konnte sich mit den neuen Kreationen nicht immer anfreunden. Er fand die Auswahl an bekannten Desserts ausreichend. Auf der anderen Seite fiel ihm dann der Verzicht nicht so schwer. Er sollte mal wieder schwimmen gehen, sonst fand er sich eines Tages auch in der Klinik des Doktor Adler wieder. Er lächelte. Nein, dafür reichte sein Gehalt nicht aus.

ZEHN

Ins Präsidium ging er zu Fuß, vorbei an der Eisbahn, auf der sich um diese Uhrzeit nur wenige Schlittschuhläufer tummelten, an der Touques entlang, wo die Marktstände gerade abgebaut wurden. Einige Händler und Bauern waren trotz des Schnees gekommen, wenn auch nicht so viele wie gewöhnlich. Der Gehweg war geräumt, wenigstens rutschte er nicht mit seinen glatten Sohlen. Die Musik, die aus den Lautsprechern der Eisbahn drang und die Stadt beschallte, begleitete ihn bis zur Brücke.

»Es hat eine Madame Grosser für Sie angerufen«, rief ihm Nadine entgegen, als er das Büro betrat, »ich habe die Nummer aufgeschrieben.«

Wieso wollte ihn Rachel sprechen? War Marie etwas passiert? Er wählte die Nummer, die Nadine auf einen Zettel notiert hatte.

»Rachel? Hier ist Jacques. Du hast versucht, mich zu erreichen?«

Zu seiner Beruhigung erfuhr er, dass der Anruf nichts mit Marie zu tun hatte. Rachel sagte, sie wolle eine Aussage machen, und berichtete dann vom letzten Sonntag, an dem sie Bernadette mit einem ihr, Rachel, unbekannten Mann im Central gesehen hatte. Wahrscheinlich habe das mit dem Mord gar nichts zu tun, aber sie habe es trotzdem erwähnen wollen. Leblanc bat sie, ins Präsidium zu kommen, um nach ihrer Erinnerung ein Phantombild machen zu lassen. Es sei nur ein kurzer Moment gewesen, und sie sei sich nicht sicher, sagte sie, aber sie würde es versuchen.

»Nadine, Bernadette Latour hat sich am Sonntag mit einem Mann im Central getroffen, hat mir gerade Madame Grosser gesagt. Er gehört nicht zu den Bewohnern des Hôtel des Roches Noires, sie kannte ihn jedenfalls nicht«, informierte Leblanc seine Kollegin. »Wir müssen herausfinden, wer das war. Bernard wird nach ihren Angaben ein Phantombild anfertigen. Kannst du in Erfahrung bringen, für welche Zeitschriften Bernadette Latour geschrieben hat? Ruf da mal an und frag nach, ob sie wissen, welches Thema sie gerade am Wickel hatte. Und dann fahrt ihr wie geplant ins Hôtel des Roches Noires und nehmt die Aussagen auf.«

»Ja, Chef. Ich habe mir übrigens die Krankenakte von Ariane Berger genauer durchgelesen, mir ist da nichts Besonderes aufgefallen.«

»Wenn es etwas Besonderes gegeben hätte, würde es vermutlich nicht in der Akte erscheinen.«

»Stimmt.«

Als Leblanc gerade dabei war, die Espressomaschine zu bedienen, klopfte es. Herein kam der ältere Adler-Sohn Gustave mit seiner Ehefrau Chantal. Sie entschuldigten sich, dass es später geworden sei, Chaos auf der Autobahn. Leblanc bot ihnen Kaffee an, den sie dankend annahmen. Gustave wies keinerlei Ähnlichkeit mit seinem Vater oder seinem Bruder auf. Er musste nach der verstorbenen Mutter geraten sein. Hochgewachsen, schlank, aufrecht, mit einem markanten schmalen Gesicht, hohen Wangenknochen und noch nicht ganz ergrautem, gewelltem Haar, hatte er etwas Aristokratisches an sich. Wenn sein Bruder durch selbstbewusstes Auftreten und edle Kleidung bestach, beeindruckte Gustave durch Haltung und Würde. Seine Frau dagegen wirkte unscheinbar trotz der goldblond gefärbten Haare und dem Schmuckbehang an Ohren, Hals und Händen. Sie überließ in der

Öffentlichkeit ihrem Mann das Feld. Das hatte sie ihr Leben lang geübt und war gut damit gefahren: Fassade wahren und sich im Hintergrund halten. Ihr Lächeln war dabei jedoch erstarrt wie Hühnerfleisch in Aspik. Leblanc holte noch einen Stuhl.

»Bitte, nehmen Sie Platz!«

»Ich möchte noch einmal betonen, wie leid mir dieses Unglück für meinen Vater tut«, begann Gustave Adler.

»Ja, der Arme«, echote seine Gattin.

Leblanc wartete, bis die zwei sich gesetzt hatten. »Ich muss Sie einiges fragen, was der Aufklärung des Falles nützen könnte. Sind Sie am Montagabend nach dem Essen im Central direkt nach Paris zurückgefahren?«

»Ja, direkt«, antworteten beide gleichzeitig. »Es hatte begonnen zu schneien, die Rückfahrt war kein Vergnügen«, fügte Gustave hinzu. »Aber ich hatte gestern einen wichtigen Termin und musste deshalb in Paris sein.«

»Wie lange kannten Sie Bernadette Latour?«

»Vom Sehen schon länger, man kennt sich im Hôtel des Roches Noires. Aber dann hat sich mein Vater mit ihr angefreundet …«

»Was hielten Sie denn von dieser Verbindung?«

Gustave Adler zögerte, schließlich atmete er hörbar aus. »Ich gönne meinem Vater jede Abwechslung, die etwas Farbe in sein abwechslungsarmes Leben bringt, aber ich bin froh, dass wir ihm die Heirat ausreden konnten.«

»Ihr Vater wollte Bernadette Latour heiraten?«

»Ja, er hatte diese fixe Idee. Er wollte, dass sie zu ihm in seine Pariser Wohnung zog. Er hatte ihr in Aussicht gestellt, dass sie, wenn sie bei ihm bliebe, ihr Leben lang versorgt sein würde. Mein Vater ist sehr wohlhabend, müssen Sie wissen …«

»Und eine Heirat hätte Ihren Erbteil und den Ihres Bruder erheblich vermindert.«

»Das trifft zu. Wir haben nicht eingesehen, dass mein Vater in dieser Weise der Familie schadet und seine Güter unbedacht verschenkt. Seine Lebenszeit ist begrenzt, mit sechsundneunzig eine Frau zu heiraten bedeutet, drei, vier Jahre mit ihr zu leben. Danach wäre sie in den Genuss des Reichtums gekommen, den er im Laufe seines Lebens angehäuft hat. Wir haben ihn daran erinnert, dass er zwei Söhne, vier Enkel und drei Urenkel hat. Das Geld muss in der Familie bleiben, finden Sie nicht?«

»Ich finde, das wäre die Entscheidung Ihres Vaters gewesen, aber das tut nichts zur Sache. Sie haben ihn also von diesem Vorhaben abbringen können? Dachte Ihr Bruder genau wie Sie?«

»Natürlich, wir waren uns einig. Mein Vater hat die Idee dann auch selbst fallen gelassen. Angeblich, so sagte er, sei es Bernadette gewesen, die die Heirat nicht gewollt habe. Jedenfalls waren wir froh, dass er wieder zur Vernunft gekommen war. Ungefähr ein halbes Jahr ist das jetzt her. Seitdem gab es keine Probleme mehr.«

»Haben Sie oder Ihr Bruder auch mit Bernadette darüber geredet und sie zu überzeugen versucht?«

»Ich auf keinen Fall. Ob mein Bruder mit ihr gesprochen hat, weiß ich nicht, glaube ich aber nicht.«

»Was denken Sie über Bernadette?«

»Ich? Was soll ich denken? Wenn mein Vater mit ihr noch ein paar schöne Jahre hätte verbringen können, warum nicht. Aber sie gehörte nicht zur Familie.«

»Kennen Sie eigentlich die Klinik Ihres Bruders in Équemauville?« Leblanc wechselte das Thema.

»Wie mein eigenes Haus.« Gustave Adler lächelte stolz. »Ich habe sie gebaut. Mein Bruder und Christian haben mir den Auftrag erteilt, und ich bin der Meinung, sie kann sich sehen lassen.«

»Durchaus, ich hatte heute Morgen Gelegenheit zu einer …

Ortsbesichtigung. Demnach sind Sie mit den Gegebenheiten vertraut?«

»Das letzte Mal war ich bei der Einweihung vor zwei Jahren dort. Seitdem habe ich die Klinik nicht mehr betreten. Für Architekten gleicht die Fertigstellung eines Gebäudes einer Geburt. Das Kind verlässt den Körper, der es beherbergt und genährt hat, und beginnt ein eigenes Leben. Man muss es gehen lassen.«

»Das wäre für den Moment alles. Monsieur, schreiben Sie mir bitte noch auf, mit wem Sie gestern in Paris einen Termin hatten. Wir werden das überprüfen. Nun will ich Sie nicht länger in Anspruch nehmen, au revoir, Monsieur, Madame.«

Leblanc stellte erneut die Espressomaschine an. Den Kaffee, den er eigentlich für sich zubereitet hatte, hatte er an Gustave Adler abgetreten. Die schwarze, cremige Flüssigkeit ergoss sich in die Tasse, ein Löffel Zucker dazu. Er rührte um.

Da fiel ihm ein: Seine Mutter, er hatte seine Mutter vergessen. Also rief er erneut bei Tante Amélie an, und dieses Mal bekam er seine Mutter an den Apparat. Er redete auf sie ein, sagte, sie solle ihr Verhältnis zu Amélie nicht aufs Spiel setzen. Er bat sie, vernünftig zu sein und keine Substanzen, welcher Art auch immer, in Empfang zu nehmen. Er klärte sie darüber auf, dass die Ibogawurzel in Europa zu den verbotenen Drogen gehöre und der Handel mit ihr verboten sei. Er schilderte ihr in eindringlichen Worten, welche Folgen ihr Handeln nach sich ziehen konnte. Ihre Reaktion machte seine Hoffnungen auf Einsicht und Entgegenkommen zunichte.

»Mein Junge«, begann sie, »du und Amélie, ihr wisst nichts über unsere religiösen Rituale. Ich kann nicht einfach mit etwas aufhören, was zu meinem Leben gehört. Verbotene Drogen, was für ein Unsinn. Das zeugt nur davon, dass in diesem Land völlige Ignoranz herrscht in Bezug auf andere Religionen als das Christentum.«

Leblanc hatte genug von den Erklärungen seiner Mutter, die sich strikt weigerte, an das Thema »Gesetze und Vorschriften« auch nur einen Gedanken zu verschwenden. »Maman«, beendete er das Gespräch, »wenn Tante Amélie dich rauswirft, weiß ich nicht, wie es weitergehen soll. Bei mir kannst du nicht wohnen.« Er hoffte, sie mit diesen klaren Worten aufzurütteln und zur Einsicht zu bringen. Mehr konnte er nicht tun.

Sein Geist ließ sich zur Ruhe bringen, sein vegetatives Nervensystem nicht. Er spürte ein leicht schmerzhaftes Ziehen oberhalb des Magens, es musste das Zwerchfell sein. Seine Mutter saß in seinem Zwerchfell. Diese Formulierung rang ihm ein Lächeln ab.

Erneutes Klopfen riss ihn aus den Mutter-Gedanken. Ein gerade noch als schlank durchgehender, aber schon ein wenig zu Korpulenz und Weichheit neigender Mann mit dunklem Haar und glatter Gesichtshaut stellte sich vor: »Doktor Christian Delon. Ich bin Miteigentümer der Oase der Schönheit und Freund von Maurice Adler.«

Leblanc bot auch ihm einen Kaffee an und forderte ihn auf, sich zu setzen. Wenn Maurice Adler und er zusammen studiert hatten, musste er im selben Alter sein. Er wirkte jedoch jünger, vielleicht weil sein Gesicht keinerlei Falten aufwies. Wie ein aufgepolsterter Sessel, dachte Leblanc. Ob er sein Gesicht einer Straffung oder Unterfütterung unterzogen hat? Spritzen, Ultraschall, Laser, irgendetwas von dem, was sein Kompagnon Adler, für Schönheit zuständig, erwähnt hatte? Ob das heute auch Männer taten? Doktor Delon, nichts ahnend von Leblancs Gedanken, zog seinen braunen Mantel aus, dessen Qualität dem von Maurice Adler in nichts nachstand, wie Leblanc mit einem kurzen Seitenblick feststellte. Als hätten er und sein Kompagnon sich in Sachen Kleidung und Ausstattung abgesprochen. Allerdings neigte Doktor Delon bis auf den Mantel mehr zu auffälligen Farben, senfgelb seine Hose, ebenso die Weste, das Jackett gelbbraun gemustert, die Schuhe ockerfarben.

»Sie haben Fragen an mich, was Bernadette Latour betrifft?«, begann Christian Delon. »Ich kann Ihnen nicht viel dazu sagen. Ein paarmal habe ich sie getroffen, wenn wir mit Maurices Vater essen gingen, sie war ja seine ... nun ja, seine Freundin.«

»Was hielten Sie denn von dieser Freundschaft?«

»Das geht mich nichts an. Ich kenne Maurice und seine Familie seit meiner Kindheit, später haben wir beide Medizin studiert. Natürlich kannte ich auch seine Mutter, die leider früh verstorben ist. Meine Eltern und die Familie Adler haben in den Sechzigerjahren Wohnungen im Hôtel des Roches Noires gekauft, als das ursprüngliche Hotel aufgelöst und in Eigentumswohnungen umgewandelt wurde. Mit Maurice habe ich meine Ferien am Strand von Trouville verbracht, als wir älter wurden, haben wir Diskotheken, so hieß das damals, aufgesucht und erste Erfahrungen mit Mädchen gemacht. Gustave hat sich von uns ferngehalten, aber er war auch zehn Jahre älter und hatte seine eigenen Freunde.«

»Wussten Sie, dass der alte Monsieur Adler Bernadette Latour heiraten wollte?«

»Maurice hat mir davon erzählt. Er war damals ziemlich wütend. Sein Vater besitzt mehrere Wohnungen in Paris und ein erhebliches Barvermögen. Davon hätte Bernadette bei einer Eheschließung einiges bekommen. Er fand das der Familie gegenüber ungerecht. Maurice meinte, der Reichtum sollte in der Familie bleiben. Was sein Vater sonst machte, war ihm egal. Nein, das stimmt so nicht, im Gegenteil, er hat sich über sein Wohlergehen gefreut. Persönlich hatte er auch nichts gegen Bernadette, ich glaube, er teilte sogar einige ihrer Ansichten. Ganz im Gegensatz zu mir. Was sie in der Öffentlichkeit über Ernährung und Agrarpolitik von sich gegeben hat, war haarsträubend und entbehrte jeder Erfahrung. Ich denke, unsere Gesellschaft heute kann sich glücklich schätzen, ausreichend Konservierungsmittel zur Verfügung zu haben, um Erkrankungen der Verbraucher zu verhindern, oder Nahrungsmittelzusätze, um Mangelerscheinungen vorzubeugen. Absurd zu glauben, man könne die Agrarindustrie auf sogenannte biologische Produktion umstellen. Aber das tut ja alles nichts zur Sache.«

Christian Delons langatmiger Vortrag hatte Leblanc ermüdet. Er zwang sich zur Konzentration. »Sie leiten also mit Maurice Adler die Klinik gemeinsam?«

»Ja, wir sind in gleicher Weise Teilhaber und haben die Klinik zusammen geplant und aufgebaut. Wir haben dem Alter und der natürlichen Körpererschlaffung den Kampf angesagt. Dank moderner technischer, pharmazeutischer und biochemischer Entwicklungen können wir die sichtbaren Merkmale der Alterung des Menschen aufhalten – das Feld der unsichtbaren überlassen wir den Psychologen. Das 21. Jahrhundert ist das Jahrhundert der Schönheit. Die Kompetenzbereiche haben wir aufgeteilt, Maurice ist für die ästhetisch-medizinische Seite, und ich bin für die Ernährung zuständig. Das Gros unserer Patienten kommt mit dem Wunsch nach Gewichtsreduktion zu uns. Ich habe mich nach dem Medizinstudium auf Ernährungswissenschaft spezialisiert, als niedergelassener Arzt habe ich nie gearbeitet. Insofern ergänzen wir uns hervorragend.«

»Haben Sie sich am Montagabend von Trouville direkt nach Paris begeben?«

»Nein, ich bin in die Klinik nach Équemauville gefahren, ich hatte gestern Dienst. Wir wechseln uns ab, Maurice und ich. Es gibt da keinen festen Rhythmus, unsere Anwesenheit hängt von dem ab, was wir sonst zu tun haben. Jeder von uns hat dort sein kleines Appartement, wo wir uns während der Arbeitstage aufhalten.«

»Haben Sie am Montagabend, nach dem Essen im Central, Maurice Adler so gegen einundzwanzig Uhr in der Klinik gesehen?«

Christian Delon verlor einen Moment die Fassung, seine Augenlider flackerten, sein Mund zuckte unruhig. »Nein, wieso? Maurice war doch nach Paris gefahren.«

Leblanc klärte seinen Gesprächspartner nicht über den Anruf Maurice Adlers aus der Klinik auf. Christian Delons Verblüffung schien echt, er hatte seinen Freund offenbar nicht in der Oase der Schönheit angetroffen. »Sagt Ihnen der Name Ariane Berger etwas?«, setzte der Kommissar nach.

Der Diätspezialist wiederholte den Namen, um Zeit zu gewinnen. »Ariane Berger? … Könnte sein, dass sie eine Patientin von uns war. Ja, ich erinnere mich an sie, hat beim Fernsehen gearbeitet und kam zu uns zur Gewichtsreduktion.«

»Wussten Sie, dass sie im Oktober gestorben ist?«

Kurzes Zögern, dann sagte Doktor Delon: »Nein, das wusste ich nicht. Als sie die Klinik verließ, ging es ihr gut. Sie war froh über den Erfolg, den wir mit ihr erzielt hatten.«

»Zwölf Kilo weniger«, warf Leblanc ein.

»Woher wissen Sie das?«

»Ich habe mir die Akte geben lassen.«

Wieder Verblüffung seitens des Arztes. »Sie waren in der Klinik?«

»Ja, heute Morgen. Ariane Berger und Bernadette Latour haben sich gekannt. Die Journalistin hatte Zweifel an der festgestellten Todesursache.«

»Da sehen Sie es. Bernadette mit ihren unbegründeten Ideen, das grenzte bei ihr schon an Wahnvorstellungen.«

»Nur, dass sie jetzt tot ist, ermordet.«

»Ein tragischer Fall. Ich kann Ihnen leider nicht weiterhelfen, Herr Kommissar.« Christian Delon hielt das Gespräch für beendet.

»Sie haben mir schon geholfen. Wenn Ihnen noch etwas einfällt, rufen Sie mich an.« Leblanc drückte dem Arzt, der sich bereits erhoben hatte, seine Karte in die Hand. »Ach, eine Frage hätte ich noch. Was für eine Diät empfehlen Sie Ihren Patienten?«

»Die Frage lässt sich so einfach nicht beantworten. Das kommt darauf an, wie viel jemand abnehmen will, in welchem Zeitraum, ob er seine Ernährung nachhaltig umstellen oder lieber ein-, zweimal im Jahr eine Kur machen und sonst auf nichts verzichten möchte. Natürlich gibt es ein paar grundlegende Regeln bei einer Diät: wenig Kohlenhydrate, wenig Fett, viel Protein. Aber in welcher Kombination, das hängt vom Körperbau, vom Wärmehaushalt und vom Energieumsatz des Patienten ab. Möchten Sie …?«

»Nein, nein, es hat mich nur so interessiert.« Leblanc richtete sich auf, straffte seine Schultern und zog den Bauch ein.

»Haben Sie auch nicht nötig«, schloss Christian Delon seine Ausführungen, was Leblanc gegen seinen Willen schmeichelte. Augenblicklich fühlte er sich um Jahre jünger und drei Zentimeter größer.

Der Kommissar blieb nicht lange allein, nachdem Doktor Delon gegangen war. Nadine wirbelte herein, Schneeflocken im Haar. Sie berichtete, was die Befragungen der Bewohner des Hôtel des Roches Noires ergeben hatten.

»Nichts Konkretes, Chef, aber viel Klatsch und Tratsch. Ich

fasse mal das Wichtigste zusammen: Niemand hat Montagnacht etwas beobachtet, keiner war zur Tatzeit auf dem Flur oder im Fahrstuhl. Dass Bernadette Latour und der alte Monsieur Adler ein Paar waren, wusste jeder, auch dass sie bei ihm ein und aus ging. Der Nachbar von Jean Adler, ein Monsieur Herzfeld, der ebenfalls über neunzig ist, hat einmal gehört, wie Adler sich mit seinem Sohn Maurice gestritten hat, beide sollen sehr wütend gewesen sein. Die zwei alten Herren kennen sich gut, und Monsieur Herzfeld erzählte, dass Monsieur Adler sich über seine Söhne beklagt habe, sie würden ihn bevormunden, als könne er nicht mehr selbst entscheiden, er habe sogar das Wort ›überwachen‹ gebraucht. Die Söhne waren offenbar von der Liaison mit Bernadette nicht begeistert. Ein anderer Bewohner aus dem zweiten Stock sagte aus, er hätte Bernadette einmal mit dem Sohn, Maurice Adler, streiten hören, wusste aber nicht, worum es ging.

Bernadette hatte in den letzten Tagen keinen Besuch, jedenfalls hat keiner etwas gesehen. Die meisten hielten sie für freundlich, aber ziemlich zurückgezogen, sie hat keinen Kontakt gesucht. Einige erwähnten eine Freundin von Bernadette, eine Claudine Vermeilles, Fotografin. Sie besitzt auch eine Wohnung im Hôtel des Roches Noires, ist aber noch nicht da. Der Concierge hat gesagt, sie würde heute im Lauf des Tages eintreffen. Mit ihr sollten wir unbedingt reden. Der alte Adler ist übrigens bei allen beliebt, die Söhne werden weniger geschätzt, aber da mögen auch Missgunst und Neid eine Rolle spielen. Angeblich verfügt die ganze Familie über einen erheblichen Reichtum. Was sonst noch so an Geschichten erzählt wurde, lasse ich mal weg.«

Nach dieser langen Rede holte Nadine Luft und setzte sich. Leblanc berichtete im Gegenzug von seinen Besuchern.

»Es deutet alles auf eine Familienangelegenheit hin, aber bislang finde ich den roten Faden nicht. Beide Adler-Söhne hätten ein Motiv, nämlich die Heirat zu verhindern, allerdings hatte der Vater seine Pläne bereits ad acta gelegt. Damit entfiele das Motiv wieder.«

»Vielleicht hat er nur so getan, um die Söhne zu beruhigen, und in Wirklichkeit hatte er die Hochzeit längst vorbereitet. Einer von den beiden hat das herausbekommen und Bernadette zu zwingen versucht, von der Heirat abzusehen – deswegen der Streit. Sie hat sich geweigert, und dann hat er sie umgebracht.«

»Möglich. Aber etwas passt da nicht zusammen, zum Beispiel, dass der Computer von Bernadette verschwunden ist.«

»Den könnte der Mörder mitgenommen haben, um eine falsche Fährte zu legen.«

»Und was ist mit Ariane Berger und Bernadettes Nachforschungen?«

»Ach, da fällt mir ein«, sagte Nadine und tippte mit ihrer Hand gegen die Stirn, als tadle sie sich für ihre Vergesslichkeit, »ich habe bei den beiden Zeitschriften *La Science* und *Science Aujourd'hui* angerufen, für die Bernadette Latour gearbeitet hat. Bei *La Science* konnte mir der Chefredakteur Auskunft geben. Sie habe sich mit den Auswirkungen von Amphetaminen und Anorektika, also Appetitzüglern, beschäftigt und eine Reportage darüber in Aussicht gestellt. Sie habe ihm ein Exposé gemailt, worum es in dem Artikel gehen sollte. Er wird es uns faxen.«

»Hervorragend, meine Kleine.«

Nadine strahlte. Keiner außer ihrem Chef dürfte sie so nennen, aber aus seinem Mund empfand sie diese Koseform als Auszeichnung, als Anerkennung ihrer Arbeit. Er drückte damit seine Hochachtung aus, und sie wusste das.

»Ich fahre jetzt noch mal bei dem alten Monsieur Adler vorbei«, erklärte Leblanc nach kurzem Nachdenken. »Ich möchte seine Version der Heiratspläne hören und was er zu der ablehnenden Reaktion seiner Söhne sagt. Du kannst für heute Schluss machen.«

ELF

Es war schon dunkel, als Leblanc sich in seinen Wagen setzte. Neuer Schneefall hatte eingesetzt. Er mied den Weihnachtstrubel auf dem Boulevard Fernand Moureaux und fuhr den ansteigenden Boulevard d'Hautpoul hinauf, an der Kirche Notre Dame vorbei, bog dann hinter den Anlagen mit Ferienwohnungen links ab. Den Wagen stellte er auf der Straße vor dem Hôtel des Roches Noires ab. Als er den Klingelknopf der Sprechanlage drückte, ließ ihn der Hausmeister ein. Auch dieses Mal musste er mehrmals an die Tür des Appartements 315 klopfen, bevor sie geöffnet wurde. Monsieur Adler erinnerte sich an ihn.

»Herr Kommissar, kommen Sie herein. Ich höre manchmal ein bisschen schlecht«, sagte er zur Erklärung, dass er den Ton des Fernsehers weit über Zimmerlautstärke aufgedreht hatte. »Und ohne Brille erkenne ich nicht alles, aber, wenn man mein Alter bedenkt, muss ich zufrieden sein.«

Erneut schlug Leblanc brütende Hitze entgegen, als er das Wohnzimmer betrat. Jean Adler schaltete den Fernseher aus.

»Ich sehe gern Sport, am liebsten Tennis, weil ich früher selbst viel gespielt habe, und jetzt habe ich noch mehr Zeit.«

Die Bemerkung, registrierte Leblanc, bezog sich auf das Verschwinden seiner Lebensgefährtin. Der alte Mann wirkte weniger energisch und forsch als am Abend zuvor, als hätte er begriffen, was Bernadette Latours Tod für ihn bedeutete, nämlich einen Rückfall in vergangene, einsamere Zeiten.

»Meine Söhne haben mich heute aufgesucht, sie haben Angst, dass ich die Situation nicht meistere.«

Leblanc wunderte sich über den Ausdruck, den der alte Herr in diesem Zusammenhang gebrauchte und den er eher dem Bereich des sportlichen Wettkampfs oder dem Bestehen eines Examens zugeordnet hätte.

»Aber das ist unbegründet«, fuhr Jean Adler fort. »Ich habe schon Schlimmeres erlebt. Mit einem Glas Rotwein, einer warmen Wohnung und dem Fernseher lässt sich vieles ertragen. Aber sie fehlt mir, meine Bernadette, sie fehlt mir natürlich.«

»Ich würde mir gern ein genaueres Bild von Ihrer Verbindung mit Madame Latour machen – und von Ihrer Familiensituation«, begann Leblanc. »Ich habe gehört, Sie wollten heiraten, und Ihre Söhne waren strikt dagegen.«

»Ach, diese Geschichte. Ja, ich wollte Bernadette heiraten, aus zwei Gründen. Ich hätte sie gern ganz bei mir gehabt. Ich habe gedacht, wenn wir verheiratet sind, würde sie zu mir in meine Wohnung ziehen. Natürlich hätte sie weiterarbeiten können, ihre Tätigkeit hat ihr viel bedeutet. Der zweite Grund: Ich wollte ihr eine sichere Zukunft bieten, mit meinem Vermögen hätte sie die gehabt. Als unabhängige Journalistin lebte sie ständig in finanzieller Unsicherheit. Es war einmal so weit, dass sie glaubte, die Wohnung hier in Trouville verkaufen zu müssen, um über die Runden zu kommen. Dann bekam sie einen Auftrag, und es ging wieder eine Weile. Bernadette wollte mein Angebot nicht annehmen. Sie sagte, sie könne als Ehefrau nicht leben, sie wolle weder mich noch sonst jemanden heiraten, sie wolle unabhängig bleiben. Bernadette war so, das war ihr Charakter, und genau das habe ich an ihr gemocht, diese Unbedingtheit, diese Radikalität.

In den letzten zwanzig Jahren habe ich einige Frauen kennengelernt, die nur darauf gewartet haben, dass ich ihnen einen

Heiratsantrag mache. Manche haben mir Liebe vorgespielt, manche haben ganz offen vorgeschlagen, sie würden mich pflegen, sich um mich kümmern und im Gegenzug mein Erbe antreten. Mit meinem zunehmenden Alter wuchs auch die Wahrscheinlichkeit, dass diese Aufgabe nicht mehr viel Zeit in Anspruch nehmen würde. Aber keine Frau interessierte mich so, dass ich ständig mit ihr hätte zusammen sein wollen. Geld zieht Frauen an, Herr Kommissar, immer, aber vor allem, wenn man sonst nicht mehr viel zu bieten hat. Mit Bernadette war das anders.«

Wenn man sonst nichts zu bieten hat, diese Worte hallten in Leblanc nach und riefen etwas in ihm hervor, das ihm, wenn er daran dachte, Angst machte. Deshalb versuchte er, möglichst nicht daran zu denken. Aber das verstörende Gefühl blieb. Reichtümer besaß er nicht, eine Erbschaft war nicht in Sicht, und sein Gehalt als Kommissar reichte gerade, um ihm die angenehmen Seiten des Lebens zu ermöglichen. Was wäre, wenn er nichts mehr zu bieten hätte? Wenn sein Charme nicht mehr ausreichte, die Frauen zu betören und zu unterhalten? Wenn gar seine sexuelle Schaffenskraft nachließe? Düstere Zukunftsaussichten taten sich vor ihm auf wie ein gähnender Abgrund. Leblanc begann zu schwitzen, was nicht nur an der überhitzten Umgebung lag.

Als hätte Jean Adler seine beunruhigenden Gedanken erraten und als wollte er ihm Trost spenden, fügte er hinzu: »Der Himmel schickt uns jemanden zur richtigen Zeit, wir müssen ihn nur erkennen.«

»Sie hatten Streit mit Ihren Söhnen?«, setzte Leblanc neu an.

»Meine Söhne können sich nicht beklagen. Beiden habe ich einen erfolgversprechenden Start ins Leben ermöglicht, sie haben die besten Schulen und Hochschulen für ihr jeweiliges Fach besucht und eine exzellente Ausbildung erhalten. Mit meinen finanziellen Mitteln war es ihnen möglich, sich selbstständig zu machen. Sie stehen auf eigenen Füßen und sind beide sehr wohlhabend. Ich hätte in Bezug auf Bernadette ein bisschen mehr Großzügigkeit erwartet. Es war das erste Mal, dass wir uns richtig gestritten haben. Aber die Angelegenheit ist vorbei. Sie bringen doch den Mord an Bernadette nicht mit meinen Söhnen in Verbindung?«

Sosehr sich der alte Herr auch zusammennahm, er konnte nicht verhindern, dass seine Hände zitterten und seine Augenlider flatterten. Der Gedanke, dass einer seiner Söhne ein Mörder sein könnte, schien ihn so aufzuregen, dass er die Beherrschung über seinen Körper verlor. Leblanc beharrte nicht weiter auf einer Fortsetzung des Gesprächs über Monsieur Adlers Söhne und die Verdachtsmomente gegen sie.

»Was glauben Sie: Weshalb wurde Bernadette Latour getötet?«

Nun, da er sich auf mögliche Tatmotive konzentrierte, die nichts mit seiner Familie zu tun hatten, gewann der alte Herr die Kontrolle über sich zurück. »Es muss mit ihrer Arbeit zusammenhängen. Sicher war sie wieder einem Skandal auf der Spur, sie konnte sich in eine Sache verbeißen und gab keine Ruhe, bis sie alles aufgeklärt hatte. Übrigens, Herr Kommissar, ich möchte das Begräbnis von Bernadette übernehmen. Sie soll neben ihren Eltern auf dem Friedhof Montparnasse in Paris liegen. Sagen Sie mir bitte Bescheid, wenn die … wenn sie freigegeben ist. Ich werde ein Bestattungsunternehmen beauftragen, sie nach Paris zu bringen. Das ist das Mindeste, was ich für sie tun kann.«

»Wir werden Sie informieren.«

Der Kommissar verließ den alten Monsieur Adler, mehr würde er im Moment nicht von ihm erfahren. Kaum hatte er die Tür hinter sich geschlossen, drangen Fernsehgeräusche auf den Flur. Jean Adler wandte sich wieder dem Tennismatch zu, um der Trauer um seine letzte Liebe zu entkommen.

Als Leblanc gerade im Auto saß und überlegte, was er mit dem Rest des Abends anstellen sollte, klingelte sein Handy. Es war Maurice Adler. Er entschuldigte sich, dass er sich nicht eher gemeldet habe, die Arbeit, Sie wissen ja. Am Vormittag sei er, als der Anruf seiner Sekretärin kam, gerade bei seinem Vater gewesen. In dessen Anwesenheit habe er nicht darüber reden wollen, dass er sich bei Bernadette an dem Abend noch einmal gemeldet habe. Er habe auf der Heimfahrt nach Paris einen Umweg über die Klinik gemacht, weil er wichtige Unterlagen, die er für die Verhandlungen am kommenden Tag brauchte, vergessen habe. Er habe die Akten aus seinem Büro geholt und bei der Gelegenheit Bernadette angerufen, um ihr seine Sorge um seinen Vater mitzuteilen und sie zu bitten, genau darauf zu achten, dass er seine Medikamente nimmt. »Papa hat in den letzten Tagen einen leicht verwirrten Eindruck gemacht«, fuhr er fort, »und ich habe ihm deshalb ein Mittel zur besseren Durchblutung verschrieben. Auf der Fahrt nach Trouville konnte ich bei ihm Orientierungsschwierigkeiten beobachten, die Ausdruck dieser Verwirrung sind. Als wir an einer Raststätte hielten, weil Papa die Toilette aufsuchen musste, hat er den Weg zurück zum Eingang nicht mehr gefunden. Solche Zustände treten bei meinem Vater dann auf, wenn er seine gewohnte Umgebung verlässt. Meistens legt sich diese Schwäche wieder, sobald er sich an einem Ort befindet, an dem er sich auskennt.«

»Und was wollten Sie nun genau von Bernadette Latour?«, unterbrach ihn Leblanc.

»Ich habe ihr gesagt, dass man diese Verwirrungszustände bei meinem Vater nicht auf die leichte Schulter nehmen darf, wie er selbst das gerne tut. Dass er die Tabletten unbedingt regelmäßig nehmen muss und dass sie mich anrufen soll, sobald sie bei ihm eine mangelnde Orientierung feststellt. Das wollte ich ihr schon den ganzen Abend sagen, hatte es aber vergessen. In der Klinik ist es mir wieder eingefallen, und da habe ich sie angerufen.«

Leblanc ließ Maurice Adler ausreden, bedankte sich für den Anruf und wurde das Gefühl nicht los, dass er log.

Den späteren Abend verbrachte Leblanc im Bistro seines Kumpels Lulu in Deauville. Der stammte aus dem Jura und hatte eine Normannin geheiratet. Die Ehe war schon längst geschieden, aber Lulu war in Deauville geblieben. Mit seiner Heimat verband ihn eine Art Hassliebe. Dorthin zurück wollte er nicht, aber der Jura blieb sein Gesprächsgegenstand Nummer eins, und die Weißweine, die er in seinem kleinen Lokal anbot und in nicht unerheblicher Menge zu sich nahm, kamen ausschließlich aus dieser kargen Region.

Leblanc war der einzige Gast. Lulu bereitete ihm ein Steak mit Salat zu. Er bewirtete diesen Besucher, den er als seinen Freund betrachtete, mit einer besonderen Sorgfalt, die an väterliche Fürsorge grenzte. Diesem Kommissar, der keine Familie hatte und wie ein Treibholz auf dem Meer des Lebens schwamm, meinte Lulu, dem wollte er ein kleines Zuhause schaffen, wo er von Zeit zu Zeit vor Anker gehen konnte. Lulu übersah, dass er es war, der diesen Anker nötiger brauchte. Aber das spielte keine Rolle.

Er setzte sich zu Leblanc, und gemeinsam leerten sie eine Flasche Jura-Wein, wobei der Hauptteil durch Lulus Kehle rann. Was er denn Weihnachten mache, fragte er Leblanc, als dieser sich schon verabschiedete. Der Kommissar murmelte etwas von dem Fall, an dem er dran sei, sonst habe er nichts vor, er ignoriere dieses Fest wie immer. Beglückt von der Aussicht, nicht allein zu sein, lud ihn Lulu zu sich ein, nichts Besonderes, Jacques, nur eine Flasche Wein. Und Leblanc sagte zu.

ZWÖLF

Marie hatte den gestrigen Tag mit Weihnachtsvorbereitungen verbracht, nachdem Jacques schon früh aus dem Haus gegangen war, ohne sie zu wecken. Ganz hatte sie den Schock noch nicht überwunden, das schreckliche Bild der toten Bernadette wollte nicht aus ihrem Kopf verschwinden. Um dem zu entgehen, stürzte sie sich in Geschäftigkeit und hatte eine Liste gemacht, was zu erledigen war, einzukaufen, abzuholen, vorzubereiten. Schon im November hatte sie beim Bio-Bauernhof eine Ente bestellt, Ente à l'Orange war das Lieblingsessen ihres Sohnes Charles. Das bekam er in London selten vorgesetzt. Und selbst kochte Charles nicht, nie. Er verdiente so gut, dass er sich teure Restaurants leisten konnte.

Als Vorspeise wollte sie Garnelen mit einer Zitronen-Knoblauch-Mayonnaise servieren und als Dessert Crème Caramel, die ihre Tochter Elisabeth gerne aß. Für Elisabeth – eine strikte Vegetarierin, jedenfalls was Fleisch anging, bei Fisch ließ sie mit sich reden – musste sich Marie etwas einfallen lassen. Sie plante eine Blätterteigpastete mit Gemüse, den Teig würde sie beim Bäcker bekommen, dazu ein scharfes Chutney aus Tomaten, Zwiebeln und Rosinen. Sie hatte beim Weinhändler angerufen und Champagner und Wein geordert. Die Geschenke für ihre Kinder hatte sie längst gekauft, eine warme Kaschmirjacke, gefütterte Stiefel und eine Laptoptasche für Elisabeth, ein Eau de Toilette und einen Flanellpyjama mit Morgenmantel für Charles.

Dieses Jahr sollte Weihnachten besonders schön werden, und Marie wollte den Salon entsprechend dekorieren. Sie hatte gestern trotz der schlechten Straßenverhältnisse Arsène ins Auto gepackt, der sowohl Schnee als auch Autofahren liebte und außer sich vor Freude um sie herumsprang, und war ins »Châlet de Noël« gefahren. Ein großes Gartencenter in der Nähe von Cabourg eröffnete jedes Jahr im Dezember eine Halle speziell für Weihnachtszubehör. Dort hatte Marie den Nachmittag verbracht, fasziniert, aber auch ein bisschen verloren zwischen all der leuchtenden und funkelnden Pracht. In diesem Jahr hatten die Veranstalter das Thema »Weihnachten wie zu Omas Zeiten« gewählt und weniger auf Elektrisches und Elektronisches gesetzt. Stattdessen gab es traditionelle Baumkugeln und anderen Weihnachtsschmuck, Kerzen, Tannenzapfen, hölzerne Schaukelpferde, kleine Tretautos, Teddybären und jede Menge Weihnachtsmänner. Marie hatte sich von der Atmosphäre, dem Geruch von Gebäck und der Musik einfangen lassen und an frühere Weihnachtsfeste gedacht, als die Kinder klein waren und ihr Mann Gérard noch lebte. Und sie hatte an die Zeit gedacht, die sie als Austauschschülerin, sie musste so fünfzehn gewesen sein, in Freiburg im Breisgau verbracht hatte, wo sie auf ein deutsch-französisches Gymnasium gegangen war. Mit ihrer deutschen Gastfamilie stand sie immer noch in Kontakt. Das Weihnachtsfest dort hatte ihr gut gefallen, mit dem Tannenbaum und den Kerzen, den Lebkuchen und den Liedern, die gesungen wurden. Es war anders als in Frankreich. Manchmal vermutete sie, ihre Tochter habe deshalb eine Zuneigung zu Deutschland entwickelt, weil sie früher von dieser Zeit so viel erzählt hatte. Elisabeth mit ihrem Studium der Agrarwissenschaft und ihrem Interesse für Kartoffeln. Marie hatte, ohne es zu merken, den Kopf geschüttelt und den Rest ihres Milchkaffees ausgetrunken, den sie sich in dem Café bestellt hatte, das – ebenfalls weihnachtlich dekoriert – in einer Ecke des Châlets aufgebaut war.

Bevor die Erinnerungen sie davontragen konnten, hatte sie sich aufgerafft, ein paar rote und goldene Tannenbaumkugeln, ein goldenes Band und Kerzen gekauft und diese unwirkliche Zauberwelt verlassen. Nein, die Zeit blieb nicht stehen und kehrte auch nicht mehr zurück, das »Weihnachten anno dazumal«, das einem hier vorgegaukelt wurde, blieb eine Illusion. Dennoch freute sich Marie über die erstandenen Dekorationsartikel.

Zurück in Trouville, hatte sie mit Arsène, obwohl es schon fast dunkel war, einen langen Spaziergang am Strand gemacht. Und endlich war die ersehnte Ruhe über sie gekommen, und sie hatte sich abends entspannt in einen langen, erfrischenden Schlaf gleiten lassen, der nicht von alptraumhaften Bildern unterbrochen wurde.

Jetzt, am Donnerstagmorgen, hatte sie sich gerade Tee und Toast zubereitet, als das Klingeln des Telefons ihr Frühstück unterbrach. Am Apparat war Charles, ihr Sohn.

»Bonjour, Maman, wie geht es dir?«

»Gut. Ich stecke mitten in den Vorbereitungen und freue mich auf euch. Wann kommst du, übermorgen, nicht? Nimmst du wieder den Eurostar bis Paris? Ich hole dich vom Bahnhof ab.«

Charles druckste ein bisschen herum.

»Ja, also, deswegen rufe ich an. Maman, mein Freund Peter fährt mit seiner Familie zum Skifahren in die Schweiz, nach Sankt Moritz. Sie haben ein Châlet gemietet und mich eingeladen mitzukommen. Morgen soll es losgehen. Du bist mir nicht böse, Maman, wenn Weihnachten dieses Jahr ohne mich stattfindet? Ich besuche dich bestimmt im Januar, dann bleibe ich auch ein ganzes Wochenende, ja?«

Marie verschlug es die Sprache.

»Maman, bist du noch da? Ich würde wirklich gern mit Peter zum Skifahren nach Sankt Moritz. Und Weihnachten ist doch nicht so wichtig. Sag doch was!«

Im Zwiespalt, ihre eigenen Wünsche zu äußern oder die Entscheidung ihres Sohnes kommentarlos zu akzeptieren – denn um eine bereits getroffene Entscheidung handelte es sich und nicht, wie er vorgab, um eine verhandelbare Sache, bei der auch sie ihren Standpunkt einbringen konnte –, entschied sie sich trotz der kaum zu unterdrückenden bitteren Enttäuschung für das Letztere. Keine Vorwürfe wie »Ich habe mich so gefreut, und jetzt zerstörst du alles«, kein »Aber du hast doch gesagt …«. Ahnend, dass sie ihren Sohn verlieren würde, wenn sie jetzt die Beleidigte spielte, wissend, dass es richtig war, wenn er sein eigenes Leben führte, und dass seine Besuche von der Freiheit abhingen, die sie ihm ließ, sagte Marie nur knapp:

»Ja, wenn du meinst. Wenn du nicht kommen kannst. Das ist ja schade. Aber wenn Peters Familie dich mitnimmt …«, redete sie wie eine Maschine vor sich hin.

Bei Charles flammte Freude auf. Sie hatte ihn gerade davor bewahrt, ein schlechtes Gewissen haben zu müssen.

»Ich wusste, dass du das verstehst, Maman. Du hast ja noch Elisabeth zum Weihnachtenfeiern. Ich melde mich, wenn wir aus Sankt Moritz zurück sind, nach Silvester. Mach's gut, Maman.«

Eine ganze Weile saß Marie wie gelähmt da. Ihre Reaktion war richtig gewesen, das wusste sie, aber Charles' Absage nagte an ihr. Als das Telefon nochmals klingelte, regte sich schnell und kurz die Hoffnung in ihr, ihr Sohn hätte es sich anders überlegt. Maman, das Skifahren ist nicht so wichtig, ich feiere lieber Weihnachten bei dir, diese Worte würden gleich aus dem Hörer in ihr Ohr dringen. Aber es war nicht Charles, es war Rachel.

»Marie, wie geht es dir? Hast du den Schock überwunden?«

»Den Schock schon, ich muss gerade mit einem neuen fertigwerden.«

Rachels Stimme wurde brüchig. »Was ist los? Hast du noch eine …«

»Nein, keine Sorge, ich habe nicht noch eine Leiche gefunden, zum Glück.« Rachel schien wie Jacques die Möglichkeit in Betracht zu ziehen, dass sie oder Arsène jetzt ständig auf Tote stießen, eine absurde Vorstellung. Aber das lenkte sie wenigstens von ihrem Kummer ab. »Charles hat gerade angerufen und mir mitgeteilt, dass er übermorgen nicht kommt, sondern zum Skifahren nach Sankt Moritz fährt.«

Rachel blieb erst stumm, dann sagte sie: »Ich kann mir vorstellen, dass dir das wehtut, aber ich glaube, du solltest dich daran gewöhnen, dass deine Kinder eigene Wege gehen. Sie werden nicht unbedingt Rücksicht auf deine Wünsche nehmen. Du solltest nicht traurig sein, ganz sicher sind beide für dich da, wenn du sie wirklich brauchst. Vielleicht wäre es gut, wenn du eigene Pläne verfolgen würdest. Damit würdest du dich von den Kindern unabhängiger machen. Zum Beispiel hättest du über Weihnachten und Silvester eine Kreuzfahrt in die Karibik buchen können. Nächte wie Samt und ein Mann im Smoking, der dir ein Glas Champagner reicht.«

Wider Willen musste Marie lachen.

»Siehst du«, fuhr Rachel fort, zufrieden mit ihrem Erfolg, Marie aufzuheitern. »Ich rufe übrigens an, weil ich dich zu einem Tee bei Charlotte überreden wollte. Vielleicht auch zu einer Brioche. Ich bin auf dem Weg zu Jacques ins Kommissariat. Er hat mich gebeten, bei der Erstellung eines Phantombilds behilflich zu sein. Es handelt sich um den Mann, mit dem ich Bernadette im Central gesehen habe. Also, wie wär's mit einem Tee?«

Für jede Ablenkung dankbar, stimmte Marie sofort zu. Und eine halbe Stunde später saßen die Freundinnen an einem Tisch in der warmen, nach Schokolade duftenden Pâtisserie Charlotte. Auf dem schwarz-weiß gefliesten Boden hatte sich Arsène ausgestreckt, den zu Hause zu lassen Marie nicht übers Herz gebracht hatte.

Rachel zerpflückte ihre Brioche und nahm zu jedem Stück einen Schluck Tee. Sie war überzeugt, dass sich auf diese Art das Aroma des Gebäcks erst richtig entfaltete. »Ich habe eben kurz mit Masako gesprochen. Wenn du einverstanden bist, würden wir gern am Sonntag mit dir Weihnachten feiern. Ich habe dich vorher nicht gefragt, weil ich dachte, du wolltest mit den Kindern allein sein. Aber jetzt … Also, wir würden uns sehr freuen, wenn wir uns bei dir einladen dürfen. Wir bringen auch gern etwas zu essen mit.«

Marie lächelte unsicher. »Aber ihr müsst nicht …«

»Du kannst sicher sein, dass wir wollen und nicht müssen. In Ordnung?«

»In Ordnung. Ich habe schon gedacht, ich müsste die Ente alleine essen. Ihr braucht nichts mitzubringen, ich habe schon alles bestellt.«

Marie ließ sich auch noch überreden, Rachel zum Kommissariat zu begleiten. Der Polizist, der am Eingang Dienst tat, brachte sie in den ersten Stock. Arsène wurde heftig gestreichelt. Die meisten Leute erlagen seinen braunen Retrieveraugen. Leblanc versuchte, sich die Überraschung nicht anmerken zu lassen, Marie in seinem Büro zu sehen. Ganz gelang es ihm nicht. Das Armeschlenkern und das Mit-den-Fingern-durch-die-Haare-Fahren zeugten von einer gewissen inneren Erregung. Er küsste sie auf die Wangen und trat, um ihrer beider Verlegenheit zu überwinden, geschäftsmäßig auf, indem er sich an Rachel wandte.

»Wir können gleich mit dem Phantombild anfangen, Rachel. Ich sage Bernard Bescheid, er wird es nach deinen Angaben am Computer zusammensetzen.«

»Erwarte nicht zu viel davon«, erklärte Rachel. »Ich habe den Mann wirklich nur im Vorübergehen durch die Fensterscheibe gesehen. Bernadette und er waren ins Gespräch vertieft.«

»Wir zeigen das Bild den Kellnern aus dem Central, vielleicht erinnert sich einer von ihnen und kann noch Details hinzufügen.«

Die an ihrem Computer beschäftigte Nadine begrüßte die beiden Besucherinnen und wandte sich mit Entzücken Arsène zu, der sich zu ihren Füßen niederließ und das Streicheln mit geschlossenen Augen genoss.

»Ist dir in Bezug auf Bernadette Latour noch etwas eingefallen, Marie?«, fragte Jacques.

»Nein, tut mir leid, gar nichts.«

»Jacques«, begann Rachel zögernd. »Ich gebe nicht gerne Gerüchte weiter, und möglicherweise ist nichts dran an dem Gerede. Aber ich habe gedacht, ich müsste es dir sagen. Ich habe gestern mit einer Freundin in Paris telefoniert, die Bernadette Latour ganz gut kannte. Sie wusste noch nicht, dass Bernadette ermordet wurde, sie hat es von mir erfahren und war natürlich außer sich. Dann erzählte sie mir, dass Bernadette sich tatsächlich durch ihre Enthüllungen Feinde gemacht hat, dass sie speziell mit dem Hersteller der Fertiggerichte, Vite Fait, auf Kriegsfuß stand, weil sie auf eigene Faust das verwendete Schweinefleisch untersuchen ließ. Dabei wurden unzulässige Hormone und Antibiotika entdeckt. Aber sie hat mir noch etwas enthüllt. Angeblich hatte Bernadette ein Verhältnis mit einem der Söhne von Monsieur Adler. Meine Freundin wusste das nicht von Bernadette persönlich, deshalb hat sie mich gebeten, nicht darüber zu reden. Wenn so ein Gerücht erst mal in der Welt ist, kann es viel Schaden anrichten. Aber ich dachte, du solltest das wissen.«

»Hm.« Leblanc nickte, als sei ihm gerade eine diffuse Ahnung bestätigt worden, die noch nicht einmal Zeit hatte, in seinem Kopf zu einem Gedanken heranzureifen.

»Danke, Rachel. Mein Gefühl sagt mir, dass da etwas dran sein könnte. Aber nun lasst uns mal zu meinem Kollegen Bernard ins Büro gehen.«

Rachel folgte Leblanc, und Marie ließ den glücklich schlummernden Arsène in Nadines Obhut. In Bernards Büro gruppierten sie sich um seinen Computer. Das Programm bot verschiedene Kopfformen an.

»Nein«, sagte Rachel, »nicht so oval, dreieckiger, die Stirn breiter, das Kinn schmaler. Er hatte einen Bart, nein, keinen richtigen, Stoppeln, was man so Dreitagebart nennt. Vielleicht hatte er sich nur nicht rasiert. Die Haare braun, glatt, kurz geschnitten, nach hinten gekämmt. Er trug eine Brille, ja, eine ziemlich große, markante, dunkle Brille, ja, perfekt. Die Augen kann ich nicht beschreiben, die rückten durch die Brille in den Hintergrund. Der Mund? Ich weiß nicht mehr, nein, vollere Lippen.«

»Wie alt war er ungefähr?«, fragte Bernard.

»Schätzungsweise Mitte dreißig. Nein, die Nase nicht so spitz, breiter, größer, ja, das könnte hinkommen.«

Rachel schloss die Augen, um sich das Gesicht des Mannes noch einmal ins Gedächtnis zu rufen. Dann betrachtete sie das Computerbild. »Besser kriege ich es nicht hin.«

Marie hatte die ganze Zeit fasziniert auf die Entstehung des Phantombilds gestarrt. Je weiter sich dieses Gesicht auf dem Bildschirm vervollständigte, desto lebendiger wurde es in ihrer Erinnerung.

»Ich kenne den Mann«, sagte sie überraschend.

Einen Moment Stille, dann aus drei Mündern: »Was?«

»Na ja, kennen ist zu viel gesagt, er hatte ein Zimmer bei mir gemietet, das muss etwa drei Wochen her sein. Er hat gesagt, er hätte hier zu tun.«

»Und wie heißt er?«, fragte Jacques, erstaunt über die neue Wendung, die die Sache nahm.

»Ich erinnere mich nicht mehr genau, Beltram oder Bertram.«

»Hast du das nicht aufgeschrieben? Füllen deine Gäste kein Anmeldeformular aus?«

Marie wurde verlegen. »Die meisten schon, aber wenn jemand unangemeldet vor der Tür steht und nach einem Zimmer fragt, vergesse ich das manchmal.«

»Ich muss dir wohl nicht sagen, dass das nicht ganz den Gesetzen entspricht. Vor allem aber ist es auch zu deinem Schutz.«

»Marie, bist zu wahnsinnig! Das sind doch fremde Leute, die du in deinem Haus hast. Du musst dich irgendwie absichern«, fiel nun auch Rachel in die Vorwurfstirade ein.

»Ja, ich weiß, ich werde zukünftig mehr darauf achten.« Ganz kleinlaut geworden und sich ihrer Versäumnisse bewusst, konnte Marie aber dann doch noch eine Information beisteuern. »Der Mann, also dieser Monsieur Bertram oder Beltram, wohnt in Paris. Das hat er mir jedenfalls gesagt. Außerdem war er sehr sympathisch«, fügte sie hinzu, um die geäußerte Besorgnis ihrer Freundin zu zerstreuen. »Ich sehe mir die Leute schon genau an, die bei mir vor der Tür stehen. Wenn mir jemand nicht gefällt, sage ich, die Zimmer seien belegt.«

»Gut«, fasste Leblanc zusammen, »ein Monsieur Bertram oder Beltram aus Paris. Zusammen mit dem Phantombild ist das ja schon mal etwas.«

Als Marie und Rachel das Kommissariat verlassen hatten, besprach Leblanc mit Nadine das weitere Vorgehen. »Überprüfst du bitte mal, ob der Name Bertram oder Beltram im Telefonverzeichnis von Bernadette Latour auftaucht. Dann mailst du das Phantombild nach Paris und bittest die Kollegen um Hilfe. Den Mann müssen wir finden. Es kann natürlich sein, dass er gelogen hat und gar nicht aus Paris stammt. Durchforste auch das Archiv, ob jemand mit diesem Namen vorbestraft ist. Ich werde noch einmal mit Maurice Adler sprechen.«

Leblanc merkte, dass er nicht eine Sekunde gezögert hatte, Maurice und nicht Gustave als den angeblichen Geliebten von Bernadette Latour zu identifizieren, obwohl Rachel keinen Namen genannt, nur von einem Adler-Sohn gesprochen hatte. Wieder ein Fehler? Warum schloss er Gustave aus? Nein, er musste beide Söhne in Betracht ziehen, was nicht hieß, dass der Geliebte Bernadettes gleichzeitig ihr Mörder war. Er wollte dieses Familienknäuel entwirren, um den roten Faden zu finden, der ihn zu einem Motiv und damit zum Täter führte. Er beschloss, beide Adler-Söhne zusammen zu vernehmen und zu beobachten, wie sie aufeinander reagierten.

»Nein«, korrigierte er, »ich will mit Maurice und Gustave sprechen.«

»Ziemlich viele Männer, nicht?«, bemerkte Nadine.

»Kann man so sagen. Der alte Jean Adler, die beiden Söhne, Doktor Delon und der unbekannte Monsieur B. Wir müssen ein bisschen Druck machen, sonst kommen wir in der Sache nicht weiter.«

DREIZEHN

Leblanc rief Gustave und Maurice Adler an und bat sie für den frühen Nachmittag ins Präsidium. Gustave befand sich in seiner Wohnung im Hôtel des Roches Noires, Maurice in der Klinik. Beide sagten sofort zu. Leblanc beschloss, sich vorher noch einmal in der Wohnung von Bernadette Latour umzusehen, auch wenn die Spurensicherung sie schon genauestens untersucht hatte.

Der Concierge öffnete ihm das Portal, und der Kommissar ließ sich vom Fahrstuhl in den zweiten Stock bringen. Das Siegel an der Tür war unversehrt. Er durchtrennte es und betrat die Wohnung, die nach zwei Tagen ohne Lüften ein wenig muffig roch. Was er suchte, wusste er nicht genau. Er würde es wissen, wenn er es fand. In der Schreibtischschublade lagen Stifte und unbeschriebenes Notizpapier, ein paar Steine, Muscheln, ein Haarband. Er ging ins Schlafzimmer und öffnete den Wandschrank, darin waren Kleidung, eine Wolldecke, nichts Ungewöhnliches. In den Taschen der Daunenjacke ein Papiertaschentuch, in dem kleinen Rollkoffer Leere. Leblanc tastete sogar die hintere Wand des Schranks ab, ob sich dort ein Geheimfach befand. Aber das hätten die Kollegen sicher entdeckt.

Als er aus dem Fenster sah, bemerkte er, wie nah das Meer bei Flut an das Gebäude herankam. Man hatte den Eindruck, auf einem Schiff zu sein, um sich herum nur Wellen. Als würde sich diese visuelle Wahrnehmung sofort in einen körperlichen

Reiz umsetzen, fühlte er sich schwankend. Hier könnte er nicht wohnen. Er war froh, dass seine Wohnung am Jachthafen eine angemessene Entfernung zum Meer aufwies. Zurück im Wohnzimmer, baute er sich vor dem Bücherregal auf, nahm jedes Buch in die Hand, schüttelte es. Nichts, kein Zettel, keine Notiz. *Der Liebhaber* von Marguerite Duras wies deutliche Lesespuren auf, Anmerkungen am Rand und unterstrichene Textpassagen. Leblanc blätterte es durch, fand aber keinen Hinweis, der den Liebhaber von Marguerite Duras mit dem Liebhaber der Leserin in Verbindung bringen könnte. Er zog die Bildbände aus dem Regal, Kataloge von Ausstellungen und Monografien von Malern. Den Band über den Architekten Richard Meier und seine Bauten schlug er auf und fand auf der ersten Seite eine Widmung: »In Liebe, G.« Dem Inhaltsverzeichnis war zu entnehmen, dass Gustave Adler einen Aufsatz zu diesem Band beigetragen hatte. Leblanc setzte sich, ließ das Buch auf seine Knie sinken. Er hatte sich geirrt. Nicht mit Maurice hatte Bernadette eine Liaison, sondern mit Gustave. Er schüttelte den Kopf, konnte den strengen Gustave nicht mit der engagierten, diskussionsfreudigen Bernadette in Verbindung bringen. Aber, wie er immer sagte, man sollte nichts ausschließen. Im Lauf seines Arbeitslebens hatte er so oft erlebt, dass sich das Unwahrscheinliche und nicht das Wahrscheinliche als wahr erwiesen hatte. Den Bildband nahm er mit.

Auf dem Weg ins Präsidium entschied er, obwohl es jetzt, um Viertel nach zwölf, fast zu früh war zum Mittagessen, ins Central zu gehen. Aber er hatte Hunger, denn am Morgen hatte er nur einen Kaffee getrunken. Er bestellte einen Salat aus marinierten Anchovis und als Hauptgericht Moules et Frites, Miesmuscheln mit Pommes Frites, darauf hatte er Appetit. Seine Gedanken drehten sich um den Fall. Hätte Gustave Adler ein Motiv, Bernadette Latour umzubringen? War er eifersüchtig auf seinen Vater, auf die andere, tiefere Art der Bindung, die sie offenbar mit Jean Adler eingegangen war? Stopp. Er wusste gar nicht, welcher Art die Beziehung zwischen Bernadette und Gustave gewesen war, er dachte gleich an eine Bettgeschichte. Vielleicht ging es darüber hinaus. Aber Gustave hatte ein Alibi, jedenfalls hatte seine Frau bezeugt, dass er mit ihr am Montagabend nach Paris zurückgefahren war. Wusste Gustaves goldblonde Frau von dem Verhältnis? Hatte sie möglicherweise davon erfahren und ihn zu diesem Mord angestiftet? Ihm dann das Alibi verschafft? Oder hatte sie gar beide …? Als die Speisen gebracht wurden, unterbrach Leblanc seine Überlegungen und widmete sich ganz dem Essen.

Zurück im Präsidium, teilte er Nadine seine neuen Erkenntnisse mit.

»Da bin ich ja gespannt, wie die Adler-Söhne reagieren«, antwortete Nadine. »Übrigens, Chef, ich habe bisher nichts über diesen Bertram herausgefunden. Kein Kontakt in Bernadette Latours Handy, in unserer Datei nichts, aus Paris noch keine Nachricht. Ich könnte natürlich alle gespeicherten Kontakte durchtelefonieren, vielleicht kommt etwas dabei heraus, irgendein Hinweis.«

»Mach das. Und ruf auch bei dem Lebensmittelkonzern Vite Fait an, frag nach, ob es da jemanden mit diesem Namen gibt. Wir dürfen diese Spur nicht ad acta legen.«

Pünktlich um zwei trafen beide Adler-Brüder im Büro ein, sie hatten sich offenbar auf dem Flur getroffen. Da Leblanc keinem von beiden gesagt hatte, dass er den jeweils anderen auch hergebeten hatte, musste es eine Überraschung gewesen sein. Die Atmosphäre zwischen ihnen war angespannt. Auf Gustaves Gesicht zeigte sich eine tief eingegrabene Falte zwischen Nase und Mund, die Leblanc beim letzten Mal nicht aufgefallen war. Maurice hatte sein charmantes Lächeln eingefroren. Beide legten eine gewisse Besorgnis an den Tag. Leblanc ging sofort auf Konfrontation und hielt den Bildband hoch, der auf seinem Schreibtisch lag.

»Monsieur Adler«, sagte er und sah Gustave an, »ich nehme an, Sie kennen dieses Buch. Wir haben es in der Wohnung von Bernadette Latour gefunden. Mit einer Widmung von Ihnen. Sie sind doch G.?«

»Du Idiot«, zischte Maurice. »Musste das sein? Wenn Papa das in die Hände gefallen wäre!«

»Sie wissen also von dem Verhältnis zwischen Ihrem Bruder und Bernadette Latour?«, fragte der Kommissar den aufgebrachten Maurice. Gustave hatte noch keinen Satz von sich gegeben. Er verbarg das Gesicht in seinen Handflächen und atmete, bevor er die Hände wieder sinken ließ, hörbar ein und aus. »Es ist nicht so, wie Sie denken. Es war vor seiner Zeit.«

»Vor seiner Zeit? Wie meinen Sie das?«, fragte Leblanc nach.

»Er meint meinen Vater«, mischte sich Maurice ein, »er meint, er sei aus dem Schneider, weil seine Geschichte mit Bernadette lief, bevor sie sich näher mit meinem Vater anfreundete. Aber Sie hätten mal sehen sollen, wie er sie die ganze Zeit angeschmachtet hat. Das war nicht zum Aushalten. Sie war diejenige, die mit ihm Schluss gemacht hat.«

»Halt den Mund«, fuhr Gustave, bleich und zittrig, aber aus seiner Lethargie erwacht, seinen Bruder an. »Du hast am wenigsten das Recht, dich hier als Richter aufzuspielen.« Zu Leblanc gewandt, sagte er resigniert: »Ich erzähle Ihnen, wie es war, Herr Kommissar. Vor etwa drei Jahren habe ich Bernadette in Paris anlässlich einer Ausstellungseröffnung, bei der auch das Buch vorgestellt wurde, das Sie in den Händen halten, kennengelernt.

Natürlich hatte ich sie schon im Hôtel des Roches Noires gesehen, aber wir hatten nie miteinander geredet. Sie hatte eine Freundin, eine Architektin, zu dem Empfang begleitet. Wir kamen ins Gespräch, und Bernadette fragte mich über Richard Meier aus. Sie habe, erzählte sie, das Paul Getty Center in Los Angeles gesehen und sei fasziniert von der Klarheit und der Lichtdurchlässigkeit gewesen. Dann wollte sie wissen, was ich gebaut hätte. Und ich bot ihr an, eine Rundfahrt durch Paris zu machen und ihr die Gebäude zu zeigen, die ich entworfen hatte. Ich gestehe, dass ich fasziniert war von ihrer entschiedenen, fast ein wenig schroffen, spröden Art. Sie besaß keinerlei Ähnlichkeit mit den Frauen, die ich üblicherweise auf solchen Veranstaltungen treffe und die sich für Architektur so sehr interessieren wie eine Kuh für Fußball. Wenn ich schon dieses ›Ach, wie spannend‹ und ›Würden Sie mir noch ein Glas Champagner holen‹ höre, dann weiß ich, dass die Damen auf nichts anderes aus sind als auf Komplimente und Schmeicheleien. Kurz, ein paar Tage später holte ich Bernadette ab und zeigte ihr meine Pariser Bauten. So begann es. Wir trafen uns wieder und wieder, und wir verliebten uns ineinander.«

»Wie romantisch«, höhnte Maurice.

»Das verstehst du sowieso nicht. Wer nur auf Sex aus ist, bekommt auch nur Sex«, entgegnete Gustave.

Mit Blicken wie vergiftete Pfeile durchbohrten sich die Brüder. Leblanc ging dazwischen. Er fuhr Maurice an: »Lassen Sie Ihren Bruder ausreden.«

»Meine Frau wusste nichts davon, und auch sonst niemand«, fuhr Gustave Adler fort. »Wir trafen uns in Bernadettes Wohnung in Paris oder nahmen ein Hotelzimmer. In Trouville gingen wir uns in beiderseitigem Einverständnis aus dem Weg, wir wollten unser Geheimnis wahren, und im Hôtel des Roches Noires gibt es zu viele Augen und Ohren. Bernadette war es sehr wichtig, unabhängig zu sein, sie hätte nicht gewollt, dass ich mich von meiner Frau trenne. Ein Jahr ging das mit uns, dann lernte sie meinen Vater kennen, unabhängig von mir und ohne mein Zutun. Er saß an einem warmen Septembertag in Trouville im Garten, und als sie herunterkam, um auf der Terrasse zu lesen, sprach er sie an, ob sie sich nicht zu ihm setzen wolle. So etwas macht er häufig, er ist neugierig und interessiert an Menschen, manchmal sogar zu vertrauensselig. Von diesem Tag an waren die beiden ein Paar. Zwischen ihnen war eine Saite zum Klingen gekommen, die sie bei mir nicht gespürt hatte. Vom ersten Moment an muss es eine Art Seelenverwandtschaft zwischen ihnen gegeben haben. Vielleicht lag es daran, dass beide aus Österreich stammten, Bernadette zumindest mütterlicherseits, vielleicht auch daran, dass ihre Familien ein ähnliches Schicksal erlitten haben. Bernadettes Großeltern haben wie die Familie meines Vaters die Nazidiktatur nicht überlebt. Bernadettes Mutter war eine geborene Silbermann, die einen Franzosen geheiratet hat.«

Gustave Adler hielt kurz inne, um dann seine Schilderung zu beenden. »Erahnen Sie jetzt die Tiefe dieser Verbindung zu meinem Vater? Ebenso plötzlich, wie sie sich ihm anschloss, beendete sie die Beziehung zu mir. Sie könne sich nicht uns beiden nah fühlen, und sie würde meinen Vater nicht hintergehen wollen, sagte sie. Fragen Sie mich nicht, wie ich mich gefühlt habe. Als hätte mir jemand von einer Minute zur anderen mein Leben, mein Glück entrissen. Mit Bernadette hatte ich mich zum ersten Mal nach langer Zeit wieder lebendig gefühlt. Und nun stieß sie mich ins Dunkel meines eintönigen Alltags zurück. Dazu kam, es war mein eigener Vater, dessentwegen sie mich verließ. Ich ertrug es kaum, aber, wie Sie sehen, ich habe es überlebt.«

Der Sarkasmus, den Gustave Adler in diese Worte legte, wurde durch seine wehmütige Miene Lügen gestraft. Man sah ihm an, dass er die Trennung längst nicht überwunden hatte.

»Und nun haben Sie eine späte Rache genommen«, versuchte Leblanc ihn aus der Reserve zu locken.

Während der Unglückliche beim Heraufbeschwören der schmerzhaften Erinnerungen in tiefe Verzweiflung gefallen war, weckte der Verdacht des Kommissars seinen lebhaften Protest.

»Nein, um Himmels willen, was denken Sie! Ich bringe doch Bernadette nicht um.«

»Kann es sein, dass Ihre Frau von der Beziehung erfahren hat?«

»Nein, wie denn? Es wusste doch keiner davon.«

»Gott, bist du naiv«, mischte sich Maurice ein. »Natürlich wusste Chantal davon, von Anfang an. Sie hat nur nichts gesagt, weil sie dachte, das würde vorbeigehen. Ist es dann ja auch. Chantal wusste ebenso, dass du nicht den Mumm haben würdest, sie zu verlassen. Ihr werdet noch aneinanderkleben, wenn ihr schon längst begraben seid.«

»Ich weiß, du bist auch noch stolz darauf, dass du Nicole verlassen hast. Deiner Frau ging es schlecht nach der Scheidung, aber das war dir egal. Für mich stellt die Familie einen Wert dar, ich lasse sie nicht einfach so im Stich. Schließlich trägt man eine Verantwortung, besonders für die Kinder. Bei dir dreht sich ja alles nur ums Bett.«

»Na und, was ist schlecht daran? Dieses ganze Getue um Liebe, sentimentaler Quatsch. Du siehst doch, wohin das bei dir geführt hat. Na, komm, sag es dem Kommissar! Du brennst doch darauf, es loszuwerden.« Maurice Adler schrie jetzt fast.

»Das ist deine Sache«, erwiderte sein Bruder eisig, »und die deines Gewissens.«

»Also, Herr Kommissar, dann sag ich es Ihnen, wenn mein feiner Bruder sich raushalten will. Ja, ich hatte ein Verhältnis mit

Bernadette, die ganze Zeit über, während sie mit meinem Vater zusammen war. Kennengelernt habe ich sie erst durch Papa, die starke erotische Anziehung war beiderseits. Ich musste sie zu nichts zwingen oder überreden. Wichtig war ihr nur, dass mein Vater nichts davon erfuhr, aber das war ja auch in meinem Interesse. Ich habe ihm nichts weggenommen. Und wenn Sie jetzt anfangen wollen, auf der Klaviatur des schlechten Gewissens zu spielen, das können Sie sein lassen, fruchtet bei mir nicht, hat mein Bruder schon zur Genüge getan. Er hat auch versucht, Bernadette zur Rede zu stellen, aber sie hat sich ihm entzogen. Nicht, Bruderherz, so war es doch. Mich würde es nicht wundern, wenn du am Montagabend bei ihr warst und sie mal wieder, wie du es nanntest, zur Vernunft bringen wolltest. Und als sie sich widersetzte, da …«

Gustave Adler sprang auf wie von der Tarantel gestochen und zerrte an den Jackenrevers seines Bruders, um ihn in die Höhe zu ziehen. Er schüttelte ihn, er keuchte: »Du, du behauptest … ich hätte … vielleicht hast du ja … warst eifersüchtig auf Papa …«

»Das ist paranoid, du kannst doch nicht mehr klar denken.«

Leblanc trennte die zwei Streitenden. »Schluss jetzt, setzen Sie sich!« Zu Maurice Adler gewandt, fuhr er fort: »Was wollten Sie wirklich mit Ihrem Telefonanruf am Montagabend bei Bernadette? Doch nicht die Sorge um Ihren Vater loswerden.«

»Was wollen Sie hören? Dass ich Bernadette zu einem Treffen überreden wollte? Also gut. Ich war tatsächlich in die Klinik gefahren, um Unterlagen zu holen, die ich vergessen hatte. Dann rief ich Bernadette an und fragte sie, ob ich einen Umweg über Trouville machen solle, bevor ich nach Paris fuhr, ob sie mich sehen wolle, ob sie in meine Wohnung käme. Ich sagte ihr, das Essen im Central hätte mir Lust gemacht, sagte, beim Schlürfen der Austern hätte ich an sie gedacht, ich fragte, ob es ihr genauso ginge.«

Gustave Adler hielt es kaum auf seinem Stuhl. »Das ist widerwärtig«, brach es aus ihm hervor.

»Nein, mein Lieber, das nennt man Erotik«, konterte Maurice.

Leblanc mischte sich wieder ein. »Und, was sagte Bernadette Latour?«

»Sie lehnte ab. Sie meinte, sie sei gerade in der Wohnung meines Vaters und danach wolle sie noch arbeiten, ihr Artikel müsse fertigwerden. Das war's. Ich sagte, okay, dann ein anderes Mal, und fuhr nach Paris.«

»Gibt es irgendwelche Zeugen dafür?«

»Natürlich nicht, ich war allein. Nach Mitternacht war ich zu Hause.«

»Wann verließen Sie die Klinik?«

»Ich habe nicht auf die Uhr gesehen, so gegen halb zehn.«

»Haben Sie Ihren Kompagnon getroffen?«

»Christian? Nein, wieso?«

»Er ist nach dem Abendessen dorthin gefahren. Hätten Sie sich nicht über den Weg laufen müssen?«

»Nicht unbedingt. Vielleicht ist er direkt in sein Appartement gegangen und nicht mehr ins Büro.«

»Noch eine letzte Frage, Herr Doktor Adler. Gibt es in der Klinik einen Nachtdienst, also Pflegerinnen oder Krankenschwestern oder wie immer man das nennt, die für Ihre Patienten ansprechbar sind?«

»Selbstverständlich, sogar mehrere. Wir scheuen keine Kosten, um unseren Patienten die beste Betreuung zu bieten. Manche Gäste – das Wort ›Patient‹ klingt so nach Krankenhaus, deshalb bevorzugen wir die erfreulichere Bezeichnung ›Gast‹ – wünschen einen persönlichen Service, eine Betreuerin für sie allein, auch das ermöglichen wir. Bei allem darf man natürlich nicht vergessen, dass jeder, aber auch jeder medizinische Eingriff, selbst wenn es sich nur um Injektionen handelt, unangenehme Folgen in Form von Unverträglichkeiten haben kann.«

»Aha, danke für die Aufklärung. Ich muss Sie beide auffordern, Trouville beziehungsweise Équemauville vorerst nicht zu verlassen und zu unserer Verfügung zu stehen.«

»Sie verdächtigen uns«, sagte Gustave Adler mit zitternder Stimme. »Ich kann es Ihnen nicht verdenken. Nur bitte, sagen Sie unserem Vater nichts von alledem, er würde es womöglich nicht verkraften. Das ist auch in deinem Sinne, Maurice, oder?«

»Ja, Herr Kommissar, verschonen Sie Papa. Ich werde gleich nach ihm sehen, es geht ihm nicht gut. Seine Herz- und Kreislaufbeschwerden sind Auswirkungen der Aufregung.«

Leblanc bat beide Adler-Söhne, ihre Automarken und -kennzeichen sowie ihre Pariser Adressen aufzuschreiben. Gegen das Einscannen ihrer Fingerabdrücke protestierten sie zunächst, erklärten sich dann aber doch bereit und ließen die Prozedur über sich ergehen. Dann verließen sie das Büro, der große, schmale, ernste Gustave und der kleinere, drahtige Maurice, jeder mit seiner Last allein, vereint nur durch die Sorge um den Vater.

Nadine hatte die ganze Zeit an ihrem Schreibtisch gesessen und das Gespräch verfolgt. Jetzt platzte es aus ihr heraus: »Puh, Chef, was für ein Familiendrama! Eine Frau – und drei Männer sind aus dem Häuschen. Aber glauben Sie, dass einer von denen sie umgebracht hat?«

»Wir prüfen das nach. Wir brauchen die Kameraaufzeichnungen der Autobahnzahlstellen von Montagabend ab neunzehn Uhr dreißig. Viel Verkehr wird ja bei dem Schnee nicht gewesen sein.«

»Ich fordere die Aufzeichnungen sofort an und lasse sie per

Mail an Bernard schicken. Er soll sie sich zusammen mit Patrick durchsehen.«

»Bernard soll vorher noch die Fingerabdrücke der beiden mit denen vergleichen, die wir in Bernadettes Wohnung und im Fahrstuhl gefunden haben. Den alten Adler lassen wir mal außen vor, vorerst jedenfalls. Seine Fingerabdrücke würden wir sowieso identifizieren, er hat ja die Wohnung ›aufgeräumt‹.«

Nadine rief bei der Spurensicherung an und bat um sofortige Abgleichung der eingescannten Fingerabdrücke.

Leblanc fuhr mit seinen Überlegungen fort: »Wenn auf den Aufzeichnungen Gustave Adlers Wagen zu erkennen ist, fällt er als Verdächtiger weg. Maurice könnte, nachdem er Bernadette von der Klinik aus angerufen hatte, ins Hôtel des Roches Noires zurückgefahren sein, Bernadette erwürgt haben und sich erst dann nach Paris aufgemacht haben. Aber warum? Was für ein Motiv sollte er haben, seine Geliebte umzubringen?«

»Vielleicht hat sie gedroht, seinem Vater alles zu beichten?«

»Denkbar, aber das passt noch nicht richtig zusammen. Wenn Maurice Adler Bernadette umgebracht hätte, könnte er Trouville nicht vor etwa halb zwölf verlassen haben. Der Mord selbst hat ihn wahrscheinlich nicht viel Zeit gekostet, aber er musste sie von ihrer Wohnung in den Keller transportieren und darauf achten, dass ihm niemand begegnete.«

Auf die Untersuchungsergebnisse der Spurensicherung mussten sie nicht lange warten. Bernard meldete sich und gab bekannt, was bei dem Abgleich der Fingerabdrücke herausgekommen war: Von Maurice Adler hatten sie in erheblicher Menge Spuren in Bernadette Latours Wohnung und auch im Fahrstuhl gefunden, negativ dagegen fiel das Ergebnis bei den Fingerabdrücken von Gustave Adler aus.

»Maurice Adler ist auf jeden Fall in der Wohnung gewesen«,

rief Leblanc seiner Mitarbeiterin zu, nachdem er den Hörer aufgelegt hatte. »Es wird eng für ihn.«

Nadine hatte auch eine Neuigkeit. »Der Chefredakteur der Zeitschrift *La Science* hat Bernadette Latours Exposé für den Artikel gemailt. Ich lese mal vor: ›Schlank, jung und attraktiv – das ist nicht nur der Wunsch vieler Frauen, sondern häufig auch eine Voraussetzung, um einen Job zu bekommen oder zu behalten.‹« Nadine unterbrach die Lektüre und kommentierte: »Das bezieht sich offenbar auf den Fall ihrer Freundin Ariane Berger.« Dann las sie weiter: »›Verlieren Sie so viel Gewicht, wie Sie wollen‹ oder ›Verbrennen Sie Fett im Schlaf‹, damit werben Schlankheitsmittel. Die freiverkäuflichen Mittel aus der Apotheke (Sättigungskapseln, Fettblocker, Kohlenhydratblocker, Fatburner) sind mehr oder weniger völlig wirkungslos, das ist mehrfach bewiesen worden. Es gibt effektivere Substanzen, die allerdings erhebliche Nebenwirkungen haben. Der unverantwortliche Umgang mit diesen Mitteln kann sogar zum Tode führen. Ephedrin zum Beispiel ist appetithemmend und wird wegen seines leistungssteigernden Effekts auch als Dopingmittel eingesetzt. Die Einnahme bei sportlichen Wettkämpfen ist verboten. Als Nebenwirkungen können auftreten: Unruhe, Angst, Übelkeit, Schlaflosigkeit, Tremor, Pulsrasen, Schwitzen, Atemschwierigkeiten, Verwirrtheit, Halluzinationen, Delirium, Kopfschmerzen. Oder Sibutramin, das als Appetitzügler gilt und mit den Antidepressiva verwandt ist. Nebenwirkungen: Kopfschmerzen, Mundtrockenheit, Übelkeit und Erbrechen bis hin zu Taubheitsgefühlen, Bluthochdruck, Herzrhythmusstörungen und ein erhöhtes Herzinfarktrisiko. Im Zusammenhang mit der Einnahme von Sibutramin hat es bereits Todesfälle gegeben. Aufgrund der starken Nebenwirkungen wurden sibutraminhaltige Arzneimittel in allen Industrieländern mittlerweile vom Markt genommen. Skandalös ist, dass trotz des

Verbots Sibutraminmedikamente problemlos über das Internet bestellt werden und aus China als Nahrungsergänzungsmittel eingeschleust und verbreitet werden.‹«

Nadine schwieg.

»Was Frauen alles in Kauf nehmen, verrückt«, sagte Leblanc in die Stille hinein. »Ich hätte nie gedacht, dass dieser Schlankheitswahn solche Auswirkungen hat.«

Er fragte sich auf einmal, ob die Frauen, die er kannte, auch solche Mittel nahmen, vielleicht nicht so gefährliche, aber unbedenklichere aus der Apotheke, weil sie sich einen Nutzen davon versprachen, oder ob sie sich an Diätpläne hielten. Bisher hatte er geglaubt, die Natur würde die Sache mit dem Gewicht regeln, man aß und trank, weil man dem Körper Energie zuführen musste. Junge Menschen waren schlank, weil sie mehr Energie verbrauchten, ältere setzten etwas Fett an, weil sie manchmal zu viel aßen und tranken und die zu sich genommenen Kalorien nicht mehr abarbeiteten. Man musste nur aufpassen, dass es nicht überhandnahm. Das wusste er aus eigener Erfahrung, sein Bauch war in den letzten Jahren gewachsen. Sicher waren Frauen dem Schönheitsideal, das ihnen in jeder Zeitschrift mit mageren, jungen Models vorgegaukelt wurde, mehr ausgeliefert als Männer. Aber dass sie sich deshalb kasteiten oder sogar ihre Gesundheit und ihr Leben gefährdeten, nein, das hatte er sich bisher nicht vorstellen können. In Paris, als er nachts mit seinem Freund Franck durch die angesagten Lokale gezogen war, hatte er Bekanntschaft mit Models gemacht. Franck kannte sich als Musiker in dieser People-Szene aus. Die Frauen hatten ausdrucksstarke, fotogene Gesichter und lange Beine, sie waren groß, aber so mager, dass Leblanc nie Lust verspürt hatte, sich so einem Model zu nähern. Er persönlich hatte nichts dagegen, wenn Frauen nicht gertenschlank waren, im Gegenteil. Annie zum Beispiel, die wohlriechende Bäckerin, hatte wunderbare, volle Schenkel, die in ihr ebenso wunderbares, gewölbtes Gesäß mündeten. Auf seinem Gesicht erschien ein versonnener Ausdruck.

»Chef?« Nadine holte ihn in die Wirklichkeit zurück. »Wie gehen wir denn jetzt weiter vor?«

Das Klingeln des Telefons enthob ihn einer Antwort. »Leblanc, Mordkommission Deauville-Trouville«, meldete er sich. »Ja ... ja, das interessiert uns sehr ... am Montagabend, sagen Sie? ... Sind Sie jetzt im Hôtel des Roches Noires? ... Wir kommen sofort.«

Er informierte Nadine über den Anrufer und beantwortete damit auch ihre Frage. »Das war Monsieur Morel, ein Nachbar von Bernadette Latour im Hôtel des Roches Noires. Er ist gerade aus Le Havre zurückgekehrt, wo er dienstags und mittwochs an der Universität unterrichtet, und hat erst jetzt von dem Verbrechen erfahren. Am Montagabend, sagt er, hat er einen lauten Streit in ihrer Wohnung gehört. Wir fahren hin. Vielleicht ist auch die Fotografin inzwischen eingetroffen, wie heißt sie noch?«

»Claudine Vermeilles.«

»Genau. Anschließend möchte ich noch einmal in die Klinik und mit den Pflegerinnen sprechen, die Nachtdienst hatten, und Doktor Adler mit den neuen Ergebnissen konfrontieren. Nimm die Fotos von den Adler-Söhnen und Bernadette Latour und das Phantombild von unserem Unbekannten mit.«

VIERZEHN

Es war halb fünf, als sie in den Wagen im Hof des Präsidiums stiegen, und es dämmerte bereits. Der kürzeste Tag des Jahres versank in Dunkelheit. Danach würden die Tage wieder länger und heller werden. Unmerklich zunächst, aber allein der Gedanke an Frühjahr und Sommer weckte Hoffnungen in Leblanc. Er konnte der kalten Jahreszeit einfach nichts abgewinnen. Außerdem musste das näher rückende Weihnachtsfest überstanden werden, immerhin verhieß der Abend mit Lulu und seinem Jura-Wein Spaß und Unterhaltung. Eigentlich kam ihm der Fall gerade recht. Er brauchte an nichts anderes zu denken, weder an dieses Fest noch an seine Mutter. Vorhin war sie ihm kurz eingefallen, als Nadine das Mail des Redakteurs vorgelesen hatte, in dem es um illegale Substanzen ging. Dann hatte er die Muttersorgen schnell wieder verdrängt.

Heute hatte es zum Glück nicht mehr geschneit. Der Schnee der letzten Tage war zwar liegen geblieben, weil es kälter geworden war, aber es war kein neuer dazugekommen. Und für Weihnachten sagte der Wetterdienst Tauwetter voraus, was alle Kollegen schon im Voraus heftig bedauerten. Die Aussichten, fand Leblanc, waren nicht so trübe wie noch vor wenigen Tagen.

Im Hôtel des Roches Noires öffnete der Concierge wie üblich das Portal. Leblanc zeigte ihm das Phantombild, fragte, ob er den Mann schon einmal gesehen habe. Monsieur Bonneterre verneinte. Der Kommissar schüchterte ihn ein, er knetete schon wieder seine Hände. Leblanc bat ihn, sich noch einmal genau an den Montagabend zu erinnern: »Wann genau und mit wem ist der alte Monsieur Adler zurückgekommen?«

»Ich bin ja nicht immer in meiner Loge und sehe nicht alles. Aber soweit ich mich erinnern kann, ist Monsieur Adler von Madame Latour und seinem Sohn, dem Doktor Adler, gebracht worden, das war so gegen acht. Der Doktor hatte sein Auto mitten auf dem Parkplatz stehen lassen, das geht eigentlich nicht. Aber er ist dann ja bald wieder weggefahren.«

»Wann genau war das, und wie lange hat er sich hier aufgehalten?«

»Ich habe nicht auf die Uhr gesehen, ich schätze, eine Viertelstunde oder eine halbe.«

»Und danach haben Sie den Wagen von Doktor Adler nicht mehr gesehen?«

»Nein.« Die Betrübnis, dem Kommissar mit dieser Antwort nicht behilflich sein zu können, drückte sich in der gequälten Miene des Hausmeisters aus.

»Danke. Sagen Sie, ist Madame Vermeilles inzwischen eingetroffen?«

»Ja, ich habe sie bereits informiert. Sie war sehr bestürzt und aufgebracht und ist jetzt in ihrer Wohnung, Nummer 317.«

»Und Monsieur Morel wohnt in Appartement 212?«

»Ja. Monsieur Morel ist kein Eigentümer, er hat die Wohnung gemietet, er arbeitet zwei Tage in der Woche in Le Havre.« Der Concierge schien froh, nun eine wichtige Information beisteuern zu können, und sein Gesichtsausdruck hellte sich auf.

Leblanc und Nadine ließen sich vom Fahrstuhl in den zweiten Stock bringen. Das Appartement von Bernadette Latour befand sich am Ende des Korridors und war auf einer Seite von Außenmauern begrenzt. Leblanc klopfte an die einzige benachbarte Tür mit den Ziffern 212. Es öffnete ein mittelgroßer, dunkelhaariger, gepflegter Enddreißiger mit einer runden Hornbrille auf der Nase. Leblanc stellte sich und Nadine vor, Monsieur Morel bat sie herein. Seine Wohnung bestand nur aus einem Zimmer mit Kochnische und einem angrenzenden Bad. Bücher stapelten sich auf dem Boden und auf dem kleinen Schreibtisch.

»Entschuldigen Sie die Unordnung«, setzte Monsieur Morel an, als er Leblancs herumschweifenden Blick auffing, »ich habe nicht viel Platz für meine Bücher, wie Sie sehen. Mein Lehrauftrag für Französische Literatur an der Universität Le Havre verpflichtet mich zu einigen Seminaren und Vorlesungen, deshalb unterrichte ich zwei Tage in der Woche in Le Havre, dann übernachte ich manchmal bei einem Kollegen. Ich ziehe jedoch Trouville vor, das Appartement ist günstig und ruhig, und schließlich ist das Hôtel des Roches Noires ein bedeutender Ort der Literaturgeschichte, denken Sie nur an Marcel Proust. Er soll das Zimmer direkt unter mir bewohnt haben, für einen Literaturwissenschaftler eine Quelle der Inspiration, als würde der Genius Loci durch die Flure wehen. An den Wochenenden bin ich zu Hause. Ich lebe in der Nähe von Tours auf dem Land. Die Weihnachtsferien haben gerade begonnen, morgen werde ich nach Tours fahren.«

»Kannten Sie Bernadette Latour?«, unterbrach Nadine Monsieur Morels detaillierte Schilderung seiner Lebensumstände.

»Natürlich, wir wohnen ja nebeneinander. Das heißt, verabredet haben wir uns nie, aber wir haben uns unterhalten, wenn wir uns zufällig auf dem Flur trafen. Eine interessante Frau und eine engagierte Journalistin. Ich war schockiert, als ich gestern Abend bei meiner Rückkehr von ihrem Tod erfahren habe, der Concierge hat es mir gesagt. Und dann fiel mir der Streit von Montagabend ein, den ich gezwungen war mitanzuhören. Leider hat man im 19. Jahrhundert nur die Außenmauern aus massiven Steinen errichtet, die Wände im Innern sind sehr durchlässig.«

»Mit wem hat sie denn gestritten?«, wollte Leblanc wissen.

»Mit dem Sohn vom alten Monsieur Adler, Maurice, ich kenne ihn vom Sehen. Er hat auf sie eingeredet. Was er gesagt hat, habe ich nicht genau verstanden. Aber sie hat ziemlich laut so etwas gerufen wie: ›Lass mich endlich in Ruhe, ich habe es dir schon hundertmal gesagt. Es ist vorbei, ich will nicht mehr.‹ Und dann, ein wenig leiser, ich hoffe, ich gebe das jetzt richtig wieder: ›Ich hätte das mit dir gar nicht anfangen dürfen, ich habe einer Schwäche nachgegeben. Aber jetzt ist endgültig Schluss. Ich möchte deinem Vater wieder ohne schlechtes Gewissen in die Augen sehen können.‹ Dann hat er wieder geredet, weniger lautstark, und dann war das Ganze auch schon vorbei. Es dauerte nicht länger als eine Viertelstunde.«

»Haben Sie vorher schon einmal bemerkt, dass Bernadette Latour, sagen wir, näheren Kontakt zu Maurice Adler hatte?«

»Nein, jedenfalls erinnere ich mich nicht. Ich wusste, dass sie mit dem alten Monsieur Adler zusammen war. Es kann sein, dass Maurice mal bei ihr war. Ich habe mir nichts dabei gedacht, er war eben der Sohn. Es gab kein Anzeichen für ein Verhältnis mit ihm, wenn Sie das meinen. Ich war selbst ziemlich erstaunt.«

»Wann war dieser Streit genau?«

»Zwischen acht und halb neun.«

»Haben Sie danach noch etwas gehört?«

»Nein, danach war es still. Ich bin dann gegen zehn ins Bett gegangen, weil ich am nächsten Morgen ganz früh den Bus nach Le Havre nehmen und ausgeruht sein wollte. Nachts höre ich sowieso nichts, ich stecke mir vor dem Schlafen Wachskugeln in die Ohren, um meinen leichten Schlaf vor Störungen zu schützen. Ohne diese segensreiche Abschirmmaßnahme kann ich gar nicht mehr schlafen.«

»Können Sie nachvollziehen, dass Bernadette Latour eine gewisse Anziehungskraft auf Männer ausübte«, wollte Nadine wissen.

Monsieur Morel lächelte. »Mich dürfen Sie das nicht fragen, ich bin sehr glücklich mit meinem Lebensgefährten.« Nadines ungläubiger Gesichtsausdruck ließ ihn hinzufügen: »Ja, wir sind homosexuell. Was Bernadette betrifft, soweit ich das beurteilen kann, sie war schon eine besondere Frau, keine Schönheit im herkömmlichen Sinn, sie bezauberte durch ihre Lebendigkeit, ihre Energie und Intelligenz. Das kann auf Männer auch anziehend wirken.«

»Durchaus. Sie haben uns sehr geholfen, vielen Dank«, beendete Leblanc das Gespräch mit dem Lehrbeauftragten für Französische Literatur, der sich Inspirationen von einem längst verstorbenen Schriftsteller erhoffte, der in einer längst vergangenen Zeit einmal in einem Zimmer unter dem seinen gewohnt hatte. Was es alles gab, dachte der Kommissar kopfschüttelnd.

Auf der Treppe hinauf in den dritten Stock konnte Nadine nicht an sich halten und äußerte ihre Besorgnis in Bezug auf die sexuelle Ausrichtung französischer Männer. »Es kommt mir so vor, als seien heute mehr Männer schwul als noch vor zehn Jahren. Ob das ein Trend ist? Sind ihnen die Frauen zu kompliziert geworden?«

Leblanc lachte laut auf. »Ich glaube, du musst dir keine Sorgen machen. Die Anzahl homosexueller Männer ist sicher nicht gestiegen. Wenn jemand schwul ist, ist er schwul, egal, ob Frauen kompliziert sind oder nicht. Es ist heute nur leichter, seine Homosexualität zuzugeben und zu leben.«

»Hm, meinen Sie«, erwiderte Nadine, noch nicht ganz überzeugt, aber zumindest besänftigt. Dann wendete sie sich wieder dem Fall zu. »Reichen denn jetzt die Beweise, um Maurice Adler festzunehmen?«

»Nein. Aber wir werden versuchen, ihn in die Enge zu treiben. Er hat schon wieder gelogen, er war bei Bernadette in der Wohnung. Sie hatte offenbar das Verhältnis mit ihm beendet. Gekränkte Eitelkeit und Rache, das wäre ein Motiv. Aber als er bei ihr war, hat sie noch gelebt. Danach hat sie noch über eine Stunde mit dem alten Monsieur Adler verbracht. Getötet wurde sie laut Serge gegen halb elf. Zu schade, dass der Literaturprofessor sich die Ohren verstopft hat, sonst hätte er sicher ein Gepolter gehört, das ihn geweckt hätte.«

»Maurice Adler könnte später noch einmal zurückgekommen sein.«

»Gut möglich. Er hat sein Auto auf der Straße geparkt, nicht auf dem Parkplatz. Er kennt den Code der Eingangstür, er weiß, dass Bernadette ihre Tür nicht abschließt, er weiß auch, dass Bernadette noch arbeiten wollte. Und er weiß, wann sein Vater schlafen geht.«

»Und Bernadette Latours Nachforschungen über diese Schlankheitsmittel, der Artikel, den sie schreiben wollte?«

»Möglicherweise hat dieser Christian Delon recht, und sie hat überreagiert. Ihre Freundin kann ja tatsächlich solche Mittel genommen und ihre Gesundheit damit ruiniert haben. Das muss mit der Klinik gar nichts zu tun haben. Maurice Adler wollte einfach den Verdacht von sich ablenken, indem er ihren Computer mitgenommen hat.«

Als der Kommissar und seine Mitarbeiterin im dritten Stock an die Tür des Appartements 317 klopften, wurde sie sofort geöffnet.

Zwei smaragdgrüne Augen hefteten sich an Leblanc und Nadine fest. Sie gehörten einer Frau, die ihre langen schwarzen Haare zu einem Knoten am Hinterkopf gebunden hatte und mit ihrer Größe von ungefähr eins achtzig sogar Leblanc überragte.

»Madame Vermeilles?«, fragte er vorsichtshalber, fuhr aber, ohne eine Antwort abzuwarten, fort, »ich bin Kommissar Leblanc, das ist meine Mitarbeiterin Nadine Liard.«

»Kommen Sie herein, ich nehme an, Sie sind wegen Bernadette hier. Der Concierge hat mir berichtet, was passiert ist. Es ist so furchtbar, ich kann es noch nicht fassen«, sagte die Angesprochene mit tiefer, fast männlicher Stimme und führte die Besucher in ihr Wohnzimmer, das den Beruf seiner Bewohnerin verriet. Die Wände waren tapeziert mit Fotografien, Asien, Afrika, arktische Gegenden, Wüste. Die Fotografin musste viel auf Reisen gewesen sein.

»Wir untersuchen den Fall und haben gehört, dass Sie mit Madame Latour befreundet waren. Vielleicht können Sie uns weiterhelfen. Erzählen Sie einfach alles, was Sie über Bernadette Latour wissen.«

Claudine Vermeilles wiegte den Kopf hin und her, bevor sie antwortete: »In letzter Zeit haben wir nicht mehr viel miteinander zu tun gehabt. Früher, noch vor vier, fünf Jahren, sind wir oft zusammen für Reportagen unterwegs gewesen. Bernadette hat die Artikel geschrieben, ich habe die Fotos dazu gemacht. Meistens haben wir Aufträge von wissenschaftlichen Zeitschriften bekommen. Zum Beispiel haben wir eine Spinnenfarm in Arizona besucht, die aus dem Gift der Tiere Medikamente für die Pharmaindustrie herstellte. Das hatte dann ein Ende. Die finanzielle Misere der Zeitschriften führte dazu, dass keine Reisen mehr bezahlt wurden und man Fotos aus den Archiven nahm.«

»Aber Sie waren mit Bernadette Latour weiterhin befreundet? Wie würden Sie sie beschreiben?«

»Bernadette ist … war eine äußerst intelligente Person. Ich meine Intelligenz nicht nur im Sinne von Wissen oder Kenntnissen, sondern sie besaß so etwas wie Lebensklugheit. Sie wusste sofort, quasi instinktiv, was in welcher Situation zu tun war. Nicht eine Sekunde brauchte sie, um eine Entscheidung zu treffen, und die war, wenn ich zurückdenke, immer richtig, auch unter schwierigen oder gefährlichen Umständen. Es gab noch etwas Besonderes an Bernadette, etwas, was mir rätselhaft geblieben ist. Ich würde mich nicht gerade als Ausbund an Hässlichkeit bezeichnen: Ich bin groß, schlank, durchtrainiert, dunkelhaarig mit hellen Augen. Aber wenn ich mit Bernadette unterwegs war, flogen die Männer sofort auf sie. Dabei war sie nicht besonders auffällig, Sie haben sicher Fotos von ihr gesehen, ganz hübsch, aber keine Schönheit. Ich kann mir das nur so erklären, dass es an ihrem Charisma lag. Sie strahlte eine Wildheit aus, etwas Ungezähmtes, und rief bei Männern offenbar einen Jagdinstinkt hervor, sie war eine Projektionsfläche für Eroberungsfantasien. Bernadette selbst machte sich aus der Aufmerksamkeit, die sie erregte, gar nichts, sie war an einer längeren Bindung nicht interessiert. Möglicherweise hat diese Eigenschaft das Verlangen der Männer noch geschürt. Viel mehr kann ich Ihnen nicht sagen. Ich mochte sie, wir kamen gut miteinander aus.«

»Wann haben Sie sie zum letzten Mal gesehen?«

»Das war vor vier Wochen etwa, in Paris. Sie erzählte mir, dass sie wieder einer heißen Sache auf der Spur sei, es ging um illegale Medikamente. Aber Einzelheiten hat sie nicht erwähnt. Sie schien ziemlich aufgebracht, aber das kannte ich von ihr, sie konnte sich in eine Sache verbeißen und brauchte diese Wut für ihr Schreiben. Dass ich jetzt mit Modefotografie mein Geld verdiene, fand vor ihren Augen keine Gnade. Ja, sie war auch rigoros.«

»Wussten Sie, dass sie mit dem alten Monsieur Adler zusammen war?«

»Ja, natürlich, das wusste jeder. Es schien eine andere Art von Beziehung zu sein, nicht so wie die, die sie üblicherweise hatte, und es schien ihr gutzutun.«

Leblanc und Nadine bedankten und verabschiedeten sich von der Fotografin. Ihre Aussage hatte ihnen den Charakter und die Persönlichkeit der toten Bernadette etwas nähergebracht.

»Dieser Anziehungskraft sind auch die drei Adlers verfallen, zumindest die beiden Söhne«, sagte Nadine, als sie wieder in den Dienstwagen stiegen. »Zu dem alten Monsieur Adler hatte sie eine tiefere Bindung, das haben bisher alle bestätigt. Vielleicht suchte sie einen Vater? Ihrer ist doch früh gestorben.«

»Vielleicht«, antwortete Leblanc.

FÜNFZEHN

Obwohl kein Schnee mehr die Küstenstraße bedeckte, fuhr Leblanc langsam, und sie brauchten eine Dreiviertelstunde bis zur Oase der Schönheit. Wie ein Meer aus Licht tauchte das Glasgebäude aus der Dunkelheit des Waldes auf, in der Ferne funkelnd und flackernd.

»Respekt«, sagte Leblanc bewundernd, »Gustave Adler versteht sein Handwerk, eine beeindruckende Architektur, im Dunkeln kommt die raffinierte Bauweise erst richtig zum Ausdruck.«

Die Empfangsdame war dieses Mal eine andere, aber ebenso schlank und hübsch und rosa. Leblanc erklärte, dass er alle Pflegerinnen sprechen wollte, die am Montagabend Nachtdienst gehabt hatten, und dass danach, aber erst danach, seine Anwesenheit dem Doktor Adler gemeldet werden sollte. Die Empfangsdame wies ihn darauf hin, dass die »Pflegerinnen« in der Oase der Schönheit »Betreuerinnen« genannt wurden, und bat ihn und Nadine, ihr zu folgen, dieses Mal in den anderen Flügel des Gebäudes.

Der Fahrstuhl brachte sie in den ersten Stock. Über den Flur, der von einer Glasfront gesäumt war und auf der gegenüberliegenden Seite eine Reihe von Türen aufwies – »Patientenzimmer«, wie die Empfangsdame erklärte –, gelangten sie in eine Art Aufenthaltsraum für das Personal. Ausgestattet mit flauschigen Teppichen und weißen Ledersofas, glich er eher dem Vorzimmer eines Bankdirektors, wenn nicht die verschlossenen Schränke gewesen wären, hinter deren gläsernen Türen Medikamente aufgereiht standen.

»Warten Sie bitte hier, ich gebe den Kolleginnen Bescheid, und auch Doktor Péroux«, sagte die Empfangsdame und verschwand. Zehn Minuten später wurde die Tür geöffnet, und acht hübsche junge Damen schwebten wie eine rosa Wolke herein, eine geballte Ladung duftender Rosenblüten. Offenbar setzte die Klinik auf diese sanfte, Positives und Optimistisches verbreitende Farbe, jedenfalls was die Kleidung der weiblichen Mitarbeiter anging. Eine perfekte Figur, perfekt geschminkt, die Haare am Hinterkopf zusammengefasst – die Damen waren kaum voneinander zu unterscheiden. Leblanc dachte an Synchronschwimmerinnen, bei deren Anblick im Fernsehen er sich über die Unzerstörbarkeit ihrer Frisur und ihres Make-ups gewundert hatte. Diese hier strahlten in ihrer Rosenhaftigkeit auch etwas Unzerstörbares aus, so etwas wie ewige Jugend. Die Patienten würden gar nicht anders können, als ihren Klinikaufenthalt in einem rosigen Licht zu sehen, dachte Leblanc. Zwischen dem Rosa ein Fremdkörper in Weiß: Doktor Péroux, der Vertretungsarzt, unscheinbar und rothaarig. Leblanc stellte sich und Nadine vor und kam gleich zur Sache.

»Wer von Ihnen war am Montagabend hier in der Klinik, sagen wir zwischen acht Uhr und Mitternacht?«

Fünf der rosa Betreuerinnen, die als »Pflegerinnen« zu bezeichnen tatsächlich nur einem Barbaren einfallen könnte, hoben ihre Hände.

»Ich möchte von Ihnen wissen, ob und wann Sie an diesem Abend Doktor Adler gesehen haben«, fuhr Leblanc fort.

Eine ganze Weile Stille, keine Reaktion. Dann trat eine der Damen aus der Gruppe hervor und stellte für einen Moment ihr professionelles Kliniklächeln ein. »Ich habe ihn nicht direkt gesehen, aber es brannte Licht in seinem Büro, das konnte ich vom Flur aus beobachten.«

»Wann war das?«

»Gegen halb zehn, ich kam gerade aus dem Zimmer eines Gastes, der mich um eine Kopfschmerztablette gebeten hatte. Ich stellte mich an die Fensterfront im Flur, es hatte geschneit, der ganze Parkplatz war voller Schnee. Von dort konnte ich das Licht in Doktor Adlers Büro erkennen. Laut Plan sollte eigentlich Doktor Delon an dem Abend Dienst haben, wir brauchen ja für Notfälle immer einen Arzt im Haus. Notfälle kommen aber sehr selten vor«, fügte sie hinzu, als wollte sie dem guten Ruf der Klinik keinen Schaden zufügen.

»Wie lange brannte das Licht im Büro?«

»Ich weiß es nicht. Ich bin später nicht mehr an dieser Stelle gewesen. Wie gesagt, Doktor Adler habe ich nicht persönlich gesehen.«

»Ist jemandem von Ihnen sonst etwas aufgefallen? War Doktor Delon anwesend, der ja eigentlich Dienst hatte?«

Kopfschütteln bei den Damen. Dann fiel einer aber doch noch etwas ein. »Ich habe keinen unserer beiden Ärzte gesehen, es hat in der Nacht auch keine besonderen Vorfälle gegeben. Aber als ich um halb eins mal vor die Tür gegangen bin, um eine Zigarette zu rauchen – im Haus ist das Rauchen streng verboten, wir halten uns alle daran –, da habe ich im Appartement von Doktor Delon Licht gesehen. Die Vorhänge waren nicht zugezogen, Doktor Delon ging in seiner Wohnung auf und ab. Jedenfalls nahm ich an, dass es Doktor Delon war, aus der Entfernung konnte ich es nicht genau erkennen. Aber wer sollte sonst in seiner Wohnung gewesen sein. Ich fand nichts Ungewöhnliches dabei, dass er so spät noch wach war. Um elf war ich schon einmal vor das Eingangsportal gegangen, da war es in seiner Wohnung dunkel gewesen. Das ist alles. Nachdem ich die Zigarette geraucht hatte, ging ich wieder nach oben auf die Station.«

»Wie viele Betreuerinnen arbeiten denn hier in der Klinik?«

Die Rosendame, die gerade geredet hatte, beantwortete Leblancs Frage. »Fünfundvierzig im Wechsel. Bei maximal siebzig Gästen ist damit gewährleistet, dass jeder Gast optimal begleitet wird.«

»Das heißt, es sind nicht alle hier anwesend, die am Montagabend Dienst hatten?«

»Nein, drei sind heute nicht da. Die Klinik ist so kurz vor Weihnachten nicht voll belegt.«

»Dann sagen Sie Ihren Kolleginnen, wenn sie wieder zum Dienst erscheinen, dass sie sich sofort bei mir melden sollen, wenn ihnen zum Montagabend etwas einfällt. Ich lasse Ihnen meine Karte da. Jedes Detail ist für uns wichtig.«

»Sind Sie ausgebildete Krankenschwestern?«, wollte Nadine wissen.

»Nur etwa ein Drittel von uns hat eine derartige Ausbildung. Für die meisten Tätigkeiten ist das nicht erforderlich.«

»Mesdames, vielen Dank«, verabschiedete Leblanc die Schar der rosigen Gästebetreuerinnen, die still und diskret hinter irgendwelchen Türen verschwanden. »Sie waren Montagabend nicht hier?«, fragte der Kommissar den Vertretungsarzt, der im Hinausgehen begriffen war. Doktor Péroux drehte sich um und fixierte den Kommissar mit hellblauen Augen, die einen scharfen Kontrast zu seinen roten Haaren und seiner hellen Haut bildeten.

»Nein«, antwortete er, »war ich nicht. Ich war mit meiner Freundin im Kino, falls Sie das interessiert. Ich bin hier sowieso nur, wie der Name schon sagt, die offizielle Vertretung, für den Fall, dass beide Herren Direktoren anderweitig beschäftigt sind.

Damit den rechtlichen Erfordernissen Genüge getan ist. Normalerweise mache ich nichts anderes als Patientenbetreuung. Dafür werde ich allerdings ziemlich gut bezahlt.« Eine gewisse Bitterkeit und Resignation sprach aus seinen Worten. Leblanc ließ Doktor Péroux gehen. Er konnte sich gut vorstellen, dass die beiden Direktoren keine Entscheidungsbefugnisse an einen Dritten abgeben würden.

»Das hat uns nicht weitergebracht, Chef«, sagte Nadine auf dem Weg zum Empfang im Erdgeschoss. »Dass Maurice Adler um die Zeit hier war, hat er doch schon zugegeben.«

»Hm, wir könnten bluffen und behaupten, er sei zu einem späteren Zeitpunkt gesehen worden. Mal sehen, wie er reagiert.«

»Und jetzt melden Sie uns bei Doktor Adler an«, forderte Leblanc die Empfangsdame auf, als sie wieder im Eingangsbereich angekommen waren.

Sie tat, was von ihr verlangt wurde, und verkündete: »Er erwartet Sie in seinem Büro.«

»Danke, wir kennen den Weg.«

Die Sekretärin war schon nach Hause gegangen. Maurice Adler stand persönlich in der Tür zum Vorzimmer und bat Leblanc und Nadine in sein Büro.

»Muss das sein, dass Sie das Personal verhören?«, begrüßte er den Kommissar sichtlich ungehalten.

»Wenn Sie die Wahrheit sagen würden, wäre das nicht nötig«, gab Leblanc mit schneidender Schärfe in der Stimme zurück. »Was soll das werden, ein Drama in drei Akten? In jedem Akt geben Sie ein bisschen mehr zu, gerade so viel, wie wir herausgefunden haben? Ich habe genug von Ihren Spielchen. Sie hatten am Montagabend nach dem Essen im Central, nachdem Sie Ihren Vater nach Hause gebracht hatten, einen Streit mit

Bernadette Latour in deren Wohnung. Sie hatte sich von Ihnen getrennt, und Sie waren wütend.«

Maurice Adler verzog das Gesicht zu einer Grimasse, die Verachtung ausdrückte. Schließlich rang er sich zu einer Erklärung durch. »Ja, das stimmt, Bernadette hat unser kleines Verhältnis beendet. Ich wollte vor meinem Bruder nicht das Gesicht verlieren, deshalb konnte ich es in seiner Gegenwart nicht zugeben. Gustave war immer der Liebling meines Vaters. Ich konnte machen, was ich wollte, er war der Gute: Gustave, der Familienmensch, Gustave, der Moralapostel, Gustave, der großartige Architekt. Dass ich viel erfolgreicher bin als er, hat meinen Vater nie interessiert. Es besteht ein Konkurrenzverhältnis zwischen uns, das meine Mutter versucht hat auszugleichen. Seit sie nicht mehr lebt, begegnen wir uns mit kühler Distanz. Dennoch, nicht, dass Sie das falsch verstehen, wir sind uns einig, dass Papa in seinem Alter keine Sorgen haben soll, dass wir alles, was ihn aufregen könnte, von ihm fernhalten. Deshalb habe ich nie ein Wort fallen lassen über Gustaves Geschichte mit Bernadette, und über mein Verhältnis mit ihr auch nicht. Ja, ich war wütend, dass sie sich getrennt hat, weil ich den Grund nicht eingesehen habe. Mein Vater hätte nichts zu erfahren brauchen, wir hatten Sex miteinander, nichts weiter. Und dann kam sie plötzlich an mit Gewissensbissen, nach einem halben Jahr. Ich fand das unnötig. Genau das habe ich ihr am Montagabend gesagt. Wir hatten meinen Vater in seine Wohnung gebracht, Bernadette wollte kurz in ihr Appartement gehen, und ich habe sie begleitet. Dann kam es zu diesem Streit, in dem sie mich angeschrien hat, es sei vorbei, ich solle sie in Ruhe lassen.«

Nach diesen längeren Ausführungen machte Maurice Adler eine Pause. Leblanc setzte nach. »Dann sind Sie in die Klinik gefahren, haben sie von hier noch einmal angerufen. Sie hat Sie wieder abgewiesen, Ihre Wut hat sich gesteigert, Sie sind nach zehn Uhr wieder ins Hôtel des Roches Noires zurück und haben sie mit ihrem eigenen Schal erwürgt. Sie wussten, wann Ihr Vater ins Bett geht, Sie wussten, dass Bernadette noch arbeiten wollte und ihre Zimmertür nicht abschloss.«

Maurice Adler schien jetzt erst richtig klar zu werden, dass er des Mordes verdächtigt wurde. »Sind Sie wahnsinnig? Ich bringe doch niemanden um. Glauben Sie, ich würde meine gesellschaftliche und berufliche Position aufs Spiel setzen wegen einer … wegen einer Liebesgeschichte? Dazu ist mir das zu unwichtig. Frauen sind austauschbar, bei mir hat noch nie ein Mangel an Gelegenheiten geherrscht. Bernadette war übrigens nicht die Einzige, mit der ich ins Bett ging. Das können Sie gern nachprüfen, ich gebe Ihnen die Adresse.«

»Wenn Sie glauben, dass Sie damit aus der Schusslinie sind, haben Sie sich geirrt.« Leblanc zog seine gezinkte Trumpfkarte aus der Tasche. »Sie haben schon wieder gelogen. Sie sind nach zehn Uhr im Hôtel des Roches Noires gesehen worden.«

Verblüffung machte sich bei Maurice Adler breit. Leblanc nickte Nadine zu, und sie hieb in dieselbe Kerbe, um den Verdächtigen zusätzlich zu verunsichern. »Ein Nachbar hat Sie auf dem Flur gesehen.«

Der Beschuldigte stammelte: »Das kann nicht sein, das ist unmöglich. Er irrt sich, er irrt sich bestimmt in der Zeit. Das war ich nicht.«

»Ich kann Sie verhaften, bei der Beweislast stellt mir der Staatsanwalt sofort einen Haftbefehl aus.«

»Nein, ich war das nicht. Ich habe Bernadette nicht umgebracht.« Sich nun endgültig darüber bewusst werdend, welches Damoklesschwert über ihm schwebte, schlug sich Maurice Adler die Hände vors Gesicht und wimmerte: »Ich habe sie nicht getötet. Ich bin doch Arzt«, fügte er hinzu, als würde diese Tatsache ein so schweres Gewicht in die Waagschale werfen, dass jeder Verdacht sich in Luft auflöste.

Der Kommissar und Nadine sagten nichts mehr. Sie bauten darauf, dass ihr Schweigen wie Blei auf dem Verdächtigen lasten und ihn schließlich zu einem Geständnis verleiten würde. Aber nichts geschah. Maurice Adler saß auf seinem Schreibtischstuhl, das Gesicht in den Händen vergraben, auch er schwieg. Nach zehn Minuten hielt Leblanc die Zeit für überschritten, in der in der Regel, das hatten seine Erfahrungen gezeigt, ein Verdächtiger umkippte. Er löste die Situation auf.

»Gut, ich lasse Sie auf freiem Fuß, vorerst. Aber wir kommen wieder. Noch das geringste Indiz, und ich nehme Sie fest.«

Leblanc und Nadine verließen einen gebrochenen Doktor Adler, der ihnen fassungslos hinterherstarrte.

Auf der Fahrt ins Präsidium fragte Leblanc seine Mitarbeiterin: »Na, was meinst du?«

»Ich bin mir nicht mehr so sicher wie vorher, dass er es war. Ich glaube, er hat nicht Theater gespielt, seine Reaktionen waren echt. Er ist nicht der Mann, der für ein Verhältnis sein Ansehen und seine Position aufs Spiel setzt. Ich nehme ihm ab, dass er von Bernadette Latour nicht mehr wollte als Sex, das war keine wirkliche Liebe. Er hat ein echtes Problem, und das ist seine Familie, sein Vater, sein Bruder, seine verstorbene Mutter, diese Familienstrukturen hat er nie überwunden. Ihm fehlt die Anerkennung von seinem Vater, die sein Bruder bekommen hat. Eifersucht nennt man das. Auf der anderen Seite liebt er seinen Vater und möchte ihm kein Leid zufügen.«

»Chapeau, meine Kleine«, Leblanc nickte anerkennend, »du bist eine gute Psychologin und hast ein Gespür für Menschen und ihre charakterlichen Schwächen und Stärken. Ich hätte es nicht besser ausdrücken können. Dennoch ist Maurice Adler nicht entlastet, wir behalten ihn im Auge. Wir können uns irren, Nadine, das dürfen wir nie vergessen. Solange keine eindeutigen Beweise vorhanden sind, gibt es keine Sicherheit. Aber auf jeden Fall müssen wir noch eine andere Spur verfolgen, die des Unbekannten auf dem Phantombild, gleich morgen machen wir da weiter.«

Nach ihrer Ankunft im Präsidium schickte Leblanc Nadine nach Hause. Es war inzwischen neun geworden, zu spät, um sich zum Essen zu verabreden. Aber er wollte nicht allein sein. Vielleicht ließ sich Isabelle zu einem Drink überreden. Er rief sie an und verlieh seiner Stimme den löwenhaften Ton, der, wie er meinte, zu einem glücklichen Ergebnis seines Ansinnens führen würde. Zunächst ohne Erfolg, wie es schien. Isabelle stand nicht der Sinn nach Ausgehen.

»Ach, Jacques, das passt mir heute gar nicht. Ich bin dabei, Weihnachtsgeschenke einzupacken. Morgen fahre ich zu meiner Familie nach Amiens und bleibe bis Neujahr dort. Unsere Agentur macht Pause.«

Leblanc ließ nicht locker. »Komm, gib dir einen Ruck. Es ist doch der letzte Abend, bevor du wegfährst und mich alleinlässt in dieser Schneewüste und in den Klauen aller Weihnachtsmänner von Trouville. Sie werden mich überwältigen, und wenn wir uns wiedersehen, trage ich eine rote Mütze und einen weißen Bart.«

Isabelle lachte. Er hatte sie zum Lachen gebracht, damit war die Sache gewonnen.

»Also gut, ein Drink in der Bar des Casinos. Hol mich ab.«

Isabelle liebte mondäne Orte. In ihrer Immobilienagentur kursierten Namen von Bars und Restaurants, die man besuchte, weil eine entsprechende Klientel dort verkehrte. Auf der Suche nach einem Leben, das sie für angenehmer hielt als ihr jetziges, und einem Mann, der ihr dieses Leben dauerhaft versprach, hielt sie sich gern an den Hotspots der Reichen und Schönen auf. Leblanc wusste, dass es nicht mehr lange dauern würde, bis Isabelle sich von ihm verabschiedete. Aber so lange würden sie sich amüsieren, in beiderseitigem Einverständnis.

Die O2-Sofa-Bar des Casino Barrière war in violettes und pinkfarbenes Licht getaucht, die Farben wechselten je nach Jahreszeit, im Sommer waren es verschiedene Blautöne. Man saß in Samtsesseln an kleinen Tischen, Jazzmusik war unaufdringlich im Hintergrund zu hören, es wurden Platten mit Meeresfrüchten oder Gegrilltem und Tapas serviert mit dem Hinweis, dass das Rindfleisch aus Frankreich stammte. Eine Schischa wartete auf ihren Einsatz. Die Bar warb damit, ihren Gästen eine kokonartige Atmosphäre zu bieten, sie einzuhüllen für die Zeit ihres Aufenthalts.

Isabelle trug ein graues Kostüm, das Revers der Jacke war mit einer weißen Borte gesäumt, der Rock bedeckte kaum die Knie und zeigte viel von ihren langen Beinen. Die überschulterlangen braunen Haare trug sie offen. Entgegen ihrer Gewohnheit, einen Mojito Royal mit Champagner zu trinken, bestellte sie heute einen Cosmopolitan, einen Cocktail mit Wodka, Cointreau, Cranberrysaft und Zitrone, vermutlich ein Tipp eines ihrer Kunden. Leblanc machte sich nichts aus Cocktails und Softdrinks und ließ sich ein Heineken-Bier bringen. Er erzählte ihr von der Oase der Schönheit, von den hübschen rosa Damen, von den Behandlungen, die dort zum Zweck der Verschönerung an den Patienten vollzogen wurden, und schmückte seine Erzählung mit phantastischen Details aus, die seine Zuhörerin beeindruckten, aber einem Vergleich mit wirklichen Gegebenheiten nicht standhalten würden. Isabelle zeigte sich hingerissen. Zu gern würde sie sich in solch einer Oase behandeln lassen, sah ihren Körper bereits unter den erfahrenen Händen einer Masseurin geknetet, ihre Muskeln mit allerlei Geräten gestrafft, ihr Gesicht mit einer Maske aufgefrischt.

»Sag mal«, wollte Leblanc wissen, »hast du schon einmal eine Diät gemacht oder Schlankheitsmittel genommen?«

»Was denkst du denn?« Isabelle lachte. »Glaubst du, so ein Körper kommt von allein? Ich mache ständig Diäten, ich gehe ins Fitnessstudio, ich stelle mich jeden Tag auf die Waage und halte genau mein Gewicht. Wenn ich abends essen gehe, dann verzichte ich am nächsten Tag aufs Mittagessen. So ein Drink wie der Cosmopolitan zum Beispiel, der hat eine Menge Kalorien, da fällt das Croissant zum Frühstück schon mal flach. Wenn man nichts tut, wird man dick. Ja, ich habe mir auch schon Mittel aus der Apotheke geholt, Formoline oder Almased oder so etwas, die das Hungergefühl ausschalten sollen, nach Festtagen wie Weihnachten, wenn man über eine längere Zeit zu viel gegessen hat. Kurzfristig hilft das.«

»Ich habe gedacht …« Leblanc fand vor Verblüffung nicht die richtigen Worte. »Ich habe gedacht, das sei natürlich … Ich meine, du müsstest nicht nachhelfen bei deiner Figur, du bist so … perfekt.«

Leblancs Verwirrung erheiterte Isabelle. »Es freut mich, dass dir mein Körper gefällt. Aber glaub mir, jede Frau über dreißig muss ihren Körper in Schach halten, darf nicht nachlassen in ihren Anstrengungen, wenn sie ihre Figur behalten will.«

»Aber du würdest doch keine gefährlichen Mittel nehmen, oder? Solche, die schlimme Nebenwirkungen haben?« Leblanc wartete darauf, ein »Nein, natürlich nicht« zu hören, aber Isabelle sagte nur: »Wenn gar nichts anderes mehr hilft, wenn der

Leidensdruck zu groß wird, würde ich vielleicht das Risiko in Kauf nehmen. Aber ich kann dich beruhigen, das ist im Moment nicht der Fall.«

Dann kam Leblanc plötzlich eine Idee, die seine Gedanken von Isabelles perfekter, allerdings, wie er nun wusste, einer strengen Disziplin abgerungener Figur weg- und zu dem Mordfall, den er aufzuklären hatte, hinführten. Und er tastete sich langsam vor, um Isabelle für sein Vorhaben zu gewinnen.

»Wann willst du denn morgen nach Amiens fahren?«

»Am Vormittag gehe ich noch mal ins Büro, am Nachmittag wollte ich aufbrechen. Warum?«

»Könntest du mir vielleicht morgen vor deiner Abreise einen großen Gefallen tun? Du würdest ungeahnte Verdienste bei der Aufklärung eines Mordfalles erringen, die gesamte französische Polizei, ja, die gesamte Nation würde dir zu Füßen liegen.«

Begeisterung wollte sich bei Isabelle nicht einstellen. »Hm, ich möchte aber spätestens am Abend losfahren. Was soll ich denn tun?«

»Du rufst morgen in der Oase der Schönheit an und sagst, du würdest einen Aufenthalt über Weihnachten in Betracht ziehen – ich weiß, dass die Klinik nicht ausgebucht ist –, aber du möchtest vorher mit dem Direktor persönlich über die Behandlung sprechen. Du fragst, ob du sofort einen Termin haben kannst.«

»Und dann, wenn ich einen Termin bekomme?«

»Dann sagst du, du müsstest abnehmen, und zwar schnell, du seist Schauspielerin. Um eine Rolle zu bekommen, müsstest du in kurzer Zeit Gewicht verlieren, welche Möglichkeiten sie anbieten würden. Und du fragst gezielt nach Sibutramin und Ephedrin, du hättest gehört, dass diese Mittel am effektivsten seien. Ich möchte wissen, ob diese illegalen Präparate in der Klinik eingesetzt werden.«

Wenn Isabelle noch zögerte, dann nur deshalb, weil sie Leblanc nicht zu schnell nachgeben wollte. Aber eigentlich gefiel ihr die Vorstellung, sich in diese legendäre Schönheitsfarm zu begeben, von der sie schon viel gehört und gelesen hatte. Einen Aufenthalt dort würde sie sich bei ihren finanziellen Mitteln nie leisten können. Gewissermaßen als Undercoveragentin aufzutreten, fand sie spannend, und schließlich willigte sie in den Plan ein und tat so, als hätten nur Leblancs Überredungskünste sie zu dieser Entscheidung gebracht.

Verabredet wurde, dass sie gleich am nächsten Morgen in der Klinik anrief, einen Termin vereinbarte und dann, nach vollendeter Mission, Leblanc über das Gespräch unterrichtete. Fröhlich und voller Tatendrang verließen sie die Bar des Casinos und nahmen Kurs auf eine ebenso fröhliche und beide zufriedenstellende Fortsetzung des Abends in Isabelles Wohnung.

SECHZEHN

Marie hatte schlecht geschlafen. In wirren Träumen waren Jacques und Rachel aufgetaucht, hatten sie gescholten und ihr Angst gemacht wegen ihrer Nachlässigkeit. Und dann hatte der Mörder aus dem Kriminalfilm, den sie am Abend zur Zerstreuung im Fernsehen angesehen hatte, vor ihrer Tür gestanden und hatte nach einem Zimmer gefragt. Es passierte manchmal, dass sie vergaß, Gäste das Anmeldeformular ausfüllen zu lassen, meistens, wenn sie sie von früheren Aufenthalten kannte. In diesem Fall konnte sie sich ihr Versäumnis nicht verzeihen, weil sie bei größerer Sorgfalt zur Aufklärung des Mordes hätte beitragen können. Trotz intensiver Denkanstrengung wollte ihr der präzise Name ihres Gastes nicht einfallen.

Um sieben war sie schon aufgestanden, hatte sich einen Tee zubereitet und war dann mit Arsène an den Strand gegangen. Ein erster Streifen Helligkeit deutete sich am Himmel an. Die Kälte hatte etwas nachgelassen, schien ihr. Für Weihnachten war wärmeres Wetter angekündigt, der Schnee würde wegschmelzen. Noch zwei Tage bis Sonntag. Sie hatte bis dahin einiges zu erledigen, jetzt, da sie nicht nur für drei, sondern für vier Personen kochen würde, da Rachel und Masako zusammen mit ihr und Elisabeth essen würden. Sie musste ihre Tochter noch fragen, wann sie ankäme. Von Straßburg bis Paris wollte Elisabeth den TGV nehmen, dann vom Bahnhof Saint-Lazare den Regionalzug nach Trouville.

Langsam wurde es hell, die Wolken hingen tief. Genau in dem Moment, als sie den Rückweg antreten wollte, als sie kehrtmachte und Arsène rief, der vorausgelaufen war, fiel ihr der Name ein. Wie konnte sie den vergessen! Valmaux hieß der Mann aus Paris. Sie hatte damals, als er seinen Namen nannte, an den Vicomte de Valmont aus dem Roman *Gefährliche Liebschaften* von Choderlos de Laclos gedacht. Valmaux – Valmont, das ließ sich leicht verwechseln. Wie war sie nur auf Bertram gekommen? Sie musste nachher Jacques anrufen und ihm ihren verspäteten Gedankenfund mitteilen, vielleicht war es noch nicht zu spät. Dabei überlegte sie, ob sie Jacques für Sonntag zum Essen einladen sollte. Wie sie ihn kannte, war er bestimmt allein, und Weihnachten sollte keiner allein sein, fand Marie. Inwieweit ihre Gefühle die Grenze des Mitleids überschritten und sich auf eine Art Sehnsucht zubewegten, überlegte sie nicht. In verschiedener Hinsicht gut gestimmt, kam sie zu Hause an.

Gerade als sie Arsènes Futternapf füllte, klingelte das Telefon. Eine krächzende Stimme, die sie kaum als die ihrer Tochter identifizierte, meldete sich:

»Maman, verstehst du mich? Ich kann nicht gut sprechen.«

»Chérie, was ist los? Bist du krank?«

Aus den Wortfetzen, die an ihr Ohr drangen, entnahm Marie, dass ihre Tochter eine schwere Bronchitis mit Fieber und Halsschmerzen ereilt hatte und sie keinesfalls eine Reise antreten könnte. Maries mütterliche Sorge führte zu dem spontanen Entschluss, alles stehen und liegen zu lassen und zu ihrer kranken Tochter nach Straßburg zu eilen. Das allerdings versuchte die Bettlägerige zu verhindern, indem sie mit ihrer Rabenstimme ihre Mutter unterbrach.

»Nein, auf keinen Fall, Maman. Nein … du bleibst da.«

»Aber es muss sich jemand um dich kümmern, in deinem

Zustand, in einer Wohngemeinschaft. Deine Mitbewohner sind doch bestimmt über Weihnachten zu ihren Eltern gefahren.«

Es stellte sich heraus, dass Maries Sorge unbegründet war. Ein gewisser Jens, von dessen Existenz im Leben ihrer Tochter Marie allerdings bis zu diesem Zeitpunkt keine Kenntnis hatte, dieser Jens hatte nach Aussage ihrer fast stimmlosen Tochter krankenpflegerische Fähigkeiten und saß geduldig an ihrem Bett.

»Wer ist Jens?«, fragte Marie entgeistert.

Nur mit Mühe entnahm Marie dem Gestammel, dass Jens der Freund ihrer Tochter war, dass sie ihn ihr schon längst habe vorstellen wollen, aber dass das bisher nicht geklappt habe. Jens habe zu Silvester nach Trouville kommen wollen, das wäre die Gelegenheit gewesen. Aber nun müssten sie das Kennenlernen verschieben. Sie, Elisabeth, würde, wenn es ihr nach Weihnachten besser ginge, Silvester lieber auf dem Bauernhof von Jens' Eltern in der Nähe von Freiburg verbringen. Die Fahrt nach Trouville sei ihr zu weit. Wenn sie überhaupt am Jahresende schon wieder fit wäre. Wenn nicht, würde Jens bei ihr bleiben. Dann versagte ihre Stimme ganz. Marie konnte nur wiederholen, dass, wenn ihre Hilfe gebraucht würde, sie sofort zur Stelle wäre. Dann brach das Gespräch ab.

Den Hörer noch in der Hand haltend, wurde Marie von widersprüchlichen Gefühlen überwältigt. In die Sorge um ihre Tochter – wusste sie, was bei einer Bronchitis zu tun war? Bekam sie entsprechende Medikamente? War sie überhaupt beim Arzt gewesen? Und wenn das Fieber nicht sank? – mischten sich Enttäuschung – Elisabeth erzählte ihr nicht mehr alles. Es gab auf einmal einen Jens und einen Bauernhof in Deutschland. Sprach Elisabeth überhaupt Deutsch? Hatte sie das im Sommer während ihres Praktikums gelernt? Warum hatte ihre Tochter nichts davon erwähnt? – und Selbstvorwürfe. Elisabeth war zwanzig. Hätte sie,

Marie, sich mehr um sie kümmern müssen, öfter nach Straßburg fahren sollen? Hatte sie sie zu früh allein gelassen? In der hintersten Ecke ihres Herzens aber, gut versteckt und auf dem Sprung, in Maries Bewusstsein zu dringen, saß die Traurigkeit. Ihre beiden Kinder wurden selbstständig, sie würden künftig weniger Zeit mit ihr verbringen.

Wie schon nach dem Telefonat mit ihrem Sohn, jetzt noch einmal stärker und drängender, hatte Marie mit widersprüchlichen Gefühlen und Gedanken zu kämpfen. Sie war klug genug, um zu wissen, dass sie mit Vorwürfen und Druck ihre Kinder verlieren würde. Sie durfte sich die Traurigkeit gestatten, aber sie musste die beiden loslassen und, was noch wichtiger war, sich selbst von ihnen unabhängig machen. Es gab ihr zu denken, dass die Absage ihrer Kinder sie so tief treffen konnte. War ihr Leben nur oberflächlich zufriedenstellend? Sie hatte keine Geldsorgen, aus finanziellen Gründen müsste sie das Gästehaus nicht betreiben, es machte ihr Spaß. Aber es gab niemanden in ihrem Leben, der ihr so wichtig war wie ihre Kinder. War es das? Bisher hatte sie gedacht, sie käme besser allein zurecht.

In diese nagenden und bohrenden Gedanken versunken, spürte Marie eine feuchte Hundezunge an ihrer herunterhängenden Hand, die noch den Telefonhörer umschloss.

»Ach, Arsène«, sagte sie und beugte sich zu dem Hund herunter, umschlang seinen Kopf mit den Armen. »Ich esse jetzt ein Stück Baguette, und dann gehen wir zusammen ins Präsidium zu Jacques, ja? Ich werde ihm persönlich mitteilen, dass mir der Name von diesem Valmaux wieder eingefallen ist. Und wir laden ihn für Sonntag zum Essen ein.«

Wie gewöhnlich war Leblanc früh am Morgen in seine Wohnung gefahren, bevor er im Präsidium auftauchte. Er fühlte sich erfrischt, keine Alpträume hatten ihn geplagt, keine Hexenmutter, keine Höhlenängste hatten ihn heimgesucht. Isabelles Anwesenheit, ihr ruhiger Atem neben ihm hatten seine Nachtgespenster gebannt. Zum Glück, manchmal ließ sich seine Unruhe nicht einmal davon vertreiben. Scheußliche Nächte erlebte er, wenn sich das Trauma wie Höllengetier in seinen Schlaf schlich. Er hatte einmal diese berühmte Grafik von Goya gesehen, wo Ungeheuer nur darauf lauerten, sich auf einen Schlafenden zu stürzen, und sich sofort mit dem Mann, der da auf seinem Tisch niedergesunken war, eins gefühlt. Dem entging er am erfolgreichsten, wenn eine Frau neben ihm schlief und ihn bewachte.

Sein Auto war schneefrei gewesen, die Luft hatte sich über Nacht erwärmt. In der Bar Normand nahm er einen Kaffee zu sich und genehmigte sich sogar ein Croissant. Schließlich hatte er gestern auf das Abendessen verzichtet oder vielmehr, es hatte sich keine Gelegenheit geboten.

Er erschien als Erster im Büro, kurz danach traf Nadine ein. Kaum hatte Leblanc ihr von seinem Plan berichtet, eine »Bekannte« in die Oase der Schönheit zu schicken, rief die »Bekannte« an und teilte mit, sie habe um elf einen Termin bei einem der Direktoren, Doktor Adler, in der Klinik vereinbart. Danach würde sie sich bei ihm, Leblanc, melden. Nadine wollte versuchen, wie sie sagte, mehr über diese illegalen Schlankheitsmittel zu erfahren, und machte sich an eine Recherche im Internet.

Als es klopfte, stellte Leblanc gerade die Espressomaschine an, um sich einen zweiten Kaffee zuzubereiten. Man sah ihm die Überraschung an, als Marie mit dem Hund das Büro betrat. Wie um zu zeigen, dass er sich an den letzten Besuch erinnerte, ließ sich Arsène zu Nadines Füßen unter ihrem Schreibtisch nieder. Marie begrüßte Nadine und wandte sich danach Leblanc zu, der sie auf die Wangen küsste und dann mit der Hand durch seinen dichten grauen Haarschopf fuhr, eine Geste, die Marie gut kannte und die sie als Ausdruck von Verlegenheit deutete. Als wollte er diesem Anschein mit ganzer Kraft entgegenwirken, bot er alles auf, was er an Charme zu bieten hatte.

»Chérie, du lässt unser bescheidenes Büro erstrahlen. Das Grün steht dir sensationell, passt ausgezeichnet zu deinen Haaren. Lass uns doch mal wieder zusammen ausgehen.«

Das war wieder ganz der alte Jacques, Marie nahm es mit Humor. Er konnte es einfach nicht lassen, insbesondere, wenn andere in der Nähe waren.

»Danke, Jacques, aber ich bin hier, weil mir der Name von dem Mann, den Rachel mit Bernadette gesehen hat, wieder eingefallen ist.«

Schlagartig wurde Leblanc ernst. »Ja? Und?«

»Ich bin ganz sicher. Er heißt Valmaux. Keine Ahnung, wieso ich auf Bertram gekommen bin. Und ich erinnere mich an noch etwas. Er hatte eine Fotoausrüstung bei sich, einen Koffer, wie ihn professionelle Fotografen besitzen. Einmal habe ich zufällig gesehen, wie er im Salon den Koffer geöffnet und ein Objektiv an eine Kamera geschraubt hat, bevor er das Haus verließ. Ich habe gedacht, er sei Fotograf, gefragt habe ich ihn aber nicht.«

Die Erregung, die Leblanc bei Maries unerwartetem Besuch befallen hatte, verwandelte sich in Arbeitseifer.

»Das wird uns helfen. Es war genau richtig, dass du hergekommen bist.« Zu Nadine gewandt, fuhr er fort: »Hast du gehört? Valmaux, prüf bitte nach, ob sich dieser Name in Bernadette Latours Handy befindet. Und gib das weiter an die Kollegen in Paris.« Dann war er wieder bei Marie. »Und wenn dir noch etwas einfällt, ruf mich sofort an.« Weniger auftrumpfend als zu Beginn, trug er noch einmal seinen Wunsch vor, mit ihr essen zu gehen. Marie, ebenfalls, wenn auch auf andere Weise, besänftigt, lud ihn daraufhin für den Weihnachtsabend ein.

»Eigentlich hatten sich meine Kinder angekündigt, aber sie sind beide verhindert. Rachel und Masako kommen zum Essen, und ich habe gedacht … vielleicht hättest du auch Lust … natürlich nur, wenn du nichts Besseres … Es gibt Garnelen und Ente à l'Orange …«

»Ja, nichts täte ich lieber … es ist nur so … ich bin … könnte ich jemanden mitbringen?«

Leblanc zögerte. Er wusste nicht, ob es eine gute Idee wäre, seinen Freund Lulu aus dem Bistro, den Jura-Lulu, mit zu Marie zu nehmen.

Die Sekunde Zögern reichte, um bei Marie die Alarmglocken schrillen zu lassen. Wenn er jetzt einen Frauennamen nennt, wenn er vorhat, eine seiner Liebschaften auf mein Sofa zu setzen, gehe ich ohne ein Wort. Ich drehe mich auf der Stelle um und gehe, und nie, nie wieder werde ich etwas mit Jacques Leblanc zu tun haben. Wie konnte ich nur so dumm sein.

Bevor Marie sich weiterer Dummheiten bezichtigen konnte, entschied Leblanc, dass die Idee gar nicht so schlecht wäre. »Weißt du, mein Freund Lulu aus dem Bistro Chez Lulu in Deauville, er ist allein an Weihnachten. Wenn es dir nichts ausmachen würde … ich bin sicher, er freut sich.«

Marie atmete die Luft, die sie angehalten hatte, aus. »Bring ihn mit, das ist schon in Ordnung«, sagte sie knapp und merkte irritiert, wie sich Erleichterung in ihr breitmachte.

»Wir sorgen für die Getränke, Lulu hat vorzügliche Weine«, fügte Leblanc hinzu, nun endgültig von der Idee überzeugt.

Als Marie das Präsidium verließ, überkam sie plötzlich das Bedürfnis zu lachen. Sie lachte so laut, dass sich die Passanten auf der Straße nach ihr umdrehten. Auf dem Weg in Richtung Touques-Brücke fiel ihr ein, dass sie jetzt fünf Leute zum Essen waren. Sie machte kehrt, ging am Präsidium vorbei zum Marktplatz von Deauville, hinein in den Käseladen, kaufte weichen, reifen Camembert, cremigen Pont-l'Évêque, frischen weißen und älteren, mit brauner Rinde überzogenen Ziegenkäse, goldfarbenen Cantal, blaugeäderten Roquefort und einen Tête de Moines, einen Kuhmilchkäse aus dem Jura, der mit einer Girolle, einer Art Hobel, geschabt werden musste, für Jacques' Freund, dazu gesalzene Butter und Feigensenf. Schwer beladen verließ Marie den Laden. Auf dem Rückweg machte sie Halt beim Fischhändler Alain in der Fischhalle und verdoppelte die Menge der bestellten Garnelen, die sie am Sonntag abholen würde.

Von all dem ahnte Leblanc nichts, als er sich wieder seiner Arbeit zuwandte. Nur Nadines Bemerkung, »Schön, dass Sie auch Weihnachten feiern«, musste er über sich ergehen lassen, was er mit leichter Verlegenheit, aber nicht ganz ohne Stolz ertrug. Nadine meinte es ernst, sie war tatsächlich erleichtert, dass ihr Chef den Festtag nicht allein verbringen würde. Dann informierte sie ihn über die neuesten Ergebnisse.

»Bernard hat angerufen. Auf den Aufzeichnungen der Autobahnzahlstellen ist der Wagen von Gustave Adler deutlich zu erkennen, und die Zeit, die er angegeben hat, stimmt auch. Daraus ist abzuleiten, dass er direkt vom Central aus losgefahren ist. Damit scheidet er als Verdächtiger aus. Von Maurice Adlers Auto keine Spur.«

»Jetzt ist er dran. Das reicht, um ihn zu verhaften. Dann hat er uns doch Theater vorgespielt, und wir sind darauf reingefallen. Ich warte noch ab, was unsere Informantin bezüglich der illegalen Schlankheitsmittel herausbekommt. Obwohl das ja eigentlich in das Gebiet von Doktor Delon fällt, er ist für Diät und Ernährung zuständig.«

»Apropos Diät, ich habe etwas Interessantes im Internet gefunden, was die Ausführungen von Bernadette Latour ergänzt«, unterbrach ihn Nadine. »Sie hat geschrieben, dass verbotene Arzneimittel aus China nach Europa eingeschleust werden. Hier steht, dass diese Medikamente als Nahrungsergänzungsmittel deklariert werden und angeblich rein pflanzlich sind. Sie tauchen unter Namen wie Dai Dai oder Li Da auf und enthalten den verbotenen Stoff Sibutramin, und zwar in einer doppelt so hohen Dosis wie bei früheren zugelassenen Medikamenten. Einige werden sogar als Tee angeboten. Sibutramin ist ein Amphetamin-Derivat, eine synthetisch hergestellte Substanz, und wurde 2010 vom europäischen Markt genommen. Reingeschmuggelt werden die sogenannten Nahrungsergänzungsmittel von professionellen Händlern, die sie aus China beziehen. Oft geht der Weg über Rumänien, dann werden sie als Geschenksendungen verpackt und per Post geschickt, oder sie kommen mit Containerschiffen aus China. Absatz und Handel mit den Präparaten erfolgen sowohl über das Internet als auch über netzwerkartig arbeitende Verteilerstrukturen.«

»Wenn Bernadette Latour Beweise hatte, dass die Klinik in diese Verteilerstrukturen eingebunden war, dann hätten wir ein handfestes Motiv. Bleibt aber die Frage, wer von den beiden Klinikleitern darin verwickelt ist, Adler oder Delon. Oder beide? Was ist mit diesem Valmaux? Hast du seine Nummer in ihrem Handyverzeichnis gefunden?«

»Nein, Fehlanzeige. Aber mir ist etwas anderes aufgefallen, dem ich bisher keine Bedeutung beigemessen hatte. Bernadette Latour hatte die Nummer eines Detektivbüros in Paris gespeichert, Detektei Melville. Soll ich da mal anrufen?«

»Auf jeden Fall. Und ich werde den Staatsanwalt über die neuesten Entwicklungen informieren.«

Leblanc meldete Monsieur Cantel den Stand der Ermittlungen, sagte, dass im Moment alles auf Maurice Adler als Täter hindeuten würde, dass sie aber noch eine andere Spur verfolgen würden. Möglicherweise käme auch Adlers Kompagnon in Betracht, sollte es sich bewahrheiten, dass die Klinik illegale Medikamente erhielte und den Patienten verabreichte. Sie bräuchten allerdings für diese Annahme weitere Indizien. Er wolle zunächst Maurice Adler noch einmal vorladen und ihn mit den neuen Fakten konfrontieren. Der Staatsanwalt dachte an die Klinik als Wirtschaftsfaktor in der Region, seufzte aber nur und gab sein Einverständnis zu Leblancs Vorhaben.

Anders der Bürgermeister, der, als hätte er es gerochen, anrief, als Leblanc das Gespräch mit dem Staatsanwalt gerade beendet hatte, und wissen wollte, wie weit Leblanc in dem Fall vorangekommen war. Der unterrichtete ihn in Kurzform über den aktuellen Stand.

»Schrecklich, nein, und so kurz vor Weihnachten«, rief der Bürgermeister aus. »Musste das sein? Und jetzt haben Sie vor, den Klinikleiter zu verhaften. Das betrifft zwar Trouville nicht direkt, aber Équemauville ist nicht weit. Und die Klinik hat einen außerordentlichen Ruf zu verlieren. Ich sage Ihnen, Leblanc, Trouville hat von dieser Klinik profitiert. Ich wette, der eine oder andere Patient hat ein paar Tage oder gar eine Woche Strandurlaub bei uns angeschlossen. Nein, schon die Tote im Hôtel des Roches Noires, so ein schlechtes Renommee können wir gar nicht gebrauchen. Auch wenn die Wohnungen privat sind, das Gebäude steht unter Denkmalschutz und ist ein Touristenmagnet, sogar im Ausland …«

Leblanc entfernte den Hörer von seinem Ohr, und als Monsieur Deshayes mit seiner Litanei am Ende war, sagte er knapp: »Wie immer, Herr Bürgermeister, wir tun unser Bestes. Fröhliche Weihnachten.«

Die sauertöpfische Replik des Bürgermeisters, »Na, ob Weihnachten fröhlich wird …«, hörte er nur noch von Ferne, er legte einfach auf.

Ein Hungergefühl meldete sich. Gestern Abend nichts, heute Morgen nur ein Croissant, ihm fehlte eine richtige Mahlzeit. Als er noch überlegte, ob er ins Central fahren oder lieber auf den Anruf von Isabelle warten sollte, riss ihn ein Aufschrei seiner Mitarbeiterin aus seinen Gedanken.

»Chef, ich habe ihn.« Nadine rieb die Hände aneinander, die bezaubernden Grübchen tanzten auf ihrem Gesicht, ihre dunklen Augen leuchteten golden, die braunen Locken wippten. »Volltreffer. Guy Valmaux ist als Detektiv für die Agentur Melville tätig, zuständig für den Bereich Le Havre/Kanalküste. Ich habe ihn nach dem Phantombild beschrieben, vor allem die dunkle, markante Brille. Er ist es. Monsieur Melville, der Besitzer der Detektei, hat bestätigt, dass Bernadette Latour ihm einen Auftrag erteilt hat. Es sollte eine Person beschattet werden. Er hat Monsieur Valmaux geschickt, der sich mehrmals mit Bernadette Latour getroffen und, soweit er wusste, den Auftrag ausgeführt hat. Einzelheiten würde mir Guy Valmaux besser selbst berichten. Er hat mir die Handynummer von Valmaux gegeben, und, bingo, die stimmte überein mit der zweiten Nummer, die Bernadette Latour unter Agentur Melville gespeichert hat. Ich habe ihm auf die Mobilbox gesprochen, dass er sich bei uns melden soll.«

Anerkennend nickte Leblanc. »Sehr gut. Allmählich kommen wir der Sache näher. Einen Detektiv hat sie engagiert, da muss sie ein Wespennest entdeckt haben, das sie alleine nicht ausheben konnte. Wenn Valmaux anruft, er soll sich sofort hier einfinden.«

Erneut und drängender als zuvor stellte sich der Gedanke ans Mittagessen ein. Doch bevor er sich ihm widmen konnte, klopfte es, und eine Diva betrat das Büro. Leblanc hatte Mühe, in dieser Divenerscheinung seine Bettgenossin Isabelle zu erkennen. Sie trug einen weißen Wollmantel mit Besatz aus braunem Pelz, echt, wie es schien, eine Pelzkappe und hochhackige Stiefeletten, ebenfalls mit sichtbarem Pelzfutter. Unter dem offenen Mantel kamen ein elegantes, kurzes Kleid und ihre langen, wohlgeformten Beine zum Vorschein. Die braunen langen Haare ließen sich von der Pelzkappe nur mäßig bändigen. Sich ihrer atemberaubenden Wirkung bewusst, durchquerte sie mit erhobenem Kopf und wohlgesetzten Schritten das Büro.

»Isa…belle? … Chérie?«, stotterte Leblanc.

»Ja, ich bin's«, gab die Angesprochene fröhlich zurück und setzte sich, ohne dass sie dazu aufgefordert wurde, auf den Stuhl vor Leblancs Schreibtisch.

»Ich sollte als Schauspielerin auftreten. Ich bin als Schauspielerin aufgetreten. Mantel und Mütze sind geliehen, das andere gehört mir. Möchtest du wissen, wie es gelaufen ist?«

»Klar, erzähl!«

Isabelle schien ihre Rolle zu genießen, als Schauspielerin und als investigative Polizeiagentin. »Die Klinik ist ein Traum, Wellnessbereich vom Feinsten, Massagen, Pool, Sauna. Die Bodytrainer formen den Körper, man braucht gar nichts zu machen, die Geräte bewegen sich für einen, Perfect Body Styling heißt das. Und die Betreuung eins a, rund um die Uhr lesen sie dir jeden Wunsch von den Augen ab. Das Problem ist, dass ich mir so etwas nie werde leisten können. So, nun aber zu dem, was du wissen willst. Ich hatte einen Termin bei Doktor Adler persönlich. Er war sehr zuvorkommend und äußerst charmant, er schmeichelte mir, von wegen: Bei meinem Aussehen hätte ich eine Behandlung doch gar nicht nötig. Dann ging er sehr geschickt zu den kleinen Schwachstellen über, die jede Frau an sich wahrnimmt und die mit einem winzigen Eingriff zu beheben wären. Und dann präsentierte er die Möglichkeiten, die die Klinik über sanfte Körperformung hinaus anbietet, also Botox- und andere Injektionen, Laser und so weiter. Als ich ihm mein Anliegen vortrug, wegen einer Filmrolle schnell abnehmen zu wollen, sagte er, für das Ernährungsprogramm sei er nicht zuständig, da müsse ich mit seinem Kollegen, Doktor Delon, sprechen. Der könne mir raten, was kurzfristig zu machen sei. Er hielt es aber für angebracht zu betonen, dass er, Doktor Adler, der Chef der Klinik sei und alle Fäden bei ihm zusammenliefen.«

»Ach«, sagte Leblanc.

Ein enttäuschtes »Ach« kam auch von Nadine im Hintergrund.

»Nein, keine Sorge«, fuhr Isabelle fort. »Das Glück wollte es, dass Doktor Delon sich in der Klinik aufhielt, und keine zehn Minuten später saß ich in seinem Sprechzimmer. Ich muss schon sagen, dass er hinter Doktor Adler zurückfällt, weniger attraktiv, weniger charmant, weniger begeistert von der Mission, die er im Namen der Schönheit zu erfüllen hat. Er gab mir zu verstehen, dass es von mir selbst abhängen würde, wie viel Gewicht ich in welcher Zeit abnehmen könne. Bei einer Woche Klinikaufenthalt würde er mir eine Diät empfehlen, die genau auf meine Bedürfnisse abgestimmt wäre, dazu ein harmloses Mittel, das den Hunger hemmt und mir den Verzicht erleichtern würde, und viel Bewegung. Ich würde, aber dafür übernehme er keine Garantie, weil er meinen Körper nicht kenne, bei dieser Diät etwa drei Kilo abnehmen. Ich sagte, das würde nicht reichen, für die Rolle müsse ich mager sein, das wäre die Voraussetzung, weil ich eine Magersüchtige spielen sollte. Mit zehn Kilo weniger würde der

Regisseur mich besetzen. Ich gab zu verstehen, dass ich die Rolle unbedingt wollte und alles dafür tun würde.«

»Wow«, sagte Leblanc.

»Super«, kommentierte Nadine.

»›Herr Doktor, ich knie vor Ihnen‹, habe ich ihn angefleht, ›bitte helfen Sie mir. Diese Rolle ist meine letzte Chance.‹ Ich bin tatsächlich vor ihm in die Knie gegangen.« Isabelle genoss sichtlich die Aufmerksamkeit, die sie mit dem Bericht über ihre Schauspielkünste errang. »Und dann ist er wirklich weich geworden. Er machte fast einen verzweifelten Eindruck, wie jemand, der weiß, dass er etwas nicht tun sollte, und sich nicht dagegen wehren kann, es doch zu tun. ›Gut‹, sagte er, ›ich will versuchen, Ihnen zu helfen. Sie müssen sich aber darüber im Klaren sein, dass es zu Komplikationen kommen kann. Es können Nebenwirkungen auftreten, die Ihre Gesundheit beeinträchtigen. Die Verantwortung dafür übernehmen Sie allein. Überlegen Sie sich das.‹«

Leblanc unterbrach Isabelles Redefluss. »Damit hat er zugegeben, dass illegale, gesundheitsschädliche Mittel in der Klinik verabreicht werden. Du bist jetzt eine wichtige Zeugin.«

»Nur der Vollständigkeit halber noch den Rest der Vorstellung: Ich habe Doktor Delon die Hände geküsst und getönt, er sei mein Retter, ich würde ihn anbeten und ihm ewig dankbar sein. Und ich habe gesagt, ich würde mich am Empfang anmelden. Natürlich bin ich nicht unter meinem richtigen Namen aufgetreten: Rose d'Alembert habe ich mich genannt, ein hübscher Künstlername, nicht? Und natürlich habe ich mich nicht angemeldet, sondern bin schleunigst an der Empfangsdame vorbeigerauscht, raus an die frische Luft. Also, niemand weiß, wer ich bin, und aller Wahrscheinlichkeit nach werde ich den beiden Direktoren wohl kaum noch einmal begegnen.«

Im Hochgefühl, eine außerordentliche Leistung erbracht zu haben, beendete Isabelle ihren Vortrag, und weder Leblanc noch Nadine sparten mit Lob angesichts ihrer grandiosen Vorstellung. Leblanc begleitete Isabelle bis vor die Tür des Präsidiums und stellte als Dank für ihre Hilfe eine Einladung zum Abendessen im Januar in Aussicht, wenn sie von ihrem Familienbesuch in Amiens zurück sei.

»Es war mir ein Vergnügen. Wenn du wieder einen Auftrag zu vergeben hast, denk an mich. Vielleicht sollte ich meinen Beruf als Immobilienmaklerin an den Nagel hängen und mich in der Filmbranche umtun.« Ein hollywoodreifes, betörendes Lächeln, das jeden Produzenten in die Knie gezwungen hätte, begleitete diese Worte. Aber Isabelle war keine Träumerin, sie sah ihre Zukunft nicht als Filmstar auf der Leinwand, sondern an der Seite und in Haus und Hof eines begüterten Grundbesitzers. Diese kleine schauspielerische Einlage hatte das Selbstbewusstsein gestärkt, das sie zum Erreichen dieses Zieles benötigte. »Ich wünsche dir ein fröhliches Weihnachtsfest, Jacques.« Und weg war sie, die schöne Isabelle.

Wieder im Büro, empfing ihn Nadine mit der Nachricht, der Detektiv habe sich gemeldet, er sei in Le Havre und könnte am Nachmittag im Präsidium sein. Dann ging sie noch einmal auf Isabelles Bericht ein. »Chef, nach dem, was Ihre Bekannte in der Klinik erfahren hat, weiß der Kompagnon von Maurice Adler, Doktor Delon, von den illegalen Medikamenten. Er wendet sie sogar selbst bei Patienten an. Entweder er betreibt das hinter dem Rücken von Maurice Adler, oder die beiden stecken unter einer Decke.«

Leblanc nickte. »Ja. Christian Delon könnte ein Motiv haben, wenn Bernadette Latour tatsächlich herausgefunden hat, dass er für den Einsatz von illegalen Medikamenten verantwortlich ist.

Aber noch ist Maurice Adler nicht entlastet. Nach unseren Videoauswertungen ist er Montagnacht nicht nach Paris gefahren, also hat er kein Alibi. Entscheidend wird sein, was der Detektiv zu berichten hat. Ich denke, das wird uns weiterhelfen. Und danach fahren wir noch einmal in die Klinik und nehmen uns erst Maurice Adler, dann Doktor Delon vor. Ich bin zum Mittagessen im Central.«

SIEBZEHN

Selbst zwei Tage vor Weihnachten war das Central gut besucht. Durch die Wolkendecke drangen Sonnenstrahlen, die die Schneereste zum Schmelzen brachten und die Straße wie frisch bewässert glänzen ließen. Die steigenden Temperaturen hatten die Gäste des Central dazu verführt, sich nach draußen unter die schützende Markise zu begeben, gewärmt von der Strahlkraft der Heizpilze, die den ganzen Herbst und Winter über ihren Dienst taten. Nur wenn es schneite, wie in den letzten Tagen, oder Frost herrschte, blieben die Terrassen leer.

Gäste wie auch Passanten waren mit Päckchen und Tüten beladen, letzte Einkäufe, Geschenke für das nahe gerückte Fest. Leblanc nahm seinen gewohnten Platz im hinteren Raum ein. Das Mittagsmenü bestand aus einem Salat aus weißen Bohnen und Speck als Vorspeise und einem Lammragout mit Pilzen und Pommes Dauphines als Hauptgericht. Die deftigen Speisen kamen ihm gerade recht, um seinen angestauten Hunger zu stillen. Er brauchte Zeit zum Nachdenken. Gustave Adler schied als Täter aus, er hatte ein Alibi, wie die Aufzeichnungen der Autobahnzahlstellen bewiesen. Maurice Adler stand auf der Liste der Verdächtigen immer noch ganz oben. Er war Montagnacht nicht nach Paris zurückgefahren, und er hatte ein Motiv. Bernadette Latour hatte ihm den Laufpass gegeben. Gekränkte Eitelkeit und Wut wären durchaus als Tatmotiv plausibel, aber irgendetwas hakte bei diesem Erklärungsmuster.

Psychologisierungen waren nicht unbedingt Leblancs Stärke, aber es leuchtete ihm nicht ein, dass ein Mann, der sein Leben lang um die Anerkennung seines Vaters buhlte – was bedeuten musste, dass er ihn liebte wie sonst niemanden auf der Welt –, dass dieser Mann seinem Vater Schaden zufügte, Leid, das ihn in seinem hohen Alter das Leben kosten konnte. Das war zweifellos der Fall, indem er ihm Bernadette nahm. Leblanc verstand, dass es für den Sohn eine Genugtuung gewesen sein musste, Bernadette, eine Art Stiefmutter, als Geliebte zu besitzen. Einerseits teilte er diese Frau mit seinem Vater, andererseits war er ihm durch seine Jugend – ein Witz, wenn man sein Alter betrachtete, aber im Vergleich zum greisen Vater war er ein Jüngling –, auf jeden Fall jedoch durch seine Potenz überlegen. Reichte das nicht schon aus als Geste der Demütigung? Sein Vater sollte nichts von diesem Verhältnis erfahren, das hatte Maurice immer betont. Warum, wenn nicht, um ihn zu schützen? Das, so schloss Leblanc seine Überlegungen, würde gegen Maurice Adler als Täter sprechen.

Mit Christian Delon kam ein weiterer Verdächtiger ins Spiel. Er könnte Bernadette Latour getötet haben, weil sie ihm illegale Machenschaften nachgewiesen hatte, die ihn seine Position und seine Karriere gekostet hätten. Leblanc wusste an diesem Punkt nicht weiter. Sie brauchten handfeste Beweise, so oder so, und er war zuversichtlich, dass sich das Dickicht bald lichten würde. Einer Fortführung seiner Gedanken wurde er enthoben, als die Vorspeise serviert wurde.

»Danke, Édouard. Sagen Sie, hatten Sie am Montagabend Dienst im Central?«

»Ja, Herr Kommissar, Ihre Kollegin hat mich schon gefragt wegen der Gäste an dem Abend und hat mir Fotos gezeigt.«

»Genau. Um die Personen auf diesem Foto geht es. Ist Ihnen irgendetwas aufgefallen? Ein Gespräch, eine Geste, ein Streit?«

»Tja, eigentlich nicht. Es gab nichts Besonderes, ich habe ja auch noch an den anderen Tischen bedient. Eine Sache vielleicht. Einer der Herren ist zum Telefonieren vor die Tür gegangen, und kurze Zeit darauf ist ihm die jüngere der beiden Damen gefolgt. Ich hatte den Eindruck, dass sie sich gestritten haben, und als einmal die Eingangstür geöffnet wurde und Gäste hereinkamen, hörte ich, wie die Dame sagte: ›Ich kann es jetzt beweisen.‹ Mehr konnte ich nicht verstehen, weil ich die neuen Gäste an ihren Tisch begleitet habe.«

»Danke, Édouard. Das hätten Sie aber schon meiner Kollegin sagen müssen.«

»Entschuldigung, Herr Kommissar, es ist mir erst jetzt eingefallen, und sie hat auch nicht danach gefragt.«

Das dampfende Lammragout war gerade serviert worden, als sein Handy klingelte. Es war Gustave Adler, der ihm mitteilte, dass es seinem Vater schlecht ginge. Er, Gustave, sei der Meinung, man solle ihn in die Klinik nach Honfleur bringen, aber Maurice, der sich gerade um seinen Vater kümmere, würde ihn lieber in der Wohnung lassen. Maurice sei schließlich der Arzt, fuhr Gustave fort und bat darum, jede Aufregung von seinem Vater fernzuhalten.

»Ich weiß nicht, ob das möglich sein wird, Ihr Bruder steht unter Mordverdacht. Ihre Angaben haben wir auch überprüft, Sie haben die Wahrheit gesagt. Sie sind von der Verpflichtung, sich hier aufzuhalten, entbunden.«

»Die *Verpflichtung* ist nun anderer Art, wie Sie sich denken können.« Gustave Adler stieß hörbar den Atem aus. »Wie schwerwiegend sind die Verdachtsmomente gegen meinen Bruder? Wir hatten immer ein, sagen wir mal, angespanntes, belastetes Verhältnis. Im besten Fall sind wir uns aus dem Weg gegangen. Aber dass mein Bruder einen Mord begeht, auch wenn ich ihn im Zorn beschuldigt habe, das kann ich mir nicht vorstellen.«

»Ich darf Ihnen zu den laufenden Ermittlungen nicht mehr sagen«, beendete Leblanc das Gespräch.

Den alten Monsieur Adler hatte er überhaupt nicht mehr im Blickfeld gehabt. Für einen Sechsundneunzigjährigen konnte ein Schock zu einer rapiden Verschlechterung seiner körperlichen Verfassung führen. Die Verhaftung von Maurice könnte eine weitere Verschlimmerung seines Zustands bedeuten. So stark und widerstandsfähig, wie er sich zu Beginn gezeigt hatte, war er wohl doch nicht. Oder gab es da noch etwas anderes? Waren es nicht nur das Entsetzen über den Mord und die Trauer über Bernadettes plötzliche Abwesenheit, die zu seinem angeschlagenen Gesundheitszustand geführt hatten? Ahnte er, dass sein Sohn verdächtigt wurde? Nur: Leblanc konnte den alten Monsieur Adler in seinem derzeitigen Zustand nicht dazu befragen.

Er wandte sich dem nun nicht mehr dampfenden Lammragout zu. Da er Speisen am liebsten aß, wenn sie nicht ganz heiß waren, hatte das Gericht für seinen Geschmack genau die richtige Temperatur. Das mit kleinen Zwiebeln, Butterrüben und Petersilie geschmorte und mit einer Weißweinsauce angereicherte Lammfleisch zerging auf der Zunge, die knusprig-cremigen Pommes Dauphines hinterließen einen leichten Geschmack nach Muskatnuss, die Pilze gaben ein würziges Waldaroma dazu. Leblanc gab sich ungestört dem Genuss hin. Erst als der letzte Rest der Sauce mit einem Stück Kartoffelkrokant aufgenommen war, klingelte erneut das Handy. Nadine teilte ihm mit, dass Monsieur Valmaux, der private Ermittler von der Agentur Melville in Paris, bereits im Büro auf ihn warte.

Tatsächlich fiel als Erstes die markante, schwarz gerandete Brille auf, die dem schmalen Gesicht des Mittdreißigers eine interessante, härtere Note gab. Sonst gab es wenig Auffälliges: dunkelbraune, kurz geschnittene Haare, eine durchtrainierte Figur, etwa ein Meter achtzig groß, bekleidet mit Jeans und schwarzem Pullover. Monsieur Valmaux erhob sich, als Leblanc eintrat. Die einzige Reminiszenz an seinen Beruf beziehungsweise an das, was das Kino aus dem Beruf gemacht hatte, war der beigefarbene Trenchcoat, den er ausgezogen und über die Stuhllehne gehängt hatte, ein Trenchcoat, wie ihn Alain Delon in *Der eiskalte Engel* oder Humphrey Bogart in *Die Spur des Falken* trugen. Warum wollen diese Detektive immer aussehen wie ihr eigenes Klischee, fragte sich Leblanc und erinnerte sich an Begegnungen mit Angehörigen dieser Berufsgruppe in Paris. Einer hatte eine Sonnenbrille getragen, die den Eindruck machte, als hätte er sie dem Kostümfundus von *Miami Vice* entliehen, und seine Haare entsprechend denen von Colin Farrell nach hinten gegelt. Wenigstens schien dieser hier noch nicht so verbittert zu sein wie einige seiner Pariser Kollegen, die tagaus, tagein untreue Ehemänner und -frauen zu observieren hatten, denn er lächelte. Freundlich reichte Leblanc dem Sam-Spade-Verschnitt die Hand. Monsieur Valmaux ließ eine überraschend dunkle, angenehme Stimme ertönen.

»Bonjour, Herr Kommissar, mein Chef, Monsieur Melville, hat mich benachrichtigt. Es geht um eine Klientin unserer Agentur, die ermordet wurde. Dann hat Ihre Kollegin mich angerufen«, dabei drehte er sich kurz zu Nadine um, und sein Blick ließ vermuten, dass die hübsche brünette Polizistin mehr als ein rein professionelles Interesse in ihm geweckt hatte. »Ja, und hier bin ich.«

»Setzen Sie sich doch wieder. Es geht um Bernadette Latour.

War das Ihre Auftraggeberin?« Leblanc zeigte dem Detektiv das Foto.

»Ja, das war sie.«

»Nur eins vorweg. Haben Sie sich am vergangenen Sonntag mit ihr getroffen?«

Monsieur Valmaux nickte. »Hm, ich habe ihr den Rest der Fotos übergeben, die ich gemacht habe.«

»Stimmt es, dass Sie vor drei Wochen schon einmal hier waren?«

»Ja, im November hatte Madame Latour unsere Agentur in Paris kontaktiert. Monsieur Melville übergab mir den Fall. Ich bin zuständig für die Kanalküste, von Le Havre bis Caen, weil ich aus Le Havre stamme und mich hier gut auskenne. Es kommt aber nicht sehr häufig vor, dass wir in der Normandie zu tun haben, die meisten Aufträge sind in Paris zu erledigen.«

»Erzählen Sie, was Madame Latour von Ihnen wollte.«

»Ende Oktober war eine Freundin von Madame Latour gestorben. Diese Freundin hatte, so stellte es Madame Latour dar, unmittelbar vor ihrem Tod ungewöhnlich viel an Gewicht verloren. Sie war zuvor in einer Schönheitsklinik gewesen, und Madame Latour brachte ihren Tod mit dem Aufenthalt in der Klinik in Verbindung. Sie meinte, ihre Freundin habe dort Medikamente bekommen, die einen schnellen Gewichtsverlust bewirken und in Europa verboten sind. Die Freundin sei regelrecht süchtig nach diesen Mitteln gewesen. Sie, Madame Latour, habe die akute Gefahr, in der die Frau schwebte, gesehen und versucht, sie von diesem Medikament abzubringen. Sie habe sie in ein Krankenhaus zur Behandlung bringen wollen, aber die Freundin habe sich geweigert, gestorben sei sie schließlich an Herzversagen. Madame Latour ist … war ja Journalistin und begann daraufhin nach diesem verbotenen Mittel zu recherchieren. Sie hat herausbekommen, dass solche Medikamente in China hergestellt werden und über verschiedene Wege nach Europa gelangen, unter anderem mit Containerschiffen nach Le Havre.«

»Und Sie sollten Beweise liefern?«

»Ganz so einfach war das nicht, das wusste Madame Latour auch. Wie hätte ich beweisen sollen, dass mit einem Containerschiff aus China, dessen Waren in Le Havre umgeschlagen werden, illegale Schlankheitspillen ins Land gebracht werden? Madame Latour war außerdem überzeugt, dass die Klinik, die Oase der Schönheit, diese Mittel erhält und einsetzt. Dazu wollte sie Beweise haben.«

»Und wie sind Sie vorgegangen?«

»Ich zunächst gar nicht. Madame Latour hat über das Internet einen Händler ausfindig gemacht, der das Zeug vertreibt, natürlich unter einer Deckadresse. Sie hat sich als potenzielle Kundin ausgegeben, und irgendwie hat sie es geschafft herauszubekommen, dass dieser Händler seinen Sitz in Le Havre hat und wann eine neue Lieferung zu erwarten war. Als Journalistin kannte sie einige Tricks und Kanäle, über die sie Informationen erhielt.«

»Was sollten Sie dabei tun?«, fragte Leblanc weiter.

»Ich sollte zunächst den Händler beschatten. Der führte ein Scheinunternehmen mit dem Namen Thé et Santé in einer großen Lagerhalle, in der noch andere Firmen ihren Sitz haben. Angeblich handelte der Inhaber mit Kräutern und Tees aus China. Madame Latour hatte ermittelt, an welchem Tag ein Containerschiff aus Qingdao anlegen würde. Ich sollte den Händler verfolgen, wenn er seine Ware abholte. Tatsächlich fuhr er selbst mit einem Lieferwagen zum Terminal und ließ die Pakete aufladen. Beim Zoll wurde eine Stichprobe gemacht – offenbar fanden die Beamten Kräuter und Tee vor und ließen die Ladung passieren.«

»Und wie konnten Sie beweisen, dass illegale Medikamente

in den Paketen versteckt waren?«, wollte Nadine wissen, die von ihrem Schreibtisch aus dem Gespräch aufmerksam zuhörte.

»Ich schlich mich in die Fabrikhalle und versteckte mich in einer Ecke hinter einem ausrangierten Baufahrzeug. Ich hatte Glück, dass der Bereich dieser angeblichen Kräuterfirma durch eine Sprossenfensterwand von der übrigen Halle abgetrennt war. Durch die Fenster konnte man hineinsehen und fotografieren. Da sind ein paar hübsche Fotos entstanden, auf denen man genau erkennen kann, wie der Händler aus den Kräutersäcken kleine Döschen oder Schachteln herauszieht mit Aufschriften wie LiPro 2, Xi You Su oder La Jiao Shou Shen. Dabei handelte es sich weder um Tee noch um Kräuter, das erkennt man schon daran, dass auf den Schachteln schlanke Frauen abgebildet sind.«

»Aber es ging Madame Latour doch nicht hauptsächlich um den Händler, oder?«, fragte Leblanc. »Den hätte sie dem Zoll melden können, und dann wäre die Sache erledigt gewesen.«

»So ist es. Es ging ihr darum nachzuweisen, dass und wie diese Mittel in die Oase der Schönheit gelangen.«

»Und, wie geschieht das?« Leblanc brauchte einen Kaffee, er hatte im Central nach dem Essen keinen getrunken und spürte eine leise Müdigkeit, die er unbedingt vertreiben wollte. »Darf ich Ihnen einen Espresso anbieten?«, fragte er den geduldig antwortenden Detektiv. Als der bejahte, unterbrach er das Gespräch und kehrte mit zwei Tassen in der Hand von der Espressomaschine an den Schreibtisch zurück. Monsieur Valmaux ergriff die Tasse mit der linken Hand.

»Sind Sie Linkshänder?«

»Sie beobachten genau, gehört ja auch zu Ihrem Beruf. Wie zu meinem. Ja, bin ich.«

»Wie machen Sie das mit dem Fotografieren? Soweit ich weiß, sind alle Kameras für Rechtshänder ausgerichtet.«

Der Detektiv sah Leblanc erstaunt an. »Sie sind der Erste, der mich auf dieses Problem anspricht. Stimmt, auch linkshändige professionelle Fotografen beklagen sich darüber, dass es keine vernünftigen Apparate gibt. Die Firmen Leica und Yashica hatten mal Versionen für Linkshänder, aber die Produkte wurden wieder eingestellt. Man muss sich entweder anpassen oder die Kamera umrüsten lassen, das geht bei einigen, ist aber horrend teuer. Ich habe mich angepasst, das klappt ganz gut. Aber Sie wollten wissen, ob ich nachweisen konnte, dass der Händler die Oase der Schönheit beliefert. Ja, das konnte ich, aber dazu musste ich eine zweite Schiffsladung abwarten. Nach der ersten Lieferung passierte nämlich gar nichts. Ich blieb zwei Tage an dem Händler dran, dann rief ich Madame Latour an, und wir beschlossen, die Sache erst mal abzubrechen.«

»Diese erste Beschattung fand vor drei Wochen statt?«

»Genau. Ich habe mich mit Madame Latour hier in Trouville getroffen, bevor ich nach Le Havre aufbrach. Danach habe ich ihr meine Ergebnisse und die Fotos geschickt. Sie ließ aber nicht locker, sie war überzeugt, dass die Klinik die Medikamente aus dieser Quelle bezog. Also warteten wir, und letzte Woche rief sie mich an, dass wieder eine Ladung eintreffen sollte. Die gleiche Prozedur, Observierung des Händlers, als er die Ware abholte und in die Fabrikhalle brachte, dann wieder Warten. Aber dieses Mal dauerte es nicht lange, am nächsten Tag nämlich, am vergangenen Sonnabendnachmittag, belud der Händler seinen Wagen und fuhr zur Oase der Schönheit. Ich folgte ihm, bis er den Lieferwagen mit der Aufschrift Thé et Santé vor einem Nebeneingang der Klinik parkte. Vom Parkplatz aus hatte ich einen guten Überblick und machte Fotos, wie die Pakete übergeben wurden. Damit war lückenlos bewiesen, dass und wie die Klinik an diese Medikamente kommt.«

»Wer hat denn in der Klinik die Pakete in Empfang genommen?«

»Einer der Ärzte persönlich, er hatte jedenfalls einen weißen Kittel an, ich nahm an, dass es ein Arzt war.«

Leblanc zeigte dem Detektiv das Foto der zwei Adler-Söhne. »War es einer von denen?«

»Nein.«

»Und rote Haare hatte er auch nicht?«

»Nein, dunkle Haare.«

»Und dann haben Sie sich am Sonntagmorgen mit Madame Latour im Central getroffen?«

»Ja, bevor ich nach Paris zurückgefahren bin. Der Auftrag war für mich damit erledigt. Ich habe ihr Bericht erstattet, ihr die Fotos gezeigt und ihr einen USB-Stick mit den heruntergeladenen Fotos gegeben. Ich wollte ihr später die Fotos auch noch per Mail schicken.«

»Wie hat denn Bernadette Latour reagiert, als sie die Fotos gesehen hat?«

»Sie hat gesagt: ›Ich wusste es, jetzt habe ich ihn, diesen Mörder.‹ Ich fand ihre Reaktion ein wenig übertrieben, aber es steht mir nicht zu, unsere Klienten zu beurteilen. Madame Latour schien insgesamt eine sehr … entschiedene, resolute Person zu sein.«

»Haben Sie die Fotos noch? Der Computer von Madame Latour ist nämlich verschwunden, und einen USB-Stick haben wir auch nicht gefunden.«

»Auf meinem Apparat habe ich sie gelöscht, aber im Computer der Agentur in Paris sind sie gespeichert, ich bitte meinen Chef, sie Ihnen zu schicken.«

»Monsieur Valmaux, Sie haben uns sehr geholfen, vielen Dank, dass Sie sofort gekommen sind.«

»Keine Ursache, ich habe mich gerade in Le Havre aufgehalten, allerdings aus privaten Gründen, bei meiner Familie, übermorgen ist Weihnachten.«

Von Nadine verabschiedete sich der Detektiv besonders herzlich, er überreichte ihr seine Karte mit dem Hinweis, sie könne sich gern bei ihm melden, falls sie jemanden wie ihn brauchen sollte. Leblanc konnte sich einer Bemerkung nicht enthalten, als Monsieur Valmaux die Tür hinter sich geschlossen hatte. »Da hat es aber jemanden erwischt. Du hast einen neuen Fan.«

»Pah«, wehrte Nadine die Neckerei ihres Chefs ab. »Und jetzt in die Klinik?«

»Ja, ich will mich nur eben vergewissern, dass Doktor Adler dort anzutreffen ist. Vorhin saß er nämlich am Bett seines kranken Vaters.«

Bei seinem Anruf in der Klinik erfuhr er, dass beide Direktoren anwesend seien.

»Auf geht's!«, rief er Nadine zu, die sich schon ihre Jacke überstreifte.

»Chef, haben Sie eigentlich keine Angst, dass Maurice Adler sich absetzt?«

»Nein. Der wird seinen Vater nicht im Stich lassen, jetzt schon gar nicht.«

»Immerhin besitzt er noch eine Klinik auf Martinique.«

»Er ist klug genug zu wissen, dass wir bei dem leisesten Fluchtverdacht nach ihm fahnden lassen. Und nicht vergessen: Wir haben jetzt zwei Verdächtige. Doktor Delon kommt auch als Täter in Betracht. Aber eins nach dem anderen, erst einmal setzen wir Maurice Adler unter Druck.«

ACHTZEHN

Die Fahrt ging dieses Mal schnell. Der Parkplatz vor der Klinik war fast ganz vom Schnee befreit, das dunkle Grün des Waldes trat aus einem Rest Weiß hervor, braun schimmerten die Stämme der Nadelbäume – eine Vorahnung auf Frühling stieg aus dem dampfenden Boden auf, auch wenn der Winter gerade erst begonnen hatte.

Maurice Adler hatte sich nicht rasiert und wirkte mitgenommen. Sein blütenweißer Kittel machte einiges von dem zerknitterten Eindruck wett, konnte aber nicht über den angespannten Seelenzustand des Klinikleiters hinwegtäuschen.

»Mein Bruder hat Sie angerufen, nicht? Meinem Vater geht es schlecht, Schwindelgefühle und ein viel zu hoher Blutdruck. Er hat sich aufgeregt. Ich habe ihm eine Spritze zur Beruhigung gegeben«, begann Maurice Adler ohne eine Begrüßung, als er den Kommissar und Nadine eintreten sah.

»Der Gesundheitszustand Ihres Vaters tut mir leid«, entgegnete Leblanc, legte dann aber sofort eine harte Gangart ein. »Ich muss Sie darauf hinweisen, dass Sie unter Mordverdacht stehen, wir werden Sie mit aufs Präsidium nehmen. Sie sind Montagnacht nicht nach Paris gefahren.«

»Natürlich bin ich nach Paris gefahren!« Maurice Adler begann die Fassung zu verlieren und lief in seinem Büro hin und her.

»Wir haben die Aufzeichnungen der Autobahnzahlstellen durchgesehen, Ihr Wagen ist nicht dabei.«

»Ach … so.« Maurice Adler hielt in seinem unruhigen Lauf inne und sah Leblanc fast erleichtert an. »Ich habe mein Auto hier stehen lassen und bin mit einem Wagen der Klinik gefahren. Es hatte zu schneien begonnen, und die Reifen meines Mercedes hätten längst gewechselt werden müssen. Ich hätte ihn wegen der abgefahrenen Reifen schon vor zwei Monaten in die Werkstatt bringen sollen, habe es aber nicht geschafft. Aus Gründen der Verkehrssicherheit habe ich eins der Klinikfahrzeuge genommen, um es am nächsten Tag zurückzubringen. Es war ein Peugeot-Transporter mit unserem Logo an beiden Seiten.«

»Wir prüfen das nach. Nadine, ruf Bernard an, er soll die Aufzeichnungen noch einmal durchsehen, ob sich darauf ein Klinikwagen der Oase der Schönheit befindet.« Leblanc wandte sich wieder Maurice Adler zu: »Warum haben Sie das nicht vorher gesagt? Ihre ständigen Lügen machen Sie nicht glaubwürdiger.«

»Ich wusste nicht, dass das wichtig ist.«

»Noch einmal: Sie stehen unter Mordverdacht. Und glauben, dass das nicht wichtig ist?«

»Ich habe Bernadette nicht umgebracht.«

»Das wird sich noch herausstellen. Kommen wir zu einer anderen Sache. Wir haben Fotos vorliegen, Fotos, die auch Bernadette Latour besaß. Und die zeigen, dass in Ihre Klinik verbotene Medikamente, Schlankheitspillen aus China, geliefert wurden. Ich glaube kaum, dass Sie die selbst geschluckt haben. Bernadette Latour hat herausgefunden, dass diese Medikamente letztlich zum Tod ihrer Freundin Ariane Berger geführt haben, Medikamente, die ihr hier verabreicht wurden.«

»Herr Kommissar, für Ernährungsfragen ist mein Kollege Christian Delon zuständig. Ich kümmere mich nicht darum, was für Mittel er einsetzt.« Maurice Adler legte die Handflächen aneinander und führte die Hände wie zum Gebet vor das Gesicht.

»Das nehme ich Ihnen nicht ab, Herr Doktor. Sie wollen mich glauben machen, dass Ihr Kompagnon das alleine und ohne Ihr Wissen ausgeheckt hat? Hier liefert eine dubiose Firma Pakete mit illegalen Medikamenten an, und Sie haben keine Ahnung davon? Ihren Patienten wird in Aussicht gestellt, dass sie in kurzer Zeit enorm viel Gewicht verlieren können, und das entzieht sich Ihrer Kenntnis?«

»Nehmen Sie mich fest, Herr Kommissar, nehmen Sie mich mit! Ich habe alles so satt. Ich sage ab jetzt nichts mehr und möchte einen Anwalt sprechen.«

Leblanc verbarg seine Überraschung über die plötzliche Wendung. »Das ist Ihr gutes Recht. Dann ziehen Sie sich einen Mantel an, wir bringen Sie ins Präsidium.«

Kopfschüttelnd, aber ruhig ließ sich Maurice Adler, der seinen weißen Kittel abgelegt hatte, zum Polizeiwagen führen.

Leblanc ließ ihn zwei Telefonate führen, eins mit seinem Anwalt in Paris, der ihm einen Kollegen in Deauville empfahl, und eins mit ebendiesem Maître Mercier, der sofort herbeigeeilt kam, um sich mit seinem neuen Mandanten zu beraten. Maître Mercier, als Anwalt der Begüterten bekannt, übernahm gern Fälle, die anfänglich aussichtslos aussahen, ihn aber umso glanzvoller erstrahlen ließen, wenn er sie schließlich doch gewann.

Während Anwalt und Beschuldigter ihr Gespräch führten, wurde Leblanc vom Chefredakteur der Zeitung *Ouest France* angerufen, der sich nach dem Stand der Ermittlungen hinsichtlich der im Hôtel des Roches Noires ermordeten Journalistin erkundigte. Er fragte, ob er in der morgigen Samstagsausgabe, der letzten vor Weihnachten, etwas dazu veröffentlichen dürfe. Leblanc wimmelte ihn ab. Noch sollte nichts von der Verhaftung Maurice Adlers nach außen dringen. Er setzte auf Zeit und hoffte, dass durch die Weihnachtstage der Mord an Bernadette Latour etwas in Vergessenheit geriete. Dann würde der zu erwartende Trubel um den verdächtigen Klinikleiter milder ausfallen.

Der Anwalt hatte seinem Mandanten geraten zu schweigen. Maurice Adler saß also stumm auf seinem Stuhl vor Leblancs Schreibtisch und rieb seine Hände aneinander. Maître Mercier ergriff das Wort: »Mein Mandant bestreitet, etwas mit der Ermordung der Journalistin zu tun zu haben. Zum Einsatz von illegalen Medikamenten in der Klinik möchte er keine Aussage machen.«

»Sie wissen sicher, Maître, dass es ein Leichtes wäre, einen Durchsuchungsbeschluss für die Klinik zu bekommen. Ich könnte da alles auf den Kopf stellen lassen. Ob das in Doktor Adlers Sinne wäre, möchte ich bezweifeln. Wir könnten natürlich nicht garantieren, dass diese Durchsuchung für die Patienten unsichtbar bliebe.«

Maurice Adler stöhnte. Nach einer quälend langen Zeit des Schweigens entschloss er sich zu einer Erklärung. Über die Geste des Anwalts, die ihm bedeutete, still zu sein, setzte er sich hinweg. »Es war Christian, der mit diesen verbotenen Medikamenten anfing. Ich habe davon gewusst und habe es geduldet, aber ich wollte nichts damit zu tun haben. Irgendwann war es zu spät aufzuhören, und Christian erzielte tatsächlich große Erfolge. Es ist auch nie etwas Gravierendes passiert, bis zu dem schrecklichen Tod von Ariane Berger.«

Während Maurice Adler sprach, beschloss Leblanc, Doktor Delon holen zu lassen und die zwei Freunde und Kompagnons miteinander zu konfrontieren. »Entschuldigen Sie mich einen Moment«, sagte er zu Maurice Adler und seinem Anwalt. »Ich bin sofort wieder da.« Er zog Nadine vom Computer weg auf den Flur. »Schick Daniel los, er soll noch jemanden mitnehmen und Doktor Delon herbringen, sofort. Ich möchte sehen, wie die beiden reagieren, wenn sie hier aufeinandertreffen.«

»Mach ich, bin schon unterwegs«, antwortete Nadine. »Noch eins, Chef, Bernard hat gerade gemailt wegen der Aufzeichnungen der Zahlstellen. Ein Wagen mit der Aufschrift ›Oasis de Beauté‹ ist deutlich zu erkennen, Montagnacht um zweiundzwanzig Uhr fünfzehn an der Auffahrt zur Autobahn, seine Spur lässt sich verfolgen bis nach Paris, letzte Zahlstelle null Uhr zwanzig. Demnach kann Maurice Adler nicht der Mörder sein.«

»Wenn er der Fahrer des Wagens war. Kann man ihn deutlich identifizieren?«

»Das hat Bernard nicht gesagt, ich frage ihn.«

»In dem Fall haben wir keinen Grund mehr, Maurice Adler festzuhalten, aber das braucht er noch nicht zu wissen. Ich halte ihn und den Anwalt hin. Bringt mir so schnell wie möglich Doktor Delon her.«

Um den Auftrag zu erledigen, eilte Nadine ins Erdgeschoss. Leblanc begab sich wieder ins Büro und versuchte, da anzuknüpfen, wo Maurice Adler aufgehört hatte.

»Sie waren gerade bei Ariane Berger. Was hat sich genau zugetragen?«

Ein Blick zum Anwalt. Offenbar hatten sich die beiden während seiner Abwesenheit zu einer Änderung der Strategie entschlossen. Maître Mercier hatte nun nichts mehr gegen eine Aussage einzuwenden, und Maurice Adler, der noch nichts von seiner Entlastung wusste, fuhr fort: »Genaues weiß ich wirklich nicht. Aber Christian sagte mir, dass bei der Patientin Berger etwas aus dem Ruder gelaufen sei. Er hatte ihr auf ihren Wunsch hin das Medikament gegeben, und es wirkte vorzüglich, sie verlor sofort an Gewicht. Aber dann bekam sie Herzbeschwerden, offenbar lag bereits eine Schädigung der Herzkranzgefäße vor. Ich habe Christian gebeten, sofort die Medikamentengabe einzustellen, aber er sagte, die Patientin würde das Mittel auf eigene Verantwortung weiternehmen wollen. Offenbar hatte sie ein Suchtverhalten entwickelt. Ich muss mir vorwerfen, dass ich mich nicht genügend um die Patientin gekümmert habe. Zu meiner Entlastung kann ich sagen: Ich habe Christian zugetraut, dass er richtige Entscheidungen trifft und verantwortlich handelt. Gestorben ist sie ja dann erst mehrere Wochen nach dem Aufenthalt bei uns. Ich wollte auf keinen Fall, dass die Klinik mit ihrem Tod in Verbindung gebracht wird. Das hätte einen großen Imageschaden und finanzielle Verluste bedeutet.«

»Das hätte ja fast geklappt, wenn Bernadette Latour nicht gewesen wäre«, setzte Leblanc nach.

»Ich wusste nichts von ihren Nachforschungen, das müssen Sie mir glauben. Sie hat mit mir nicht darüber geredet, wir hatten anderes zu tun, wenn wir zusammen waren.«

Leblanc wollte Zeit gewinnen und bot beiden Männern Kaffee an. Er stellte die Espressomaschine an und wartete, bis drei Tassen gefüllt waren. Als Nadine kurze Zeit darauf ins Büro zurückkehrte, nickte sie ihm zu, und er wusste, dass damit die Identifizierung des Fahrers als Maurice Adler gemeint war. Damit hatte er ein Alibi und kam als Mörder von Bernadette Latour nicht mehr in Frage. Trotzdem bohrte der Kommissar weiter.

»Doktor Adler, ich glaube, Sie sagen schon wieder nicht die Wahrheit. Nach der Aussage eines Kellners vom Central haben Sie am Montagabend zusammen mit Bernadette Latour die Tischrunde verlassen, sind vor die Tür gegangen und haben sich gestritten. Es soll der Satz ›Jetzt kann ich es beweisen‹ gefallen sein.«

Maurice Adler zog seine Stirn in Falten und schüttelte schweigend den Kopf, als suchte er in seiner Erinnerung nach diesem

Ereignis. Dann sagte er: »Aber ich war nicht draußen. Ich saß die ganze Zeit am Tisch. Bernadette war kurz verschwunden, ich dachte, sie sei zur Toilette gegangen.«

Leblanc wusste, dass er die Wahrheit sagte. Die Schlinge um Christian Delon zog sich zusammen. Mit ihm hatte Bernadette Latour gestritten, ihm hatte sie gedroht, er hatte die Medikamente in Empfang genommen. Noch wollte Leblanc Maurice Adler nicht sagen, dass er entlastet war. Unter dem Druck, verdächtig zu sein, würde Adler bei einer Konfrontation mit seinem Kompagnon eher auspacken und reinen Tisch machen. Als Nadine ihm zuwinkte, entschuldigte er sich erneut und verließ mit ihr den Raum. Auf dem Flur erfuhr er, dass der Inhaber des Detektivbüros, Monsieur Melville, die Fotos gemailt hatte, die der Ermittler Valmaux vor der Klinik gemacht hatte.

»Chef, jetzt haben wir den Beweis. Wie wir schon angenommen haben, ist der Arzt, der die Medikamente aus dem Lieferwagen in Empfang nimmt, Christian Delon. Doktor Adler ist in allen Anklagepunkten entlastet.«

»Ja, bis auf eine mögliche Mitwisserschaft. Es interessiert mich brennend, was passiert, wenn die zwei Klinikdirektoren in dieser angespannten Situation aufeinandertreffen.«

Leblanc atmete auf, als die beiden Polizisten endlich mit Christian Delon im Präsidium eintrafen. Der Gesichtsausdruck des zweiten Arztes machte eine sekundenschnelle Verwandlung von Überraschung bis Unwillen durch, als er seinen Kompagnon zusammen mit dem Anwalt in Leblancs Büro sitzen sah. Zunächst sagte keiner ein Wort, dann brüllte Maurice Adler los.

»Ich werde hier absurderweise beschuldigt, Bernadette umgebracht zu haben. Und weißt du, warum? Wegen dieser verdammten Schlankheitsmittel, die du den Patienten verabreichst. Ich habe dir hundertmal gesagt, du sollst damit aufhören. Bisher wollte ich die Klinik schützen, aber unter diesen Umständen kann ich das nicht mehr verschweigen.« Etwas ruhiger fuhr er fort: »Nehmen Sie das bitte zu Protokoll, Herr Kommissar.«

Diese Formulierung rief bei Nadine, die sich im Hintergrund hielt, ein Lächeln hervor.

Leblanc wandte sich an den über den Ausbruch seines Kollegen und Freundes fassungslosen Doktor Delon. »Was sagen Sie dazu?«

Der hatte mit dieser Wendung offenbar nicht gerechnet, schwieg einen Moment, wie um zu überlegen, welche Worte er wählen sollte, und konterte dann kühl und mit einem aggressiven Unterton: »Du willst deine Hände in Unschuld waschen, Maurice? Du wusstest doch davon. Auch wenn du manchmal ein bisschen zur Vorsicht gedrängt hast, es war dir recht, dass wir die sibutraminhaltigen Mittel einsetzen, weil sie die besten Ergebnisse erzielen, weil sie tatsächlich effektiv sind. Leider sind sie hier verboten, deshalb müssen wir sie uns anderswo besorgen. Du hast mich die Drecksarbeit machen lassen, aber den Erfolg hast du gern eingeheimst.«

»Ich habe dich darauf hingewiesen, dass die Nebenwirkungen beträchtlich sind, dass wir ein zu großes Risiko eingehen, nicht nur wegen der Gesundheit der Patienten, auch wegen unseres guten Rufs, den wir aufs Spiel setzen.«

»Dass ich nicht lache, guter Ruf! Der wird doch nur besser, je schneller die Leute bei uns abnehmen. Unsere Oase der Schönheit gilt als die effektivste Klinik in ganz Frankreich. Das ist unser guter Ruf. Und du, Maurice, weißt das wirklich sehr genau.«

»Es war ein Fehler, dass ich die Beschaffung illegaler Medikamente geduldet und gedeckt habe.«

»Du willst alles auf mich schieben, aber damit kommst du nicht durch. Du hängst genauso drin wie ich.«

Während dieses Schlagabtauschs der beiden Ärzte war der gerade angekommene Doktor Delon mitten im Raum stehen geblieben, noch mit seinem Mantel bekleidet. Jetzt legte er ihn ab und hängte ihn an die Garderobenhaken zu den anderen Mänteln. Nadine hatte noch einen Stuhl herbeigeholt, und Christian Delon setzte sich. Er fuhr sich, sichtlich nervös, mit der Hand durch die Haare und kaute an seiner Unterlippe. Dann ballte er die Hände zu Fäusten, die er gelegentlich öffnete und dabei die Finger knacken ließ. Leblanc hatte genug gesehen. Er entließ Maurice Adler.

»Sie können Ihren Mandanten mitnehmen«, wandte er sich an den Anwalt. »Ich hebe den Haftbefehl auf. Ob Sie, Doktor Adler, im Sinne der Mitwisserschaft bestraft werden können, wird das Gericht entscheiden.«

Maurice Adler, überrascht von der plötzlichen Wendung, blickte ungläubig auf den Kommissar, dann auf den Anwalt. Der Maître witterte die Chance, einen neuen Mandanten zu gewinnen. Nachdem der erste ohne seine Hilfe auf freien Fuß gesetzt wurde, bot er seine Dienste dem zweiten Arzt der Klinik an, der sie allerdings mit den Worten »Ich brauche keinen Anwalt« ablehnte.

»Sie sollten sich das überlegen«, sagte Leblanc, »ich verhafte Sie nämlich wegen des Verdachts, Bernadette Latour ermordet zu haben.«

Auf Doktor Delons gepolstertem Gesicht erschien ein gekünsteltes Lächeln. »Sie können mir nichts nachweisen.«

Zusammen mit dem Anwalt verließ Maurice Adler das Büro, kehrte aber eine Minute später zurück. Er hatte versehentlich den Mantel seines Kompagnons erwischt, der seinem zum Verwechseln ähnlich sah. Nachdem er ihn ausgetauscht hatte, verschwand er endgültig.

»Nun zu Ihnen«, wandte sich Leblanc an Christian Delon, der sich wieder gefasst hatte.

»Sie wissen doch schon alles, was wollen Sie noch? Ja, ich habe sibutramin- und ephedrinhaltige Mittel aus China besorgen lassen.«

»Abgesehen davon, dass Ihnen die Approbation entzogen werden kann, wie vereinbaren Sie die Gabe von aus gutem Grund verbotenen Medikamenten mit Ihrem ärztlichen Gewissen?«

»Unsere Klinik nimmt nur Privatpatienten auf, darunter sind nicht wenige Minister und andere Regierungsangehörige. Auch die wollen fit und schön und schlank sein, vor allem aber die Stars aus Film und Fernsehen, aus der Musik- und Modelszene, die Berühmten und die, die es werden wollen, und die, die einfach Geld im Überfluss besitzen. Alle kommen zu mir und betteln und bitten, sie rutschen vor mir auf Knien herum und flehen mich an, ihnen etwas zu geben, mit dem sie schnell abnehmen, ohne sich einschränken zu müssen. ›Herr Doktor, nächste Woche fliege ich mit meinem Mann nach Hongkong, wir sind eingeladen ins Mandarin Oriental, Vierzehn-Gänge-Menüs mit Geschäftsfreunden meines Mannes. Bis dahin muss ich in mein Chanel-Kleid und meinen Gucci-Bikini passen. Tun Sie etwas, Herr Doktor!‹ Keiner will auf seinen Hummer, seine Gänseleberpastete oder die getrüffelte Butter verzichten, vom Champagner ganz zu schweigen. Den Leuten ist ihre Gesundheit vollkommen egal, Hauptsache, sie können mit den anderen Schönen, Reichen, Berühmten mithalten. Noch nie war der Zwang zur perfekten, schlanken, straffen Figur und zur Jugendlichkeit so groß wie heute. Und noch nie haben sich so viele Menschen dem unterworfen. Wer in der Öffentlichkeit steht, beugt sich dem Druck. Besonders

Frauen haben häufig gar keine andere Wahl, wenn sie ihren Beruf ausüben wollen. Vor meinen Augen haben sich Dramen abgespielt, weinende Schauspielerinnen, aufgelöste Models, verzweifelte Fernsehmoderatorinnen, die nicht wirklich übergewichtig waren, vielleicht ein, zwei Kilo über ihrem Normalgewicht, die sich aber eine Magermodel-Figur wünschten. Maurice hat es vergleichsweise leicht, ein bisschen Hyaluronsäure oder Botox spritzen, und schon sind die Lippen oder die Wangen wieder aufgefüllt, die Falten geglättet. Ein kleiner Pikser, man sieht das Ergebnis und hat vier bis sechs Monate Ruhe. Mit dem Abnehmen ist das nicht so einfach, da spielen mehrere Faktoren eine Rolle. Generell gilt: weniger essen, richtig essen, viel Bewegung, und das braucht Zeit und Disziplin. Zeit hat aber heute niemand mehr, und Disziplin will keiner aufbringen. Disziplin ist nicht sexy. Dann lieber schlemmen und sich hinterher das Fett absaugen lassen. Für das Geschäft mit der Schönheit gibt es einen gigantischen, weltweiten Markt, und es werden enorme Gewinne damit erzielt, von der Kosmetikindustrie bis hin zur plastischen Chirurgie. Und warum? Weil Frauen – vorwiegend sind es noch Frauen, aber die Zahl der Männer wächst rapide – einem Schönheitsideal nacheifern, das Altern nicht im Repertoire hat. Das zum Thema Gewissen und Moral, Herr Kommissar.«

Aufmerksam hatte Leblanc den langen Ausführungen Doktor Delons zugehört. Es hatte dem Arzt sicher geschmeichelt, dass ihm die Schönheiten aus Film und Fernsehen zu Füßen lagen. Auf Dauer jedoch, das konnte sich Leblanc lebhaft vorstellen, wurden die fordernden Möchtegern-Models zu einer geifernden Meute, die Alpträume auslösen konnte: »Herr Doktor, machen Sie mich schön, machen Sie mich schlank, machen Sie mich jung!« Leblanc sah im Geiste Doktor Delon in seinem weißen Kittel durch den Wald bei seiner Klinik hetzen, verfolgt von einer

Horde rasender Furien. Bei ihm selbst könnte schon eine einzige besitzergreifende Frau einen Fluchtmechanismus auslösen, aber vermutlich lag das auf einer anderen, privateren Ebene. Er mahnte sich zur Konzentration auf den Mordfall und versuchte es mit einem Überraschungsangriff.

»Warum haben Sie Bernadette Latour umgebracht?«

Die Frage brachte Christian Delon kurz aus dem Konzept. »Ich? Wieso? Wie kommen Sie darauf?«

»Sie haben kein Alibi, und Sie haben ein Motiv. Bernadette hatte Beweise gegen Sie und hat Ihnen gedroht. Ich nehme jetzt Ihre Fingerabdrücke und gebe Ihren Mantel zur Spurensicherung.«

Ohne zu protestieren, ließ der Arzt seine Fingerabdrücke einscannen. Nadine lief ins Erdgeschoss zur Spurensicherung. Bernard sollte sie abgleichen mit denen, die bei Bernadette Latour gefunden worden waren. Doktor Delons Mantel nahm sie mit.

»Sie werden nichts finden. Und was das Alibi angeht, ich war in der Klinik am Montagabend«, verteidigte sich der unter Mordverdacht Stehende.

»Kann das jemand bezeugen?«, fragte Leblanc.

»Ich pflege nicht darauf zu achten, ob und wann mich jemand registriert. Der Weg in mein Appartement führt nicht am Empfang vorbei. Bei uns ist es nicht üblich, uns zurückzumelden. Wenn ich gebraucht werde, bin ich erreichbar.«

»In Ihrer Wohnung sind Sie erst um halb eins gesehen worden. Vorher brannte kein Licht.«

»Ach, Sie haben sich schon erkundigt? Als ich gegen halb neun in die Klinik kam, habe ich mich hingelegt und war eingeschlafen. Als ich aufwachte, war es bereits Mitternacht. Ich habe einige Patientenakten gelesen und bin dann ins Bett gegangen.«

»Ich würde sagen, das ist ein ziemlich wackliges Alibi.«

»Jemand, der kein Alibi hat, ist nicht automatisch der Täter, wie man jedem halbwegs passablen Kriminalfilm entnehmen kann.«

»Aber Sie haben ein Motiv, und das führt auch in halbwegs passablen Kriminalfilmen in der Regel zur Festnahme des Verdächtigen. Während des Essens im Central am Montagabend ist Bernadette Latour Ihnen vor die Tür gefolgt und hat Sie mit Fotos konfrontiert, auf denen zu sehen ist, wie Sie eine Ladung chinesischer Medikamente entgegennehmen. Und nicht nur das, die Journalistin konnte lückenlos nachweisen, woher die Medikamente stammten und was darin enthalten war.«

Erstaunen bei Christian Delon. »Und die Fotos haben Sie?«

»Die Fotos haben wir von dem Detektiv bekommen, der sie gemacht hat.«

Kurzes Zögern, dann gab der Beschuldigte zu: »Sie hat es versucht. Ich bin aber nicht darauf eingegangen, habe ihr gesagt, sie solle sich an Maurice wenden. Ob sie die Klinik zerstören wolle, habe ich sie noch gefragt und eindringlich betont, dass ihr das nicht gelingen würde. Unsere Patienten, habe ich gesagt, sind einflussreiche Leute, die sich schützend vor die Oase der Schönheit stellen würden. Das war alles. Ob sie danach mit den Fotos zu Maurice gegangen ist, weiß ich nicht. Ich hab Ihnen schon mal gesagt, die Frau war völlig hysterisch und verbohrt.«

»Sie wollte den Tod ihrer Freundin Ariane Berger aufklären.«

»Da gab es nichts aufzuklären. Madame Berger war auch eine von denen, die die Elixiere des Teufels geschluckt hätten, wenn sie Aussicht auf Erfolg versprochen hätten. Ich habe es bei ihr zuerst mit Diät und einem leichten Sättigungsmittel versucht. Das war ihr nicht genug, sie wollte mehr Gewicht verlieren. Angeblich hing ihr Job davon ab. Dann habe ich ihr ein sibutraminhaltiges Präparat gegeben, und siehe da, es half. Glauben Sie nicht, ich hätte ihr die Nebenwirkungen verschwiegen, das war ihr egal. Dass sie nach dem Zeug süchtig wurde und Herz und Kreislauf versagten, dafür kann ich nichts.«

»Immerhin haben Sie eine strafbare Handlung begangen, indem Sie mit nicht zugelassenen Arzneimitteln handelten. Im besten Fall werden Sie mit einer Geldstrafe rechnen müssen.«

»Ich werde mit gar nichts rechnen. Wo kein Kläger, da kein Richter, so sagt man doch, Herr Kommissar. Wie schon erwähnt, unsere überaus dankbaren Patienten halten ihre schützende Hand über die Klinik.«

Leblanc griff zum Hörer und wählte die Nummer der Spurensicherung. »Wie sieht es aus, Bernard, hast du schon Ergebnisse?«

»Keine Übereinstimmung der Fingerabdrücke mit denen aus der Wohnung der Toten. Aber, vielleicht hilft dir das, wir haben Fasern gefunden, die von einem solchen Kaschmirmantel stammen. Am Mantel selbst leider nichts, was eindeutig zuzuordnen wäre, keine Kleidungsspuren der Toten, keine Fasern der Decke. Der Mantel ist übrigens vor kurzer Zeit chemisch gereinigt worden.«

»Danke, Bernard«, beendete Leblanc das Telefongespräch und wandte sich wieder dem ihm gegenübersitzenden Arzt zu, auf dessen Gesicht sich Ungeduld, aber auch eine zunehmende Entschlossenheit spiegelten. »Haben Sie Ihren Mantel kürzlich in die Reinigung gegeben?«

»Ja, ist das etwa verboten? Man denkt, Schnee sei sauber, weil er so weiß aussieht, aber nein, er trägt Schmutz in sich. Er legt sich auf die Kleidung, schmilzt, und schon ist der Mantel verunreinigt.«

»Wann haben Sie den Mantel reinigen lassen?«

»In Paris, das muss am … Dienstag gewesen sein. Ja, natürlich, am Dienstag bin ich nach Paris gefahren. Es hat schrecklich geschneit an dem Tag. Eine brauchbare Einrichtung, die chemische Reinigung mit 24-Stunden-Service, sehr bequem. Man benötigt ja den Mantel gleich wieder bei diesen Temperaturen. Das heißt, jetzt ist er fast zu warm, aber der Wetterumschwung war nicht absehbar.«

»Sie haben also den Mantel nach der Tat reinigen lassen.«

»Nach der Tat? Er war schmutzig vom Schnee, das ist alles.«

»Wir haben Fasern Ihres Mantels in Bernadette Latours Wohnung gefunden.«

»*Meines* Mantels? Sind Sie sicher? Ich möchte nur darauf hinweisen, dass Maurice auch ein solches Modell trägt, ebenfalls aus Kaschmir und sogar in der gleichen Farbe, Mokka nennt sie sich. Da Maurice ein wenig kleiner ist als ich, dürfte er eine andere Größe gewählt haben, aber das spielt für Ihre Ermittlungen wohl keine Rolle. Wir kaufen beide beim Herrenausstatter ›Lempereur‹ auf dem Boulevard Saint-Germain, ein Geschäft mit Tradition, aber dennoch zeitgemäß. Maurice, aber das wissen Sie sicher, hat sich häufiger bei Bernadette Latour aufgehalten.«

»Wir werden das überprüfen.« Leblanc überlegte kurz und kam zu dem Schluss, dass die Indizien für eine Inhaftierung nicht ausreichten. »Sie können jetzt gehen, wenn Sie die Klinik nicht verlassen.«

»Das habe ich nicht vor. Da ich keine familiären Verpflichtungen habe – meine Mutter, die Letzte in der Reihe meiner Angehörigen, ist vor zwei Jahren verschieden –, habe ich den Dienst an den Weihnachtstagen übernommen, damit Maurice sich seiner Verwandtschaft, vor allem seinem alten Herrn, widmen kann. Soweit ich gehört habe, geht es ihm nicht so gut. Ich werde gleich mal im Hôtel des Roches Noires vorbeifahren und ihm einen Krankenbesuch abstatten. Natürlich nur, wenn Sie erlauben, Herr Kommissar.«

Leblanc gab seine Zustimmung. »Bitte sehr, ich habe nichts dagegen einzuwenden.«

»Dürfte ich meinen Mantel zurückbekommen? Ohne dieses Kleidungsstück ist es mir zu kühl, ich möchte mir schließlich keine Erkältung holen.«

»Meine Kollegin begleitet Sie hinunter und händigt Ihnen den Mantel aus.«

Nachdem Nadine mit Doktor Delon das Büro verlassen hatte, dachte der Kommissar über das gerade geführte Verhör nach. Er, Leblanc, hatte sich das Heft aus der Hand nehmen, sich von den Schilderungen des Arztes einwickeln lassen. Der war, je länger die Befragung dauerte, immer selbstsicherer und siegesgewisser geworden. Die Anschuldigungen hatte er mit guten Argumenten und Erklärungen abgewehrt. Leblanc musste einräumen, dass er keine wirklich schlagenden Beweise vorbringen konnte. Delon hatte zugegeben, von Bernadette Latour beschuldigt worden zu sein. Aber was er gegen ihre Anklagen vorgebracht hatte, hörte sich durchaus plausibel an. Damit kippte das Mordmotiv. Oder doch nicht? Steckte noch etwas dahinter, was sie übersehen hatten? Erfreut, Nadine wieder im Büro zu sehen, fragte er sie nach ihrer Meinung.

»Ich finde«, begann sie, »das, was er sagt, klingt überzeugend. Er ist rhetorisch sehr geschickt und fesselt die Zuhörer mit seinen Reden. Aber er ist zu glatt. Irgendwie traue ich ihm nicht. Die Erklärungen sind zu perfekt und kamen zu schnell, als hätte er sich alles vorher überlegt. Wenn er mal gezögert hat, dann nur, um kurz zu entscheiden, welche Variante seiner Geschichte er wählt, welche in dieser Situation angemessen wäre. Und diese Variante hatte er dann sofort parat. Das ist mein Eindruck, Chef.«

Leblanc nickte. »Stimmt mit meinem überein. Ich habe es nicht geschafft, ihn in die Enge zu treiben, er ist mir ausgewichen und entwischt.«

»Die Beweislast ist zu gering. Unglücklicherweise trägt Maurice Adler einen Mantel aus dem gleichen Material, sonst hätten wir ihn gehabt. Einmal war er eine Sekunde lang verunsichert, und zwar als ihm klar wurde, dass wir die Fotos kennen. Das spricht für ihn als Täter, denn der Mörder hat gedacht, dass er mit dem Laptop die Fotos beseitigt hat. Ich glaube, er war's, er hat Bernadette Latour umgebracht. Wir müssen es ihm nur nachweisen.«

Während Nadines Ausführungen hatte Leblanc wieder zustimmend genickt. »Ich fasse noch einmal zusammen: Erstens, er hat kein Alibi, das spricht gegen ihn. Zweitens, er hat kein eindeutiges Motiv, das entlastet ihn. Auch wenn die Journalistin seinen Handel mit illegalen Medikamenten an die Öffentlichkeit gebracht hätte, der Klinik hätte es vermutlich nicht nachhaltig geschadet. Drittens, er hat seinen Mantel nach dem Mord reinigen lassen, das sieht schwer nach Beseitigung von Spuren aus. Fazit: Der Verdacht erhärtet sich, aber wir brauchen Beweise.«

»Aber wo sollen wir ansetzen? Durchsuchung seines Appartements in der Klinik? Oder seines Autos? Irgendwo muss er den Laptop von Bernadette Latour versteckt haben.«

»Den kann er in Paris längst beseitigt haben. Ich glaube kaum, dass er ihn mit in die Klinik genommen hat. Geh nach Hause, Nadine, mach Schluss für heute. Ich bleibe noch ein bisschen und überlege, wie wir morgen weitermachen. Vielleicht kriegen wir aus Maurice Adler noch etwas heraus, was er bisher verschwiegen hat.«

»Dann bis morgen, Chef.«

Nachdem Nadine gegangen war, rief Leblanc den Staatsanwalt, Monsieur Cantel, an. Der war mit dem Kommissar einer Meinung, dass die Beweise für eine Verhaftung nicht ausreichten, und gab seine Zustimmung für die Durchsuchung der Wohnungen Doktor Delons in der Klinik und im Hôtel des Roches Noires.

»Zögern Sie nicht, Hilfe aus Paris in Anspruch zu nehmen, wenn es um den verschwundenen Laptop geht«, schloss der Staatsanwalt das Gespräch ab.

Leblanc wusste, dass Eile geboten war. Jeder Tag spielte dem Täter in die Hände, und die Weihnachtstage würden dazu beitragen, die Sache zu verschleppen. Morgen musste etwas Entscheidendes passieren, dachte Leblanc, morgen, am Tag vor Weihnachten.

Als Leblanc das Präsidium verließ, war es bereits nach halb zehn. Auf seinem Heimweg machte er halt in Lulus Bistro. Wider Erwarten war das Lokal gut besucht, eine Gruppe von Straßenarbeitern hatte es für ihre Weihnachtsfeier auserkoren. Ihre orangefarbenen Leuchtwesten hatten sie über die Stuhllehnen gehängt. Sie hatten Lulus Jura-Weinen bereits in größerer Menge zugesprochen, die Lautstärke ihrer Unterhaltungen übertönte die Hintergrundmusik aus dem Radio. Dann stimmten sie, nein, nicht etwa Weihnachtslieder an, sondern das nostalgische, zu Herzen gehende Chanson der Pariser Kommune, »Le Temps des Cerises«, »Zeit der Kirschen«, was Leblanc augenblicklich in seine Kindheit und Jugend versetzte, als vor allem revolutionäres Gedankengut musikalisch zum Besten gegeben wurde. Damals, in den Sechziger- und Siebzigerjahren, hatte er zum letzten Mal Leute gesehen, die in der Öffentlichkeit Lieder sangen. Eine gewisse Wehmut, die Menschen oft verspüren, wenn sie an ihre

Kindheit denken, überfiel ihn, und Lulu, der sofort das Radio ausdrehte und kräftig mitsang, schenkte ihm sogleich ein Glas Weißen ein.

Leblancs Selbstbild ließ es nicht zu, dass er mit seiner Stimme Töne hervorbrachte, er stufte seine Qualitäten als Sänger gering ein. Aber nicht nur das, er empfand es auch als peinlich, dass gestandene Männer sich dem Gesang hingaben, obwohl, ja, das musste er zugeben, dieser Gesang in sein Herz drang und ihn weich machte. Dagegen half Lulus Wein, und er trank das Glas in einem Zug leer. Als Lulu nachfüllte, nutzte er die Gelegenheit, um ihn über die Einladung am übernächsten Abend bei Marie zu informieren. Lulu brach nicht in Jubel aus.

»Jacques, ich weiß nicht. Da passe ich doch gar nicht hin.«

»Klar passt du, Lulu. Mach dir keine Gedanken. Es kommt übrigens auch eine Japanerin«, versuchte Leblanc ihn zu beschwichtigen. Mit diesem Argument wollte er Lulu, der sich in der Normandie wegen seiner Herkunft aus dem Jura als Angehöriger einer regionalen Minderheit ansah, zu bedenken geben, dass sich Menschen aus weiter entfernten Gegenden noch viel mehr als Minderheit begreifen mussten. »Eine Japanerin, Lulu, wie fremd muss die sich hier fühlen, aber sie hat den Mut, die Einladung anzunehmen.«

»Na, wenn du meinst«, gab Lulu klein bei, »dann feiern wir eben Weihnachten mit einer Japanerin.«

»Es sind auch noch andere da«, fügte Leblanc hinzu, um die japanische Komponente der Sache, die er gerade noch als Lockmittel eingesetzt hatte, nicht zu sehr in den Mittelpunkt zu rücken. »Ich hole dich mit dem Wagen gegen halb acht ab, und wir laden noch ein paar Flaschen von deinem Wein ein, ja?«

»Ist gut, Jacques.«

Als Lulu sich wieder den singenden Straßenarbeitern widmete, die inzwischen zur Marseillaise übergegangen waren, winkte Leblanc ihm zu und bedeutete mit einer Geste, dass er nach Hause gehen würde.

Er ging nicht wie üblich zu Fuß nach Hause. Trotz des leicht erhöhten Alkoholpegels fuhr er mit seinem Auto, das er vom Präsidium mitgenommen hatte. Auf dem Weg überfiel ihn die Vorahnung, dass er nicht würde schlafen können. Anrufen konnte er um die Uhrzeit niemanden mehr. Sollte er gleich ein bisschen in der Gegend herumfahren, um müde zu werden? Nein, er entschied sich dagegen. Gerade wollte ihn Hoffnungslosigkeit packen, da kam ein Rettungsanker in Sicht. Als er auf den gepflasterten Parkplatz vor seinem Haus einbog, sah er Licht in der Wohnung seines Nachbarn, des Pâtissiers René. Bestimmt war der wieder dabei, verführerische Törtchen zu kreieren, ein Besessener, der seine ganze Freizeit der Pâtisserie widmete. Leblanc ließ sich vom Fahrstuhl in den fünften Stock bringen und drückte stürmisch auf den Klingelknopf seines Nachbarn. Der René, der die Tür öffnete, war nicht der René, den er kannte. Dieser hier trug keine weiße Schürze wie üblich, sondern einen dunklen Anzug und ein weißes Hemd, um den Hals hatte er locker einen grün-rot gemusterten, mit Vögeln bedruckten Seidenschal geschlungen. Leblanc verschlug es die Sprache.

»Ach, du bist es, Jacques«, sagte der neue René, »wir sind gerade nach Hause gekommen.«

Noch eine Überraschung. Bisher hatte es kein Wir gegeben. Während Leblanc darüber nachdachte, tauchte hinter René eine Gestalt auf, offenbar die Verursacherin des Übergangs vom Singular in den Plural.

»Das ist Liliane«, stellte René seine Begleiterin vor.

Leblanc starrte die hinter René Hervortretende an, als hätte er noch nie ein weibliches Wesen gesehen. Gab es Engel ohne Flügel? Wenn er sich je ein engelhaftes Wesen vorgestellt hatte, dann sah es aus wie diese Liliane. Lange, dichte blonde Haare kräuselten sich über Schultern und Oberarme, ausgewogene Proportionen herrschten zwischen Nase, Mund und Wangen, ins Blau der Augen tauchte man ein wie in ein Meer, die Haut schimmerte samten, beim Lächeln gab der Mund eine Reihe perlengleiche Zähne frei. Das Wesen hatte auch einen Körper, und der war schön, gerundet und voller Anmut. Jacques Leblanc, der sich für einen nüchternen Menschen hielt, wurde vom Blitz getroffen, von Pfeilen durchbohrt. Er hatte immer noch nichts gesagt.

»Jacques«, wiederholte René noch einmal, »das ist Liliane, unsere neue Pâtissière. Und das ist mein Nachbar«, wandte er sich an Liliane, »der berühmte Kriminalkommissar Leblanc.«

»Äh, ich … ich wollte nicht stören«, stotterte Leblanc, sichtlich verwirrt.

»Du störst nicht, aber ich kann dich jetzt nicht in deine Wohnung begleiten, das verstehst du doch?«

»Ja, klar … ist schon klar. Mach's gut, René.«

Leblanc schielte zu seiner Wohnungstür, die ihm in unerreichbare Ferne gerückt schien. Da musste er hin, schnell, aufschließen, gerettet. Drinnen, im Flur, lehnte er sich an die geschlossene Tür, verharrte im Dunkeln, schwer atmend. Noch nie hatte er so etwas erlebt, es kam ihm unwirklich vor wie eine Erscheinung. Auf keinen Fall durfte er dieses Wesen wiedersehen, das ihn in einen so erbärmlichen Stotterzustand brachte. Und niemals, niemals würde er einem Freund eine Frau ausspannen, niemals. René konnte sich auf ihn verlassen. Er würde sich zukünftig von René fernhalten, und in der Pâtisserie Charlotte kaufte er sowieso nicht, also gäbe es gar keine Gelegenheit für ein Wiedersehen. Liliane, königliche Lilie, weiße, duftende Blume. War er jetzt verrückt geworden? Er taumelte ins Bett, hinein in eine schlaflose Nacht.

NEUNZEHN

Am nächsten Morgen erschien Leblanc die nächtliche Szene wie ein verblassender Traum. Was immer diese ungeheure Begebenheit war, er brauchte einen klaren Kopf, fort mit all den Schimären. Zunächst nahm er einen Kaffee in der Bar Normand zu sich. Es war Samstag vor Weihnachten, die Bar überfüllt. Alle würden heute ihre letzten Einkäufe erledigen.

Dann ging er ins Präsidium und war der Erste im Büro. Irgendwie hatte er das Gefühl, der Fall würde sich heute klären, obwohl es gar keinen Grund dafür gab. Je mehr er sich das gestrige Verhör ins Gedächtnis rief, desto mehr wuchs seine Überzeugung, dass Christian Delon Bernadette Latour umgebracht hatte. Sie mussten es nur beweisen. Aber wie? Hatte er etwas übersehen? Irgendein Detail, das Delon eindeutig als Täter überführte? Vielleicht würde er ihn mit der Durchsuchung seiner Wohnung und der Klinik in die Enge treiben. In der Klinik würde das zumindest Staub aufwirbeln, und in dem Staub würde sich möglicherweise ein Körnchen finden, das als Beweismittel diente, ein Körnchen würde genügen. Jemand, der Christian Delon Montagnacht in der Klinik hatte ankommen und mit einem Laptop in der Hand aus dem Auto aussteigen sehen, oder jemand, der den Laptop gefunden hatte. Eine günstige Fügung des Schicksals wäre nicht schlecht.

Während Leblancs Wünsche sich in Richtung himmlische Hilfe bewegten, erschien Nadine frisch und tatendurstig im Büro.

»Morgen, Chef! Haben Sie eine Idee?«

»Ja, wir durchsuchen die Wohnung von Delon in der Klinik und befragen auch die Patienten. Schonung gibt's nicht mehr, wir machen so viel Lärm wie möglich. Das wird Maurice Adler nicht gerade freuen, aber darauf können wir keine Rücksicht nehmen. Ich besorge den Durchsuchungsbeschluss vom Staatsanwalt, und du trommelst die Kollegen zusammen.«

»Okay, bin schon unterwegs.«

Kaum hatte Leblanc Monsieur Cantel angerufen, klingelte sein Telefon. Ein hörbar aufgeregter Maurice Adler war am Apparat.

»Herr Kommissar, ich muss Ihnen etwas mitteilen, was Christian betrifft. Bisher habe ich ihn für meinen Freund gehalten und war davon ausgegangen, dass wir beide nur das Beste für die Klinik wollen, dass sie unser gemeinsames Projekt ist. Deshalb auch meine Loyalität ihm gegenüber. Jetzt ist Schluss damit. Gerade habe ich einen Anruf erhalten, der fälschlicherweise bei mir gelandet ist. Die Anruferin wollte Christian sprechen. Da er nicht im Büro war, landete das Telefonat bei mir. Es war die Sekretärin eines Professor Colbert von der Privatklinik Rive Gauche in Genf. Sie wollte Christian mitteilen, dass ihm, wie zu erwarten gewesen sei, die Stelle als Chefarzt mit Schwerpunkt Diätetik zugesprochen worden sei, und ihn als neuen Kollegen begrüßen. Diese wichtige Nachricht solle ich ihm bitte sofort überbringen, sagte sie, davon ausgehend, dass ich von der Sache wisse und mich für meinen Mitarbeiter freue. Sie fügte noch hinzu, dass er seine Tätigkeit für den Konzern Lestné selbstverständlich fortsetzen könne, es sei vom Herrn Professor geradezu erwünscht. Ich war wie vor den Kopf geschlagen. Er hat sich hinter meinem Rücken in einer Klinik in der Schweiz beworben und stellt mich vor vollendete Tatsachen. Auch finanziell bringt mich das in eine schwierige Lage, wenn er sein investiertes Kapital aus der Klinik herauszieht. Und er hat mich belogen, er hat mir gesagt, er würde schon lange nicht mehr bei Lestné arbeiten. Warum? Warum tut er das? Ich hätte doch gar nichts dagegen gehabt, dass er sein Einkommen durch eine Beratertätigkeit aufstockt.«

Maurice Adler machte eine Pause.

»Die Gründe für die Handlungen Ihres Kompagnons kann ich Ihnen nicht erklären«, sagte Leblanc, »aber Sie haben uns gerade ein mögliches Motiv für den Mord an Bernadette Latour geliefert. Wenn sie herausgefunden hat, dass er sich in dieser Klinik beworben hat, hätten die Fotos eine ganz andere Bedeutung und ein völlig anderes Gewicht. Mit dem Nachweis, dass er illegale Medikamente beschafft hat, hätte sie seine Anstellung verhindert. Sie hätte die Fotos nur an die Genfer Klinik schicken müssen, und er hätte seine Bewerbung vergessen können. Damit wäre seine Perspektive auf ein neues Leben in der Schweiz, das er ja wohl geplant hat, zunichte gewesen. Und wenn sie eine Story daraus gemacht und das Ganze inklusive Fotos publiziert hätte, dann wäre er beruflich für geraume Zeit auf dem Abstellgleis gelandet, jedenfalls was einen Wechsel in eine andere Klinik angeht.«

Die Bedeutung seiner Entdeckung für die Aufklärung des Mordes an Bernadette Latour konnte Maurice Adler noch nicht in vollem Umfang begreifen. Ihn betrübte vor allem der Verrat seines Freundes. »Warum hat er nicht mit mir geredet? Seit unserer Kindheit sind wir Freunde. Wir haben die Klinik zusammen aufgebaut. Dass er mich so hintergehen konnte …«

»Haben Sie schon mit ihm gesprochen?«

»Nein, ich habe ihn noch nicht gesehen, der Anruf kam gerade eben. Ich wollte Sie als Ersten informieren.«

»Doktor Adler, ich kann es Ihnen nicht ersparen. Wir werden bei Ihnen in der Klinik mit der Spurensicherung anrücken, die Wohnung von Doktor Delon durchsuchen und eine Patientenbefragung durchführen. Wir brauchen weitere Beweise, um ihn zu verhaften. Reden Sie bitte vorerst nicht mit ihm. Es ist besser, er wird überrascht.«

»Ja, ist in Ordnung. Ich kann es immer noch nicht fassen«, antwortete Maurice Adler, die Untreue seines langjährigen Freundes und Kompagnons beklagend.

»Nadine, die Schlinge um Delon zieht sich zu«, rief er der Kollegin zu, die das Büro betrat, und berichtete von dem Anruf.

Mitten im Aufbruch klingelte das Telefon erneut, und Leblanc, der schon seinen Mantel angezogen hatte, hechtete zurück an den Schreibtisch. Es war Maurice Adlers Bruder Gustave. Leblanc machte Nadine ein Zeichen, dass sie warten solle.

»Mein Vater hat mich gebeten, Sie anzurufen, Herr Kommissar. Es geht ihm besser. Er möchte Ihnen etwas Wichtiges mitteilen und fragt, ob Sie ihn aufsuchen könnten. Sein Gesundheitszustand lässt es noch nicht zu, dass er sich zu Ihnen aufs Präsidium begibt. Er sagt, es sei wirklich sehr wichtig, Sie sollten am besten sofort kommen.«

»Sagen Sie ihm, wir sind in fünfzehn Minuten da.« Zu Nadine gewandt fuhr er fort: »Wir verschieben die Durchsuchung, es sollen sich aber alle in Bereitschaft halten. Der alte Monsieur Adler möchte mit uns reden, es scheint von Bedeutung zu sein. Wir fahren zuerst zu ihm ins Hôtel des Roches Noires, danach in die Klinik.«

Wieder war der Parkplatz so mit Autos vollgestellt, dass man sich fragte, wie dieses Blechknäuel jemals wieder auseinanderfand. Den Polizeiwagen parkten sie vor dem Portal. Der Concierge war gerade dabei, den Platz zu fegen, jonglierte mit dem Besen um die Autos herum. Der Schnee, der nun völlig weggeschmolzen war, hatte eine Schicht von Steinchen und Schmutz hinterlassen. Als er Leblanc und seine Begleiterin sah, öffnete er das Portal.

»Bonjour, Herr Kommissar. So etwas, jetzt ist es zu Weihnachten wieder warm geworden wie im Frühling. Der Schnee hat sich im Zeitpunkt geirrt, hätte später kommen müssen. Alle hier möchten Weihnachten mit Schnee. In Madagaskar, wo ich geboren bin, herrschen im Dezember Temperaturen von fünfundzwanzig Grad, aber es regnet mehr, tropisches Klima.«

»Bonjour, Monsieur … Bonneterre, nicht wahr? Na, fünfundzwanzig Grad werden wir hier nicht erreichen, aber morgen sollen es dreizehn werden. Sagen Sie, Sie kennen doch Doktor Delon?«

»Ja, er hat seine Wohnung im vierten Stock. Früher ist seine Mutter, Madame Delon, ab und zu gekommen, aber sie ist gestorben.«

»Wie oft nutzt denn ihr Sohn seine Wohnung?«

»Nicht oft, vielleicht fünf-, sechsmal im Jahr übernachtet er hier. Meistens, wenn er zusammen mit Monsieur Adler und seinen Söhnen ausgegangen ist.«

»Am vergangenen Montagabend, als der Mord geschehen ist, haben Sie Doktor Delon da gesehen?«

»Ja, als er mit Maurice Adler den alten Monsieur zum Essen abgeholt hat.«

»Danach nicht mehr?«

»Nein, Monsieur, danach habe ich ihn nicht gesehen. Aber gestern war er hier.«

»Vielen Dank.«

Als sie im dritten Stock bei Adler klingelten, wurde die Tür sofort geöffnet, von Gustave. »Mein Vater erwartet Sie schon.« Leblanc und Nadine wurden in das wie üblich überhitzte Wohnzimmer geführt.

»Papa, der Kommissar und seine Begleiterin sind da«, rief er seinem Vater zu, dann wandte er sich an die beiden Besucher: »Ich lasse Sie allein. Wenn Sie mich benötigen, rufen Sie mich bitte an, ich bin im oberen Stock.«

Monsieur Adler war in der kurzen Zeit gealtert. Er saß angekleidet in seinem Sessel, wirkte aber zusammengesunken, die Augen hatten ihr Strahlen eingebüßt, und die Wangen waren erschlafft. Er lächelte müde, als er den Kommissar erblickte, streckte ihm seine knochige Hand entgegen. Leblanc ergriff sie und legte sie dann wieder auf die Sessellehne.

»Ich bin froh, dass Sie da sind. Nehmen Sie sich einen Stuhl und setzen Sie sich zu mir«, sagte er zu Leblanc, »und Sie, junge Dame, da in den Sessel.«

Leblanc rückte mit dem Stuhl nah an den alten Herrn heran. »Erzählen Sie, was Sie auf dem Herzen haben«, ermutigte er ihn.

»Ich möchte eine Aussage machen wegen des Mordes an Bernadette. Ich habe gelogen, Herr Kommissar, aber ich versichere Ihnen, ich konnte nicht anders.«

»Fangen Sie einfach von vorne an.«

»Am Montagabend, nachdem wir aus dem Central zurückgekommen waren – Maurice hatte Bernadette und mich hergebracht, das wissen Sie ja –, saßen Bernadette und ich hier bei mir zusammen und tranken ein Glas Wein, das hatte ich Ihnen auch gesagt. Kurz nach zehn ist sie in ihre eigene Wohnung gegangen, sie wollte noch arbeiten. Ich habe die Gläser abgespült, ein bisschen Ordnung gemacht, meinen Schlafanzug angezogen und wollte ins Bett gehen. Das dauert in meinem Alter eine gewisse Zeit, ich sehe und höre nicht mehr so gut wie früher. Ich saß auf der Bettkante, da fiel mir ein, dass ich meine Abendtablette nicht genommen hatte. Maurice liegt mir dauernd in den Ohren, dass ich regelmäßig meine Durchblutungstabletten nehmen muss. Im Alter ist man von diesen Medikamenten abhängig, ob man will oder nicht, morgens eine blaue, abends eine gelbe. Das ist lästig, junger Mann, glauben Sie mir, aber was soll man machen. Ich ging also wieder ins Bad, wo sich die Tabletten normalerweise befinden, aber da waren sie nicht. Ich habe überall gesucht, im Schlafzimmer, im Wohnzimmer, ich habe sie nicht gefunden. Die einzige Möglichkeit schien mir, dass Bernadette sie mitgenommen hatte. Das war schon einmal passiert, nachdem ich die Tablette vergessen hatte einzunehmen. Da hat Bernadette gesagt, ich zähle sie ab jetzt durch, und aus Versehen hat sie sie mitgenommen. Ich habe meinen Morgenmantel übergezogen, mich ankleiden wollte ich nicht. Hier fühlt sich niemand gestört, wenn man sich im Pyjama oder Morgenmantel auf dem Flur blicken lässt, sehr angenehm ist das. Aber um die Uhrzeit braucht man sowieso keine Sorge zu haben, jemanden zu treffen. Die Leute gehen früh schlafen, die Seeluft macht müde. Mit dem Fahrstuhl bin ich in den zweiten Stock gefahren. Ich näherte mich Bernadettes Appartement und merkte, dass die Tür nur angelehnt war. Fast hätte ich gerufen, aber in dem Moment sah ich durch den Türspalt eine große Gestalt, die sich über etwas am Boden Liegendes beugte und daran herumzerrte. Ich weiß heute nicht mehr, warum ich tat, was ich dann tat, vielleicht hatte ich Angst, fühlte mich hilflos als alter, kraftloser Mann. Jedenfalls, statt die Tür zu öffnen und mich zu erkennen zu geben, versteckte ich mich in der Flurtoilette schräg gegenüber von Bernadettes Wohnung.«

Auf Monsieur Adlers Wangen bildeten sich rote Flecken, und er zitterte leicht. Beim Erzählen trat das Erlebte mit einer solchen Wucht in sein Bewusstsein, dass die Aufregung zu spüren war, die er dabei empfunden haben mochte. Leblanc legte begütigend seine Hand auf die des alten Mannes. Wenigstens war sie warm, wärmer als seine eigene. »Ich verstehe, dass die Erinnerung Sie aufwühlt. Möchten Sie etwas trinken?«

»Nein, ich möchte es loswerden. Durch die leicht geöffnete Toilettentür hatte ich Bernadettes Wohnung im Blick. Kurze Zeit später öffnete die Gestalt, die ich gesehen hatte, Bernadettes Wohnungstür, schaute sich vorsichtig um und trat hervor, mit einem Bündel auf der Schulter. Als Erstes erkannte ich ihre Decke, dann ihre Haare, die aus dem verschnürten Paket heraussahen. Mich packte das Grauen …«

Monsieur Adlers Augen weiteten sich besorgniserregend, seine Lider flackerten, das Zittern verstärkte sich. Leblanc befürchtete einen Kollaps. »Nadine, bitte hol aus der Küche ein Glas Wasser.« Dieses Mal lehnte es der alte Mann nicht ab, einen Schluck zu trinken. Dann atmete er tief durch, fasste sich und fuhr fort: »Mich packte das Grauen, als ich sah, wer die Gestalt war, die die tote Bernadette auf der Schulter trug. Es war Maurice, mein eigener Sohn.«

»Was?«, riefen Leblanc und Nadine wie aus einem Mund.

»Ich glaubte, es sei mein Sohn. Sein Gesicht habe ich nicht erkannt, dazu ging das Ganze zu schnell, ich hatte die Tür ja nur einen Spalt breit geöffnet. Er lief an mir vorbei, und ich erkannte seinen Mantel. Da ich mit dem Fahrstuhl gefahren war, stand die Kabine unverändert im zweiten Stock. Maurice öffnete die Fahrstuhltür und stieg mit dem Bündel auf der Schulter ein. Mir wurde schwindelig, und ich musste mich auf den Boden setzen. Ich konnte nicht mehr klar denken. Hatte ich das geträumt? Das konnte nicht wahr sein. Bernadette tot, umgebracht von meinem Sohn? Ich hatte Angst, den Toilettenraum zu verlassen. Ich fühlte mich zu schwach, um in meine Wohnung zu gehen. Und so blieb ich einfach dort sitzen, lange, bestimmt eine Stunde, aber das kann ich nicht mehr genau sagen, mir war jedes Zeitgefühl abhandengekommen. Einmal hörte ich noch Schritte auf dem Flur, dann war es still, und mir war kalt, sehr kalt.«

Bei dem letzten Satz liefen Monsieur Adler Tränen über die Wangen. Leblanc verstärkte den Druck seiner Hand, um Mitgefühl auszudrücken. Nadine hatte sich im Sessel vorgebeugt und hielt sich die Hände vor den Mund. Beide waren bestürzt und berührt vom Ausmaß dieser Tragödie.

»Die ganze Zeit, Herr Kommissar, habe ich geglaubt, Maurice hätte Bernadette ermordet. Ich musste doch meinen Sohn schützen! Deshalb habe ich so getan, als hätte ich nichts gewusst von ihrem Tod. Ich habe die Wohnung aufgeräumt, um Spuren zu beseitigen, ich habe Bernadette am nächsten Tag mehrfach angerufen, obwohl ich wusste, dass sie nicht antworten würde. Und Ihnen, Herr Kommissar, habe ich Theater vorgespielt. Am ersten Tag ist mir das noch gut gelungen, wahrscheinlich hat der Schock dazu geführt, dass ich wie in Trance gehandelt habe. Nach und nach ist mir aber das ganze Ausmaß des Schreckens bewusst geworden. Bernadette tot, das war schon schlimm genug, aber mein Sohn ein Mörder, das war noch schlimmer. Ich muss Ihnen noch dazu sagen, dass ich vor längerer Zeit schon bemerkt habe, dass es zwischen Bernadette und Maurice eine Verbindung gab. Ich wusste nicht, welcher Art, und wollte das auch nicht wissen. Bernadette hat mir gegenüber nichts erwähnt, und unser Verhältnis hatte sich nicht geändert, im Gegenteil, es wurde eher intensiver. Alles andere hat mich nicht interessiert. Jetzt verstehen Sie vielleicht, weshalb mir der Gedanke, dass Maurice sie getötet hätte, zwar entsetzlich, aber nicht abwegig vorkam.«

Monsieur Adler hielt inne und nahm wieder einen Schluck Wasser zu sich. Die Stürme in seinem Innern schienen sich ein wenig zu legen.

»Immer unerträglicher wurde mir dieses Wissen, das ich mit niemandem teilen konnte, es machte mich krank. Und immer schwieriger wurde der Umgang mit meinem Sohn, der für mich vier Tage lang ein Mörder war. Bis gestern Abend.«

Nadine rutschte auf der Sesselkante herum, sie ertrug die Spannung fast nicht mehr und wartete auf das Ende der Erzählung. Das kam dann auch.

»Gestern Abend besuchte mich Christian. Er hatte von Maurice gehört, dass es mir schlecht ging, und wollte mich aufmuntern. Ich kenne Christian, seit er ein kleiner Junge war, die Freundschaft zwischen ihm und Maurice habe ich immer gutgeheißen, mit seiner Mutter haben wir schöne Ferientage verbracht. Sein Besuch hat mich gefreut. Und dann ist etwas Merkwürdiges mit mir passiert, so etwas wie eine Vision oder eher die Wiederholung eines Erlebnisses. Als Christian hereinkam, trug er einen Mantel, und, was mir vorher nicht aufgefallen war, er war dem ähnlich, den auch Maurice trägt. In meinem Kopf machte es klick, und die Szene von Montagnacht war wieder da, deutlicher als je zuvor. Auf einmal, als mein Blick auf Christians Handschuhe fiel, wusste ich wieder, was ich in der Nacht noch gesehen hatte, was mir aber entfallen war: Die Gestalt, Bernadettes Mörder, hatte ockergelbe Handschuhe getragen. Eine Hand lag nämlich auf der eingewickelten Toten, die er über der Schulter trug. Mein Sohn trägt solche Handschuhe nicht, hat er nie getragen. Mir fiel ein Stein vom Herzen. Das klingt merkwürdig, weil ich doch gerade den Mörder Bernadettes entdeckt hatte. Trotzdem überwog die Erleichterung, dass ich meinen Sohn freisprechen konnte. Es fiel mir nicht schwer, mir Christian gegenüber nichts anmerken zu lassen. Mein Entschluss, Sie zu benachrichtigen, stand in dem Moment fest. Ich bin trotz der Trauer um Bernadette, und sie fehlt mir sehr, das können Sie mir glauben, glücklich, meinen Sohn nicht verloren zu haben. Um Christian tut es mir leid, ich kann nicht verstehen, wie er sich zu so einer Tat hat hinreißen lassen können. Wenn ich mich schuldig gemacht habe durch mein Schweigen, bitte ich um Verzeihung. Ich hoffe, Sie verstehen mich. Nur ein schlechter Vater würde nicht alles für seinen Sohn tun, ist es nicht so?«

An der Hand des alten Mannes, die er immer noch festhielt, konnte Leblanc spüren, wie dessen innere Spannung nachließ. Monsieur Adler gab seine verkrampfte Haltung auf und ließ sich in den Sessel zurücksinken. Müdigkeit, die oft einer ungeheuren Anstrengung folgt, überkam ihn, die Augenlider sanken herab, die Gesichtsmuskulatur erschlaffte.

»Einer Verhaftung Christian Delons steht nichts mehr im Wege«, sagte Leblanc zu Nadine. »Mit dieser Zeugenaussage haben wir ihn. Seine Wohnung durchsuchen wir, aber die Befragung der Patienten in der Klinik können wir uns sparen. Rufst du die Kollegen an?«

»Ja, mach ich.« Nadine stand noch im Bann des gerade Gehörten.

Da erwachte Monsieur Adler aus seinem Halbschlaf. »Ach, Herr Kommissar, ich habe noch etwas vergessen. Helfen Sie mir hoch, bitte!«

Mit Leblancs Unterstützung bewegte sich der alte Herr langsam auf eine Kommode zu. Einer Schublade entnahm er einen USB-Stick, den er dem Kommissar mit den Worten reichte: »Den hat Bernadette bei mir deponiert. ›Für alle Fälle‹, hat sie gesagt, ›es ist immer besser, eine Kopie zu haben.‹ Vielleicht sind da Informationen drauf, die Ihnen nutzen.«

»Ganz bestimmt, vielen Dank. Sie sind ein bemerkenswerter Mann, Monsieur. Sie sind sicher bereit, Ihre Zeugenaussage zu unterschreiben. Wir fertigen einen Bericht an, und ich schicke zwei Leute vorbei. Sie lesen sich Ihre Aussage bitte noch einmal durch und unterschreiben dann.«

»Natürlich, Herr Kommissar. Wären Sie so freundlich und würden mich ins Schlafzimmer begleiten, ich möchte mich hinlegen. Das Ganze hat mich angestrengt, aber ich komme schon wieder auf die Beine.«

Nadine hatte inzwischen die Spurensicherung angerufen und sie in die Klinik nach Équemauville bestellt. Auf der Fahrt dorthin war Leblanc schweigsam. Er versuchte sich vorzustellen, welcher Belastung der alte Herr ausgesetzt war. Nadine schien das Gleiche zu denken. »Schrecklich, nicht? Zu glauben, dass man den eigenen Sohn bei einem Mord beobachtet hat, und noch dazu einem Mord an der Lebensgefährtin.«

»Ja, zum Glück ist ihm die Last jetzt von der Seele genommen.«

»Und wir können Christian Delon verhaften.«

»Wir nehmen ihn mit aufs Präsidium, und du gehst mit dem USB-Stick zu Bernard. Schaut mal, ob ihr die Dateien öffnen könnt. Vielleicht enthalten sie außer den Fotos, die wir schon kennen, noch anderes Material.«

Die Kollegen von der Spurensicherung waren gerade an der Klinik angekommen, als Leblanc und Nadine eintrafen.

»Wartet hier«, sagte Leblanc, »ihr durchsucht nur die Wohnung von Doktor Delon. Ich gehe zum Empfang und frage, wo er sich aufhält.«

Der Herr Doktor sei im Patientengespräch, sagte die Empfangsdame in Rosa. Sie würde ihn benachrichtigen. Wenig später erschien Christian Delon im weißen Arztkittel an der Rezeption. Seine freundliche Miene währte nur eine Minute lang. Offenbar strahlte der Kommissar eine solche Entschlossenheit und Siegesgewissheit aus, dass Christian Delon begriff, dass er verloren hatte. Er würde sich winden wie ein Fisch, der einen Köder geschluckt hatte, aber nicht mehr vom Angelhaken loskam.

Schließlich würde er aufgeben müssen. An Flucht brauchte er gar nicht zu denken. Es wäre lächerlich und sinnlos, wenn er jetzt vor dem Kommissar davonlaufen würde. All das spielte sich in Sekundenschnelle auf seinen Gesichtszügen ab.

»Christian Delon«, begann Leblanc, »ich verhafte Sie wegen des Mordes an Bernadette Latour. Wir bringen Sie aufs Präsidium, anschließend werden Sie in Untersuchungshaft genommen. Die Spurensicherung wird jetzt Ihre Wohnung unter die Lupe nehmen. Würden Sie uns bitte aufschließen.«

Und Doktor Delon, in der Gewissheit seiner Niederlage, öffnete Leblanc und der Spurensicherung sein Appartement, ließ sich ohne Widerstand festnehmen und in den Polizeiwagen verfrachten.

Noch in Leblancs Büro im Präsidium trug der Verhaftete seinen Arztkittel. Langsam, als wüsste er, dass es damit für immer vorbei war, zog er ihn aus und hängte das Symbol ärztlicher Macht an den Garderobenhaken. Während Nadine Bernadette Latours USB-Stick zum Computerspezialisten Bernard brachte, schaltete Leblanc das Aufnahmegerät ein und begann mit dem Verhör. Aber Christian Delon schwieg. Dann holte der Kommissar zum entscheidenden Schlag aus.

»Es nützt Ihnen nichts, wenn Sie nicht reden. Wir haben einen Zeugen, der Sie beim Abtransport der Leiche auf dem Flur des Hôtel des Roches Noires gesehen hat. Das, zusammen mit den anderen Beweismitteln, reicht aus, um Sie hinter Gitter zu bringen.«

Noch wollte sich Doktor Delon nicht geschlagen geben, noch zappelte er. »Sie bluffen doch.«

»Oh, nein, ich bluffe nicht. Sonst säßen Sie vermutlich nicht hier. Den Zeugen gibt es, und er ist bereit auszusagen. Wir wissen auch, dass Sie Ihren Jugendfreund Maurice und die Klinik, die Sie gemeinsam aufgebaut haben, verlassen wollten. Sie haben sich nach einem neuen, vielleicht lukrativeren Betätigungsfeld in der Schweiz umgesehen. Und wir werden sehr bald wissen, welche Informationen Bernadette Latour über Sie besaß. Es ist ein USB-Stick aufgetaucht mit genau den Dateien, die sich auch auf ihrem Laptop befanden. Es wäre besser für Sie, wenn Sie ein Geständnis ablegen.«

Jetzt fiel Christian Delon in sich zusammen wie ein Ballon, dem die Luft entweicht.

»Ich wollte sie nicht umbringen«, sagte er leise.

»Aber Sie haben es getan.«

»Sie hat mich drangsaliert, gequält mit ihren Anschuldigungen. Völlig hysterisch hat sie mich als Mörder beschimpft, mir unterstellt, ich hätte ihre Freundin in den Tod getrieben. Ich habe versucht ihr zu erklären, wie diese Schlankheitspillen wirken, dass sie tatsächlich Nebenwirkungen haben können, aber dass jeder Patient aufgeklärt wird und entscheidet, was er in Kauf nehmen will und was nicht. Ja, es sind illegale Medikamente. Ja, ich dürfte sie gar nicht verabreichen. Wissen Sie, eine Klinik wird danach beurteilt, wie zufrieden die Patienten sind, und die, ich habe es Ihnen schon einmal erläutert, wollen schnelle Erfolge sehen. Unsere Klinik steht in dem Ruf, äußerst effektiv zu sein. Dem Erfolgsdruck müssen wir standhalten. Diese Journalistin hatte sich verbohrt in ihr Vorhaben, mich an den Pranger zu stellen. Ihre Nachforschungen, die Fotos – ich würde das als Erpressung bezeichnen, sie erpresste mich, damit ich zugab, ihre Freundin getötet zu haben. Am Montagabend hat sie mir nicht nur die Abzüge der Fotos gezeigt, sondern sie gab mir zu verstehen, sie hätte herausgefunden, dass ich mich in der Klinik in Genf beworben hatte. Es ist mir rätselhaft, wie sie das geschafft hat, normalerweise laufen solche Bewerbungen unter dem Siegel der Verschwiegenheit. Sie hat gedroht, nicht nur einen Artikel über mich mit den Fotos zu veröffentlichen, sondern auch die Klinik in Genf zu informieren und mir damit meine Zukunft zu versperren.«

Die Selbstsicherheit und Überheblichkeit, mit der Christian Delon in der Regel auftrat, waren, während er redete, von ihm abgefallen. Auch die Anspannung ließ nach, als hätte man Dampf aus einem Druckkessel abgelassen. Als Nadine das Büro betrat und mit einem Kopfnicken zu verstehen gab, Bernard hätte die Dateien von Bernadette Latour geöffnet, schüttelte er nur leicht den Kopf, was »jetzt nicht« bedeutete. Er wollte den Redefluss des Geständigen nicht unterbrechen. Nadine setzte sich wortlos an den Schreibtisch.

»Warum wollten Sie überhaupt in die Schweiz wechseln? Sie hatten doch gerade mit Doktor Adler die Klinik aufgebaut, keine schlechte Existenzgrundlage, nehme ich an«, fragte Leblanc nach.

»Keine schlechte Existenzgrundlage, wohl wahr. Ich hätte trotzdem die Finger davon lassen sollen. Maurice hat einen dominanten Charakter, er will immer im Vordergrund, im Rampenlicht stehen. Es ist *seine* Klinik, auch wenn wir beide beteiligt sind. Er hat die Kontakte zu Prominenten, er treibt sich auf den Partys rum, flirtet mit Glanz und Glamour, macht sich bei den Politikern lieb Kind. Das macht ihm Spaß, er ist einfach so, er spielt den Sonnenkönig Maurice I. In der Öffentlichkeit tritt er als Chef der Klinik auf, von mir hat kaum einer Notiz genommen. Na ja, die Patienten natürlich schon, aber ich kam mir vor wie ein Angestellter von Maurice, und so hat er mich auch behandelt. Von der Sache mit den illegalen Schlankheitsmitteln hat er gewusst. Es war ihm recht, solange die Klinik Erfolge verbuchte und die

Patienten zufrieden waren. Im Nachhinein tut er so, als hätte er mich gewarnt. Schon als Kind besaß Maurice diese präpotenten Eigenschaften. Er war der Anführer unserer Jungenbande, er bestimmte, wo wir hingingen, was wir unternahmen. Später, wenn wir zwei allein waren, erzählte er von seinen Heldentaten und wollte bewundert werden. Maurice, der Supertennisspieler, Maurice, der Frauenbetörer, Maurice, der tollkühne Segler. Ich glaube, wenn Sie mir diesen psychologischen Hinweis erlauben, er sah in jedem männlichen Gegenüber seinen Vater. Dem wollte er imponieren, denn der alte Monsieur Adler verteilte seine Zuneigung ungleich, Gustave bekam wesentlich mehr davon. Kann ich bitte ein Glas Wasser bekommen?«

Bevor Leblanc aufstehen konnte, eilte Nadine auf den Flur und kehrte mit dem Gewünschten zurück. Christian Delon trank das Glas in einem Zug leer.

»Von dem Verhältnis Ihres Kompagnons mit Bernadette Latour haben Sie gewusst?«, wollte Leblanc wissen.

»Ach ja, aber es hat mich nicht interessiert. Bemerkenswert fand ich nur die Tatsache, dass er mit der Freundin seines Vaters ins Bett ging. Das passte zu seinem übrigen Verhalten.«

Leblanc ließ Christian Delon reden. Es kam nicht selten bei Geständnissen vor, dass die Täter, bevor sie die Tat selbst schilderten, über alles Mögliche sprachen, was ihnen auf der Seele lag oder was erklärte, warum sie überhaupt in diese Lage geraten waren. Um Mitleid zu erwecken? Oder auf Verständnis zu stoßen? Oder um gegenüber dem zutiefst Unmenschlichen eines Mordes das Menschliche zu betonen, das in der Vorgeschichte der Tat und in der Lebensgeschichte des Täters lag. Leblanc lenkte das Gespräch nun aber in Richtung Tathergang. »Und am Montagabend, was ist da genau passiert?«

»Nachdem Bernadette mir die Fotos gezeigt und angekündigt

hatte, dass sie mich ›fertigmachen‹ würde, so waren ihre Worte, befand ich mich in einer ausweglosen Situation. Gustave und seine Frau machten sich auf den Weg nach Paris, Maurice brachte seinen Vater und Bernadette nach Hause, und ich setzte mich in mein zugeschneites Auto und tat erst einmal nichts, starrte auf die weiße Windschutzscheibe. Dann befreite ich das Auto vom Schnee und fuhr langsam nach Deauville in die Bar Zebra. Normalerweise trinke ich nicht viel, mal ein Glas Wein, harte Sachen überhaupt nicht, aber an dem Abend brauchte ich Whiskey. Sie müssen sich meinen Zustand als einen absolut verzweifelten vorstellen. Ich hatte Maurice und seine Bevormundungen so satt, und jetzt, wo sich eine Möglichkeit aufgetan hatte, dem zu entkommen, trat diese penetrante Journalistin auf den Plan und bedrohte mich. Bis kurz nach zehn blieb ich in der Bar und trank vier Glas Whiskey. Als ich die Wirkung des Alkohols zu merken begann, hörte ich auf. Ich hätte nicht mehr fahren dürfen, aber das war mir egal. Ich hatte wirklich die feste Absicht, mich in die Klinik zu begeben.«

Nach einer kurzen Pause sprach Doktor Delon weiter. »Es schneite unaufhörlich, ich durchquerte Trouville und nahm die Straße in Richtung Honfleur. Als ich am Hôtel des Roches Noires vorbeifuhr, kam es über mich. Ich weiß nicht mehr, wie das geschehen konnte, ich handelte wie in Trance. Ich stellte den Wagen in der kleinen Straße ab, die zum Strand runterführt. Im Handschuhfach lag noch ein Stück Nylonschnur vom Segeln im Sommer, das steckte ich in meine Manteltasche. Ich betrat das Gebäude durch die Hintertür, die zum Strand führt, und ging langsam die Treppen hoch in den zweiten Stock. Es war ganz still, kein Mensch zu sehen. Ich wusste, dass Bernadette ihre Tür nicht abschloss, wenn sie zu Hause war, das hatte der alte Monsieur Adler mal erwähnt, und so war es auch. Sie bemerkte mich nicht, saß an ihrem Schreibtisch und tippte konzentriert auf ihrem Computer herum. Meine Nylonschnur brauchte ich gar nicht, sie trug ein Halstuch. Dann ging alles ganz schnell. Mir kommt es heute vor wie ein Traum, der nur Sekunden währt. Ich trat von hinten an sie heran und zog die beiden Enden des Halstuchs fest zusammen. Sie hatte nicht einmal Zeit, sich umzudrehen, dann fiel sie mitsamt dem Stuhl zu Boden. Ich hielt das Halstuch noch eine Weile fest. Auch das, was ich dann tat, geschah wie von selbst. Ich wickelte den Körper in die Decke, die auf dem Sofa lag, und hievte ihn mir auf die Schulter. Bernadette war ziemlich klein und schmal, dennoch machte es Mühe, sie hochzuheben. Aber wahrscheinlich entwickelt man in so einem Moment ungeheure Kräfte. Ich schaute auf den Flur, niemand da, ich nahm den Fahrstuhl in den Keller und legte das Bündel dort ab. Noch einmal ging ich hoch in die Wohnung, schnappte mir den Laptop mit dem kompromittierenden Material und verließ das Gebäude. Ich hatte jedes Zeitgefühl verloren, es kam mir vor, als seien höchstens fünf Minuten vergangen. Ich bin dann in die Klinik gefahren, habe mich angekleidet aufs Bett gelegt und muss eingeschlafen sein. In der Nacht wachte ich auf und konnte nicht begreifen, dass ich eine solche Tat begangen hatte. Mir schien, als sei ich in dem Moment ein anderer gewesen.«

Leblanc hatte Christian Delon nicht unterbrochen. Jetzt fragte er ihn: »Was haben Sie mit dem Computer gemacht?«

»Den habe ich am nächsten Tag mit nach Paris genommen und in die Seine geworfen, und meinen Mantel habe ich reinigen lassen. Sonst habe ich einfach so weitergemacht wie zuvor, in der Hoffnung, auf mich würde kein Verdacht fallen, und irgendwann, dachte ich, würde die Angst, entdeckt zu werden, aufhören. Nun ist alles vorbei.«

Christian Delon überließ seinen Körper der Schwerkraft. Die

Schultern zusammengesunken, die Arme neben dem Rumpf herunterhängend, hatte es den Anschein, als würde er vom Stuhl auf den Boden rutschen. Selbst die gepolsterten Wangen zog es in Richtung Erde, und in ihrer Gefolgschaft die Haut unter den Augen. Leblanc hatte dem Verzweifelten wenig Trost zu bieten.

»Mit Ihrer Karriere als Arzt ist es wohl vorbei. Sie werden bis zur Verhandlung in Untersuchungshaft bleiben. Wenn Sie Glück haben, spricht das Geständnis für Sie und beschert Ihnen ein milderes Urteil.«

Widerstandslos ließ sich der Mörder von Bernadette Latour von den beiden Polizisten, die Leblanc herbeigerufen hatte, abführen. Nachdenklich sah ihm Nadine hinterher.

»Chef, es hat doch immer auch etwas Trauriges, nicht? Man denkt, ein Mörder sei einfach böse, aber dann erfährt man von den Lebensumständen und seinen Gefühlen, und er bekommt ein menschliches Gesicht.«

»Ja, aber Mord ist und bleibt ein Gewaltdelikt und wird zum Glück bestraft. Ob Delon für Mord oder Totschlag verurteilt wird, entscheidet das Gericht. Aber wir wollen jetzt nicht in eine sentimentale Stimmung verfallen. Wir haben einen Fall aufgeklärt, der Mörder ist überführt. Und morgen ist Weihnachten. Du kannst jetzt nach Hause gehen, hast sicher noch viel zu tun.«

»Mein Bruder ist gestern mit seiner Familie aus New York angekommen, der wird sich freuen, wenn ich mit den Kindern Schlittschuh laufen gehe. Was machen Sie denn, Chef?«

»Ich schaue noch kurz in der Bar Zebra vorbei, um die Aussage von Delon zu überprüfen. Den Staatsanwalt werde ich benachrichtigen. Der wird froh und erleichtert sein, dass wir den Fall noch vor Weihnachten abschließen können. Und dann habe ich einige Einkäufe zu erledigen, schließlich bin ich morgen zum

Weihnachtsessen eingeladen. Vorher komme ich noch einmal ins Büro, um den Bericht zu schreiben.«

»Ich wünsche Ihnen ein fröhliches Fest ohne Unterbrechungen, Chef. Am 26. bin ich wieder im Dienst.«

»Dir auch schöne Feiertage, Nadine. Und danke für die gute Arbeit.«

Nach einem späten Mittagessen im Central, bestehend aus Normannischer Fischsuppe und Steinbeißerfilet an Tomaten und Kartoffelpüree, machte sich Jacques Leblanc auf, Weihnachtsgeschenke zu besorgen. Er war nicht gerade erfahren in solchen Unternehmungen. Für Marie erstand er im Luxuskaufhaus Printemps eine Sandelholzduftkerze, für Rachel kaufte er bei einem Maître Chocolatier eine Schachtel feinster Schokoladen, Rachels japanische Freundin, die er nicht kannte, sollte kandierte Früchte bekommen, die der Chocolatier ebenfalls bereithielt. Dann besorgte er in einem Spirituosenladen einen Mirabellenbrand für Lulu und eine Flasche Champagner für alle. Zufrieden über seinen gelungenen Coup, packte er die Tüten ins Auto und wunderte sich, wie viel Zeit mit dem Einkaufen vergangen war.

Als er endlich zur Ruhe kam, fiel ihm das Wesen von gestern Nacht wieder ein und weckte eine unbestimmte Sehnsucht in ihm. Sollte er an der Pâtisserie Charlotte vorbeifahren? Einfach mal durchs Fenster sehen, ob er einen Schimmer der himmlischen Gestalt erblickte? Nein, entschied er, lieber bei Lulu vorbeischauen, ein Sandwich essen, ein Gläschen trinken, keine Komplikationen.

ZWANZIG

Am Morgen des 24. Dezember hatte Marie noch einige offene Posten auf ihrer To-do-Liste. Gestern hatte sie die frisch geschlachtete Ente vom Bio-Bauernhof in Villerville sowie Gemüse und Kartoffeln abgeholt. Orangen, Zitronen, Kastanien, Eier und weitere Zutaten hatte sie in Deauville auf dem Markt besorgt. Auf die Crème Caramel, die sie ihrer Tochter zuliebe zubereitet hätte, wollte sie, da Elisabeth nun nicht dabei war, verzichten, ebenso auf den traditionellen Bûche de Noël, einen Kuchen mit viel Schokoladen- und Buttercreme. Nach dem üppigen Essen wäre das zu viel des Guten. Stattdessen würde sie in der Pâtisserie einige Macarons kaufen, die zum Kaffee gereicht werden sollten. Bei dem Händler auf dem Platz vor der Kirche hatte sie sich eine kleine Weihnachtstanne ausgesucht und ins Haus bringen lassen, die sie gestern Abend mit den neu erworbenen Kugeln geschmückt hatte. Kerzen hatte sie auf die Fensterbänke und den Kamin platziert, die zwei kleinen Frühstückstische für ihre Pensionsgäste beiseitegeräumt und den großen, zusammenklappbaren Holztisch aus dem Innenhof in den Salon gebracht. Mit weißen Tischtüchern bedeckt, gab er ein ansehnliches Bild ab und bot Platz für acht Personen.

Genügend Holz war neben dem Kamin gestapelt, die Geschenke für ihre Gäste hatte Marie auch schon besorgt: einen Bildband mit Fotos von Werken des Installationskünstlers Christian Boltanski für Rachel, für Masako eine Biografie über Paul Claudel, den Dichter und Diplomaten, der sechs Jahre als französischer Botschafter in Tokyo gelebt hatte. Für Jacques hatte sie einen schwarzen, mit kleinen weißen Rhomben bedruckten Seidenschal gekauft und für seinen Freund aus dem Bistro, den sie nicht kannte, eine Flasche Calvados. Arsène hatte ein rotes Halsband bekommen, das er beim morgendlichen Spaziergang allerdings schon hatte tragen dürfen. Das alte hatte er angenagt. Champagner war im Kühlschrank kalt gestellt, der Rotwein lagerte neben dem Kamin.

Jetzt musste sie noch die Garnelen, die Baguettes und die Macarons abholen, zum Glück hatten trotz des Sonntags sämtliche Geschäfte bis zum frühen Nachmittag geöffnet. Als sie die Rue des Bains durchquerte, wunderte sie sich über die Menschenmenge. Anscheinend hatten alle ihre Einkäufe auf den Weihnachtstag verlegt. Im Spirituosenladen standen die Leute Schlange bis auf die Straße, auch bei den Fischhändlern herrschte Andrang. Marie musste auf ihre Garnelen warten. Da die Sonne es schaffte, die Wolkendecke zu durchbrechen und wärmende Strahlen hinunterzuschicken, waren die Tische der Fischhändler belagert, an denen man im Stehen einen Imbiss mit Langusten oder Hummer und ein Glas Wein zu sich nehmen konnte. Schließlich bekam Marie das Bestellte. Auf dem Weg zum Bäcker sah sie auf einen Sprung bei ihrer Freundin Dominique und ihrem Ehemann Paul vorbei. Deren Restaurant Le Paradis sur Terre war heute geschlossen. Dominique öffnete Marie die Haustür und schloss sie in die Arme.

»Schön, dass du da bist, Marie. Dann kann ich dir ein fröhliches Weihnachtsfest wünschen. Meine Eltern und Pauls Vater kommen heute Abend zu uns, und morgen ist das Restaurant wieder geöffnet. Es gibt schon Vorbestellungen, das dürfen wir uns nicht entgehen lassen.«

Marie erzählte Dominique von den Veränderungen, die sich bei ihr ergeben hatten, dass ihre Kinder Weihnachten nicht bei ihr verbringen würden, dafür Rachel und Masako und Jacques mit einem Freund.

»Aber ich muss weiter, Dominique, ich wollte dir nur ein kleines Dankeschön vorbeibringen mit einem Gruß von Arsène.«

Damit übergab sie ihrer Freundin eine Plastiktüte, die ein neues Kissen als Ersatz für das von Arsène zerfressene enthielt und ein Fläschchen mit Dominiques Lieblingsparfum.

»Danke, Marie, aber das habe ich gern gemacht. Viel Spaß heute Abend!«

Auch beim Bäcker reichte die Schlange bis auf den Bürgersteig. Endlich hatte Marie ihre Besorgungen erledigt und konnte zu Hause mit der Vorbereitung der Speisen beginnen. Zuvor rief sie ihre Tochter an und erfuhr, dass das Fieber abgenommen habe, aber der Husten noch genauso schlimm sei. Sie würde, sagte Elisabeth, tapfer im Bett bleiben. Jens sei da und wollte einen Rübeneintopf kochen. Marie enthielt sich der Bemerkung, ob Rübeneintopf ein angemessenes Weihnachtsessen sei, und wünschte weiterhin gute Besserung. Dann meldete sich auch noch ihr Sohn Charles, um ihr mitzuteilen, dass sie gut in Sankt Moritz angekommen seien, das Châlet sei perfekt, und die Schneeverhältnisse würden ungetrübtes Skivergnügen versprechen. Es wurde Zeit, dass sich Marie der Ente, dem Gemüse und der Zitronen-Knoblauch-Mayonnaise widmete.

Während Marie in ihrer Küche hantierte und die Ente in ihrer nackten Schönheit auf das Hitzebad im Ofen wartete, saß Jacques Leblanc an seinem Schreibtisch im Präsidium und verfasste den Bericht über die Verhaftung und das Geständnis Christian Delons. Das Kommissariat musste mit einer Notbesetzung auskommen, die meisten Kollegen hatten heute frei genommen. Erfahrungsgemäß passierte am Weihnachtsabend nicht viel. Für kurze Zeit stimmte die Verheißung des »Friedens auf Erden« die Menschen auch in ihren eigenen kleinen Leben friedlich, bevor nach Weihnachten der Alltag mit seinen Sorgen und Nöten wieder über sie hereinbrach. Da für etwaige Brände die Feuerwehr zuständig war, konnten sich die Polizisten mit gutem Gewissen auf einen ruhigen Abend einstellen.

Leblanc setzte gerade seine Unterschrift unter den Bericht, als das Telefon klingelte und der diensthabende Kollege am Empfang zwei Damen ankündigte, die zu ihm, dem Kommissar, wollten. Es sei privat. Ratlos, wer ihn da zu sprechen wünschte, bat er, die beiden Besucherinnen in sein Büro zu schicken.

Neugierig blickte er zur Tür, als er ein Klopfen hörte, und dann blieb ihm vor Erstaunen der Mund offen stehen. Zwei kleine alte Damen betraten das Büro, die eine in einen grauen Persianermantel gehüllt, Modell Sechzigerjahre, auf dem Kopf ein rundes Hütchen, unter dem graue Locken hervorlugten, die Füße steckten in Stiefeletten mit Pelzbesatz. Die andere Dame war sportlicher gekleidet, Steppjacke, Hose, Wollmütze und derbe Schuhe. Zwischen den Damen baumelte eine Reisetasche, von der jede einen Henkel in der Hand hielt. Die jeweils andere Hand umfasste eine voluminöse Plastiktüte. Die Damen ließen die Reisetasche fallen und nahmen ihre Kopfbedeckungen ab. Ein Ausdruck der Freude und Erleichterung trat auf ihr Gesicht, nun, da sie am Ziel ihrer Reise angekommen waren.

Das konnte von ihrem Gegenüber nicht behauptet werden. Auf Leblancs Miene spiegelte sich ungläubige Verblüffung. »Maman, Amélie … was macht ihr denn hier?«

Suzanne Leblanc gab das ihr eigene meckernde Lachen von sich. »Wir wollten dich überraschen. Ist uns gelungen, wenn ich dein Gesicht sehe. Wir können dich doch am Weihnachtsabend nicht alleinlassen.«

»Nein, das können wir nicht«, fiel ihre Schwester Amélie ein. »Wir haben uns wieder vertragen, Suzanne und ich. Suzanne hat versprochen, dass sie keine Kameruner mehr ins Haus holt.«

»Ich habe gesagt, dass ich mir die Lieferungen nicht mehr ins Haus bringen lasse. Aber meine Freunde dürfen mich doch wohl besuchen.«

»Das klang gestern noch ganz anders. Keine Kameruner, das war mein letztes Wort, und du warst einverstanden.«

»Maman, Amélie, bitte«, setzte Leblanc an. Ein Schmerz zog ihm vom Nacken den Kopf hinauf und bohrte sich in seinen Schädel.

»Natürlich. Suzanne, hör auf«, sagte Tante Amélie. »Wir sollten Jacques nicht mit unserem unwichtigen Geplänkel belasten, die Hauptsache ist doch, dass wir uns geeinigt haben.«

»Meine Einigung sah ein bisschen anders aus als deine«, grollte Suzanne. »Aber gut, jetzt sind wir hier und wollen mit dir Weihnachten feiern, Jacques.«

Dem Angesprochenen wurde in diesem Moment das ganze Ausmaß des unangekündigten Besuchs bewusst. »Aber … aber … das geht nicht. Wie seid ihr überhaupt … Wo wollt ihr …« Außer Stottern brachte Leblanc nichts über die Lippen.

»Mach dir doch nicht immer solche Sorgen, Kind. Wir übernachten bei dir, das wird schon gehen. In Kamerun haben wir oft in Hütten auf dem Boden geschlafen oder sogar im Freien, durch das ganze Land sind wir gereist, vom Tschadsee im Norden bis zum Kamerunberg im Süden …«

»Maman, hier ist nicht Kamerun, und im Winter pflegen die Temperaturen so weit zu sinken, dass Schlafen auf dem Boden nicht angebracht wäre.«

»Du hast keine Vorstellungen von Kamerun, Jacques. Der Kamerunberg, ein noch aktiver Vulkan, erreicht eine Höhe von über viertausend Metern. Manchmal liegt da oben Schnee.«

»Bitte, Maman, ich möchte mit dir jetzt nicht über Kamerun reden. Bei mir könnt ihr jedenfalls nicht bleiben, und außerdem bin ich heute Abend eingeladen.«

»Ach, das ist nicht schlimm, wir lernen gerne deine Freunde kennen.«

»Nein«, wiederholte Tante Amélie, »das ist nicht schlimm. Wir haben gern Gesellschaft. Heute Abend fährt kein Zug mehr nach Versailles, wir müssen also hierbleiben.«

Leblanc seufzte aus tiefem Herzen und begann sich mit der Bürde, die ihm auferlegt wurde, abzufinden und nach einer Lösung zu suchen. »Setzt euch erst mal«, sagte er zu den beiden Schwestern, die noch mitten im Raum, zu beiden Seiten ihrer Reisetasche, standen. »Ich muss eben mal telefonieren.« Und er rief Marie an.

Marie säuberte gerade den Rosenkohl, als ihr Telefon klingelte.

»Jacques? Du willst aber nicht absagen, oder? Ich bin beim Kochen und möchte nicht auf all dem Essen sitzen bleiben.«

»Nein, äh … ich … im Gegenteil. Ich habe ein Problem. Meine Mutter und meine Tante sind aus Versailles gekommen.«

»Was? Du hast eine Mutter? Äh, Entschuldigung. Natürlich hast du eine Mutter, ich meine, du hast nie etwas von ihr erzählt.«

»Sie ist auch noch nicht lange da.«

»Wie?«

»Sie hat in Kamerun gelebt und ist erst im Juli wieder nach Frankreich gezogen, nachdem mein Vater gestorben ist.«

»Oh, und jetzt besucht sie dich zu Weihnachten.«

»Ja, zusammen mit ihrer Schwester, eine Überraschung. Ich

wollte dich fragen, ob … es ist natürlich schwierig, ich weiß, aber ob ich die beiden mitbringen könnte nachher.«

»Deine Mutter, deine Tante, ja, bring sie mit. Es ist genug zu essen da, und ich freue mich, sie kennenzulernen.«

»Danke, das ist sehr nett. Aber da ist noch etwas.«

»Ja?«

»Sie haben gedacht, sie könnten bei mir übernachten, aber das geht nicht, ich habe keinen Platz. Ist bei dir vielleicht …«

»Ach, Jacques, ja, die Zimmer sind frei, aber eigentlich wollte ich keine Übernachtungsgäste haben über Weihnachten. Na ja, meinetwegen. Reicht ihnen ein Zimmer?«

»Ja, klar«, antwortete Leblanc, rief aber vorsichtshalber seiner Mutter und Tante Amélie zu: »Ihr schlaft doch in einem Zimmer, oder?«

»Sicher, keine Umstände«, antworteten die zwei.

»Ja«, wiederholte Leblanc, »sie schlafen in einem Zimmer. Und du musst dich nicht um sie kümmern, ich hole sie morgen wieder ab und bringe sie zum Bahnhof.«

»Ein Frühstück werde ich schon für sie zustande kriegen.« Marie klang amüsiert, ihr gefiel der Gedanke an diesen unerwarteten Besuch immer besser. Jacques' Mutter! Früher, als sie noch zusammen waren, hatte er nie über seine Familie gesprochen. So etwas wie Verwandtschaft schien es für ihn nicht zu geben, und sie hatte auch nicht nachgebohrt und ihn in Ruhe gelassen. Und jetzt das! Schon durchs Telefon spürte sie, wie unangenehm Jacques die Anwesenheit seiner Mutter war und welche Pein es ihm bereitete, sie, Marie, um Hilfe bitten zu müssen. Aber sie glaubte, dass dieser Einbruch von Familienbanden Jacques' Leben bereichern würde, auch wenn er selbst diese Idee weit von sich weisen würde. Jedenfalls hatte er schon mal auf das enervierende Chérie-und-bébé-Getue verzichtet, und das gefiel ihr nicht schlecht.

»Also, dann bis später«, beendete Leblanc das Gespräch und wandte sich wieder Mutter und Tante zu. »Ihr seid zum Weihnachtsessen eingeladen, und übernachten könnt ihr dort auch. Die Gastgeberin vermietet Zimmer. Es ist zufällig eins frei.«

»Siehst du, es fügt sich alles«, kommentierte Suzanne Leblanc mit ihrem unerschütterlichen Kamerun-Optimismus. »Ist das deine Freundin?«

Leblanc schnaubte. »Eine Bekannte.« Genau das hatte er vermeiden wollen, dass sich seine Mutter in sein Leben einmischte, dass sie über ihn Bescheid wusste. Durchhalten, heute Abend musste er durchhalten, morgen würde der Spuk vorüber sein, und dann würde er seiner Mutter sagen, dass er solche Überfälle nie wieder erleben wollte. »Wenn ihr einmal da seid, zeige ich euch Deauville, wir machen eine Tour mit dem Auto. Es ist zwar schon dunkel, aber die Stadt ist erleuchtet.«

»Oh ja, siehst du, Amélie, wie lieb der Junge ist!«

Die Worte seiner Mutter ließen den Schmerz in seinem Kopf aufflammen, sofort bereute Leblanc sein Entgegenkommen. Zu spät, zurücknehmen konnte er seinen Vorschlag nicht, die beiden alten Damen tänzelten bereits vor Freude und übertrumpften sich gegenseitig mit ihrem Wissen über den mondänen Badeort und all die Berühmtheiten, die hier jemals zu Gast waren. Und so verfrachtete er sie samt Reisetasche und Plastiktüten in sein Auto und kurvte durch das nun, da die Läden geschlossen waren, stiller werdende Städtchen, am Marktplatz vorbei, die Haupteinkaufsstraße Rue Eugène Colas entlang bis zum Casino. Er zeigte ihnen die großen Hotels an der Meerseite mit Blick auf die Planches und den Strand, den man, da es dunkel war, nicht erkennen konnte. Er machte kehrt, fuhr über die Brücke, einmal durch Trouville, wo auch Ruhe eingekehrt war, selbst die Schlittschuhbahn hatte ihre dröhnende Musik eingestellt.

Die Fischerboote lagen vereinsamt am Kai der Touques, auf den Parkplätzen, sonst überfüllt, herrschte Leere. Leblanc ertrug die Begeisterungsrufe von Mutter und Tante tapfer, bis es endlich Zeit war, Lulu abzuholen.

»Bleibt ihr im Auto«, rief er den beiden zu, als er vor dem Bistro anhielt, »wir laden noch einen Freund ein.« Lulu musste auf die Überraschungsgäste vorbereitet werden. Der Bistrobesitzer wartete schon. Er hatte sich in eine Art Anzug gezwängt, der an Armen und Beinen passte, aber seinen vorgewölbten Bauch nicht unterbrachte, sodass die Jacke aufsprang und der Hosenbund unter die Bauchkugel gerutscht war. Neben ihm stand eine Kiste, vollgepackt mit Wein, die oberen Flaschen hatte er in bunt bedrucktes Papier gewickelt.

»Lulu, ich muss dir etwas sagen. Im Auto sitzen meine Mutter und meine Tante, sind heute angekommen, fahren morgen wieder, wollen mit mir Weihnachten feiern. Wir müssen sie mitnehmen.«

»Deine Mutter?«, rief Lulu entgeistert aus, was zu erwarten war, denn auch er wusste nichts von der Anverwandten Leblancs.

»Ja, ist jetzt nicht zu ändern. Wir bringen die Kiste ins Auto.«

Lulu grinste. Der Weihnachtsabend schien interessanter zu werden, als er gedacht hatte. Jacques' Mutter, na so etwas.

»Mach bloß keinen Aufstand deswegen«, fügte Leblanc hinzu.

Die Damen zeigten sich entzückt, Jacques' Freund kennenzulernen, und bereits auf der Autofahrt gerieten sie in angeregteste Plaudereien, als sich herausstellte, dass Tante Amélie vor Jahren einmal die Stadt Dole im Jura besucht hatte und von angenehmen Erinnerungen berichten konnte. Wenn es um das Département Jura ging, war Lulu in seinem Element. Schimpftiraden und Lobeshymnen wechselten sich ab und zeugten von Lulus anhaltender, lebhafter Verbundenheit mit diesem Landstrich.

Als das Auto vor der Kirche Bonsecours auf dem Parkplatz hielt, entstiegen ihm zwei begeisterte alte Damen, ein gut gelaunter Lulu und Jacques Leblanc. Der klingelte an Maries Haustür und hatte, als sie geöffnet wurde, trotz seiner Missstimmung Augen für die Gastgeberin, die in einem eng anliegenden schwarzen Kleid vor ihm stand. Die Gäste wurden hereingebeten, willkommen geheißen und umfangen von Wärme, Kerzenschein und einem vielversprechenden Duft nach Gebratenem. Arsène ließ es sich gern gefallen, im Mittelpunkt zu stehen und kräftig gestreichelt zu werden. Nachdem Leblanc Gepäck, Wein und Geschenke aus dem Auto geholt hatte, machten sich die Gäste miteinander bekannt, denn Rachel und Masako waren bereits eingetroffen, hatten sich aber im Hintergrund gehalten. Masako, heute nicht im Kimono, sondern mit weißer Bluse, schwarzer Hose und rotem Seidenschal bekleidet, und Rachel, ganz Künstlerin, in Jeans und schwarzer Samtjacke, stellten sich Suzanne Leblanc, Tante Amélie und Lulu vor. Marie reichte ein Glas Champagner als Aperitif und betrachtete aus den Augenwinkeln Jacques' Mutter, auf der Suche nach irgendwelchen Ähnlichkeiten mit dem Sohn. Suzanne Leblanc erlebte zum ersten Mal nach vierzig Jahren wieder ein französisches Weihnachtsfest mit festlich gedecktem Tisch und geschmücktem Baum. Das hatte es in Kamerun nicht gegeben, obwohl mehr als die Hälfte der Bevölkerung Christen waren. Die Kameruner feierten auf ihre Art, im großen Familien- und Freundeskreis, mit geflochtenen Palmzweigen, Essen, Musik und Tanz.

Nach dem zweiten Glas Champagner lockerte sich die Stimmung, und als man sich zu Tisch begab und Marie die Garnelen mit Knoblauchmayonnaise servierte, Lulu dazu einen Jura-Wein einschenkte, war die anfängliche Befangenheit verschwunden. Nur Leblanc konnte sich der allgemeinen Fröhlichkeit noch nicht anschließen. Er hatte das Gefühl, auf der Hut sein zu müssen.

Dann kam die gebratene Ente auf den Tisch, mit Rosenkohl, Kastanien, Kartoffeln und einer herrlichen Orangensauce. Maries Kochkünste wurden gelobt, dem dazu gereichten Rotwein kräftig zugesprochen. Suzanne Leblanc wurde gebeten, von Kamerun zu erzählen, und rief mit ihren Schilderungen über Nationalparks mit Waldelefanten und Schimpansen, über ethnische Gruppen wie die Pygmäen und die Bamileke im Westen des Landes, über Riten und Zeremonien der Naturreligionen und über die Veränderungen des Landes seit den Sechzigerjahren großes Staunen und Bewunderung hervor. Zum ersten Mal nahm Leblanc seine Mutter als eine Frau wahr, die ein interessantes Leben geführt hatte, auch wenn das vielleicht auf seine Kosten gegangen war. Masako berichtete dann über das Weihnachtsfest in Japan, das die Japaner erst durch die Holländer im 18. Jahrhundert kennengelernt hatten. Eigentlich sei der Neujahrstag das zentrale Fest in Japan.

Lulus großer Auftritt erfolgte, als später der Käse gereicht, der Tête de Moine gehobelt wurde. Dieser Käse stamme aus dem Schweizer Jura, so Lulu, aus dem französischen Jura komme der Comté und vor allem der Morbier, der mit der Ascheschicht im Innern. Dort, in der Nähe des Dorfes Morbier, sei er geboren.

Jeder aus der zusammengewürfelten Gesellschaft trug etwas zur Unterhaltung bei, und als die Geschenke verteilt wurden, war jegliches Gefühl von Fremdheit verflogen. Sogar die nicht angekündigten Gäste wurden mit Gaben bedacht, mit einem Glas Marmelade und einer Flasche Wein. Leblancs Mutter entnahm der Plastiktüte eine Daunenjacke, die sie ihrem Sohn überreichte, damit er in der kalten Normandie nicht frieren müsse.

Es war schon Mitternacht geworden, als Marie den Kaffee

zubereitete und Suzanne Leblanc einen selbst gebackenen Schokoladenkuchen aus ihrer Reisetasche hervorholte, vielfach verpackt und verschnürt. Obwohl sie alle satt waren, probierten sie den Kuchen und fanden ihn außergewöhnlich würzig. Keiner wusste so recht, wie es passierte, aber nacheinander brachen alle in Lachen aus. Sie lachten und lachten und konnten kaum an sich halten. Es brauchte nur einer ein Wort wie »Schokolade« oder »Kugel« zu sagen, schon brachen wieder alle in Lachen aus. Tränen liefen ihnen über das Gesicht, sie pressten ihre Hände auf das angespannte Zwerchfell, sogar die zurückhaltende Masako, deren mimische Muskulatur normalerweise nicht mehr als ein Lächeln hervorbrachte, hielt sich die Hand vor den vom Lachen geöffneten Mund. Selbst Jacques Leblanc stimmte in das Gelächter ein, es geschah wie von selbst, als hätte er die Kontrolle über seine Vernunft verloren.

»Maman«, stieß er unter einem Lachanfall hervor, »du hast doch nichts von dieser Wurzel, du weißt schon, in den Kuchen gemixt?«

»I wo, Kind«, gab Suzanne zurück, »du meinst die Ibogawurzel. Nein, wo denkst du hin? Die ist nur für unser Aufnahmeritual. Außerdem wollen wir uns ja nicht übergeben.« Meckerndes Lachen, dann fuhr sie fort: »Es sind nur ein paar Kräuter aus Kamerun im Kuchen, das gibt den würzigen Geschmack.«

Nach einer Stunde ebbte die Fröhlichkeit allmählich ab, und Erschöpfung machte sich breit. Bevor sich die beiden alten Damen auf ihr Zimmer zurückzogen, das Marie ihnen gezeigt hatte, sprach Suzanne Leblanc diesem Abend ihr höchstes Lob aus mit den Worten: »Das war wie in Kamerun.«

Auch Rachel und Masako verabschiedeten sich, um den Heimweg anzutreten: »Ein wundervoller Abend, habt alle vielen Dank.«

Als Marie sagte, dass sie mit Arsène jetzt an die Luft wolle, einen Spaziergang am Strand machen, da fragte Leblanc, ob er sie begleiten dürfe, und gab Lulu seine Autoschlüssel. »Nimm du das Auto, ich gehe zu Fuß nach Hause. Morgen hole ich es ab.«

Doch Lulu, einer Regung von Vernunft nachgebend, lehnte angesichts seines Alkoholpegels ab: »Nee, lass mal, das bleibt besser hier stehen. Ich geh dann schon mal los.«

Auf einmal waren Marie und Leblanc allein. Lange gingen sie schweigend nebeneinanderher. Arsène war schon zum Strand vorausgelaufen. Der Himmel zeigte sich wolkenlos, das Sternbild des Orion, Jäger der griechischen Mythologie in seiner himmlischen Verbannung, war klar zu erkennen. Eine zunehmende Mondsichel beleuchtete mit fahlem Licht die feuchte Sandlandschaft. Von einem Ende der Planches zum anderen spazierten sie hin und her und her und hin, bis sich endlich bei beiden eine große Müdigkeit einstellte. Da war der neue Tag schon in seine vierte Stunde getreten. Leblanc brachte Marie bis vor die Haustür.

»Das zweite Zimmer ist leer. Wenn du willst … ich würde auch …«

Zu jeder anderen Zeit hätte er das Angebot ohne zu zögern angenommen. Aber nicht heute.

»Mit meiner Mutter nebenan, das geht nicht. Danke für den Abend, du hast mich gerettet. Darf ich morgen wiederkommen?«

»Ja, schlaf gut, Jacques«, sagte Marie und rieb ihr Gesicht an seinem Hals, wie sie es früher oft getan hatte.

Leblanc trat den Heimweg an, die Touques entlang durch die nun in Dunkelheit getauchte Stadt. Genau in diesem Moment fiel vom Himmel eine Sternschnuppe herab, aber er, Jacques Leblanc, bemerkte sie nicht.

Liebe Leserinnen und Leser,

Frankreich, das war für mich lange Zeit neben Paris nur die Bretagne und die Provence – bis ich die Normandie entdeckte. Das ist jetzt zwölf Jahre her. Ich nahm damals an einem Tag im Mai in Paris am Bahnhof Saint-Lazare den Zug und kam nach knapp zwei Stunden Fahrt in Trouville an. Trouville sur mer – wie viel hatte ich darüber gehört und gelesen! Ich wollte mit eigenen Augen sehen, wo Marcel Proust sein Asthma kuriert und Marguerite Duras ihre letzten Werke geschrieben, wo der junge Gustave Flaubert sich unsterblich in eine verheiratete Frau verliebt und Claude Monet seine Strandbilder gemalt hatte. Für mich war es Liebe auf den ersten Blick, ich verfiel sofort diesem Fischerhafen, der etwas Behäbig-Normannisches ausstrahlte und dennoch die Nähe zur Hauptstadt Paris spüren ließ. Damals, bei meinem ersten Besuch, hatte ich Quartier genommen in einem Gästehaus, das es heute nicht mehr gibt. Die Wirtin servierte zum Frühstück selbstgemachtes Apfelgelee. Wir sind immer noch befreundet, und sie hat mich zu der Figur der Marie inspiriert. Trouville ist für mich zur zweiten Heimat geworden, seit zwölf Jahren verbringe ich regelmäßig einen Teil des Jahres dort, und zwar im Hôtel des Roches Noires, dem ehemaligen Luxushotel der Belle Époque, das nun Eigentumswohnungen beherbergt. Im Lauf der Zeit habe ich viele der Bewohner kennengelernt, einige sind Freunde geworden. Auch meinen *commissaire* Jacques Leblanc habe ich dort getroffen. Er ist natürlich nicht Kriminalkommissar, aber ich finde, er könnte gut einer sein. Mit der Zeit habe ich eine Menge Geschichten über den Ort und die Menschen gehört und gelesen, ich weiß, wo es den besten Cidre und das schmackhafteste Gemüse gibt, und ich gehe bei Ebbe am Strand spazieren und suche Muscheln. Einen Toten habe ich dabei allerdings noch nicht gefunden …

Ihre
Catherine Simon